小匠女開業中

2

風 文創 1195

染青衣 著

目錄

第二十五章

夏飛帶人下去之後，靖安王卻沒有離開的意思，慢慢踱到苟柳和軒轅澈剛才坐著的石頭旁，一撩衣襬坐下。

「聽說你們從邵陽城而來？」

苟柳心下一驚，飛快瞥了金武等人一眼。

靖安王來得突然，她也不知道夏飛在靖安王面前如何解釋他們幾個的身分，這下該怎麼圓謊合適？

錢江帶頭，恭敬道：「回王爺，草民幾個本是為了躲避仇家追殺，無奈闖入湧泉縣，卻遇上縣民搶劫，因此和夏將軍有些誤會，被關進大牢。如今誤會解除，承蒙夏將軍和王爺賞識，我等才有機會隨軍隊去碎葉城。」

靖安王點頭，右手勾住腰上的劍穗，像是有些無聊地擺弄著，嘴上不經意道：「哦，躲避仇家？還是躲避官府追緝？」

他抬眼看著三人，緩緩道：「雲家舊部在邵陽城公然劫屍，數萬百姓助他們逃出城，這番壯舉，應當與爾等三人有關吧？」

錢江等人一驚，立即跪下。

荀柳剛要跟著下跪，卻被一旁的軒轅澈悄悄拉住了手。

她心裡怦怦直跳，見軒轅澈目光冷靜，便也跟著賭一回，繼續沈默站著。

錢江磕頭道：「是草民等人不該欺瞞王爺和夏大人，但於忠於義，草民兄弟不曾後悔所作所為。對於王爺的任何責罰，絕無怨言。」

「好一個於忠於義，不曾後悔！」

靖安王仰面一笑，站起身，親自扶起三兄弟。

「本王一生戎馬，最敬忠義二字。志同道合之人，本王怎會責罰？」

他撫了撫鬍鬚，神情愉悅地問：「聽夏飛說，他已經向爾等說過從軍的事？」

金武和王虎雙眼一亮，雙雙抱拳。「我等願為王爺效犬馬之勞。」

靖安王哈哈一笑，看向沒接話的錢江。

錢江笑著說：「回王爺的話，草民有舊傷，身手已大不如前，恐無法為王爺效力。但往後若有用得到草民的地方，定不會推辭。」

「無妨。」靖安王大方地拍拍錢江的肩膀，又去看站在他身旁的荀柳和軒轅澈。

三兄弟見狀，臉色微變，緊張起來。

和雲家關係不深的他們，靖安王可能還有幾分保下的心思，但若知曉荀柳是從宮裡出來的，或許還被蕭黨惦記，情況就不一樣了。

聰明人不會惹火上身，遑論謀略非凡的靖安王。

靖安王走上前，對荀柳和軒轅澈開了口。

「至於你們姊弟，一路逃避仇家追殺，從京城闖入龍岩山脈，又翻山越嶺到達西關州，這份智謀和膽量也非同一般。既然你們五人已經結拜，又為西關州立了大功，屆時到了碎葉城，隨著夏飛去落戶之後，自是西關州的人。」

荀柳大大鬆了口氣，忙與軒轅澈行禮。「謝王爺大恩。」

靖安王滿意地點頭，這時夏飛等人也挖了不少地瓜，見兩刻鐘已到，隊伍便繼續啟程。

荀柳被軒轅澈拉上馬，待身邊人都往前走了，金武等人才駕著馬湊過來。

「小妹，王爺怎麼好像並不知曉妳的事？」

「怕是夏飛將軍刻意隱瞞，如果小妹的身分暴露，對他並無好處。」錢江分析道：「不論怎樣，只要能順利落戶便好，以後我們莫再提過往的事情。」

王虎和金武很贊同地點點頭。

未來前途可見，讓他們心情分外地好，沒再多想，駕馬趕上前面的隊伍。

荀柳抱著軒轅澈的腰，趁著跟他們拉開距離時，小聲問道：「小風，你是不是知道些什麼，方才才拉住我？」

軒轅澈點頭。「夏飛將軍私下問過我們爹娘的事，我依照妳當初在匪窩裡的說詞，說咱們的爹是個木匠。他還說，往後若是見到靖安王，我們只說是從京城逃避仇家而來，後與金武哥等人在山中相識結拜。」

荀柳點點頭，又有些疑惑。「為何他不親自找我說？」

軒轅澈的目光微閃，臉色依舊未變。「許是覺得和阿姊男女有別，不方便私下談吧。」

荀柳想了想，覺得有理，沒再追問。

現在的情況，對她和軒轅澈來說，是最好的結果。到了碎葉城，過往便如雲煙，她已經美滋滋地考慮自己的小院子裡要養幾隻雞鴨了。

等軒轅澈駕馬追上金武等人時，荀柳忽然想到一件事情，低頭問軒轅澈。

「小風，落戶之後，你想做什麼？」

她有些捨不得。這些時日以來，她已經習慣了軒轅澈的存在，真心將他當作弟弟呵護。但她也明白，他心裡埋著血海深仇，總有一日會離開，可她不希望是現在。

軒轅澈抬起頭，一雙澄澈鳳眸看著她，軟糯道：「我想和阿姊在一起。」

荀柳目光一亮，隨即暗淡下來，摸摸軒轅澈的頭，無奈地嘆口氣。

「但你不會放棄報仇的，對不對？」

軒轅澈沒有回答。

荀柳覺得，自己想得有些多了。至少現在他們還能生活在一起，何必考慮那麼多呢？

「算了，反正那是以後的事情，我不會左右你的決定。」

若軒轅澈真的離開，她也習慣了一個人的日子，不會太難熬。說不定，屆時還能找個夫君，相夫教子也不一定。

以後的事情，就交給以後煩惱吧。

軍隊行進整整四天，才到了碎葉城。

碎葉城內也受到一些旱災的影響，但畢竟是靖安王駐守的城池，好過湧泉縣的情況，起碼大街上的酒肆、茶館依然開門迎客。

荀柳等人跟著夏飛和靖安王，到了靖安王府門口下馬，看到宏偉的王府大門，都有些卻步，不敢上前。

他們從未踏足這等地方，不說建築格局多麼宏偉，只說守在門口的兩排守衛便十分威武，端的是非同一般的氣派。

荀柳覺得靖安王府的風格倒是和靖安王本人相似，粗獷中帶有威嚴，大刀闊斧中也不乏精細。

正當幾人發愣時，大門內傳出一陣清脆好聽的少女呼喊。

「祖父回來了！爹，娘，你們快些！」

「嬌兒慢點，當心摔了。」

一個身著紅裳、面若桃李的少女出現在大門口，恍如一縷乍洩的春光，嬌豔欲滴的笑顏讓人移不開眼。

少女朝剛下馬的靖安王跑去，嬌憨地摟住他的胳膊撒嬌。

「祖父，不是說只去幾日，為何這麼久才回來？嬌兒都想您了。」

靖安王似是很喜歡這個孫女，點了點她的額頭，佯裝生氣道：「妳這丫頭慣會說好話。祖父不在，沒人管著妳，妳怕是高興還來不及。」

「父親說得沒錯，這丫頭瘋極了，只有您能管得住她。」

一對氣質卓然的夫妻也走出來了，慈愛地看著靖安王身旁的少女。

荀柳猜測，這兩人應當就是靖安王世子王承志和世子夫人姚氏，看樣子不像傳言說的那般，一家子都是殺人不見血的劊子手。

不過朝廷和靖安王向來不合，有這種傳言也不奇怪，畢竟幾十年來，雙方除了維持面子之外，都不怎麼來往了。

王嬌兒不滿地皺了皺鼻頭。「嬌兒就喜歡被祖父管著。」

靖安王被愛嬌的孫女逗得哈哈大笑，左右看了看，問道：「景旭為何不在？」

「近來不少西瓊商隊來了碎葉城，哥哥怕其中混有奸細，帶人去盤查，應當很快就會回來，我已經派下人去通知他了。」

王嬌兒說著，好奇地看向荀柳等人。「他們是誰？看上去面生得很。」

「他們是祖父請來的貴客。」靖安王把韁繩交給等在身後的下人，對王承志道：「派人好生招待。」

王承志淺笑頷首。「是，父親。」
靖安王又對夏飛道：「請所有文武官員進府議事。」
夏飛聞言便明白，靖安王這是等不及想研究治旱之事，應了一聲，上馬飛快去辦。
王承志等人不知道是怎麼回事，在他們記憶中，需召集百官商討之事，定然非比尋常，有些擔憂。
「父親，可是旱情又嚴重了？」
靖安王心情頗好地搖頭。「恰恰相反。」
王承志聽了，望向荀柳等人，聰明如他，猜出或多或少與這幾人有關。等妻女擁著父親入府之後，朝他們走去。
金武等人見靖安王世子親自來迎接，惶恐行禮。「見過世子。」
荀柳則和軒轅澈站在他們身後，裝作是小跟班一般，低頭不語。
果不其然，王承志並未在意荀柳和軒轅澈，對看似帶頭的錢江微笑道：「不必多禮。各位英雄應該也累了，這便隨我進去休息吧。」
錢江等人惶恐道：「謝過世子。」
正當眾人準備邁步時，卻聽大街上傳來一陣馬蹄聲。
白影踏風而來，馬上的男子身形頎長、面若冠玉，著白衣玉冠，配流蘇長劍，英姿颯爽、風流暢意，真可謂君子端方，世無雙也。

男子見到王承志，一拉馬轡，翻身下馬，笑著走過來。「父親。」

王承志看自家兒子，哪裡都滿意得很，順便幫他介紹。「景旭，這幾位是你祖父請來的貴客，快來見過。」

錢江立即抱拳。「不敢，應當是我們向公子問好。」

「不必拘禮。」王景旭笑了笑，對王承志道：「父親要帶他們進去安置？正巧我無事，不如我帶他們進去。」

「也好，就由我兒代為招待各位英雄了。」

「不敢，世子慢走。」

一番客套之後，他們終於邁進了靖安王府的大門。

王景旭不愛說話，方才跟錢江寒暄幾句後，便不再作聲。畢竟多少有身分差距，就算再和氣，也無法做到完全平等，這就是古代根深柢固的階級制度。

不過荀柳沒心情在意，騎了幾天的馬，渾身痠痛不說，大概歇不了一會兒，又要被靖安王抓去「變戲法」，真心說不上愉悅。

軒轅澈第一個發現她不舒服，上前扶住她的胳膊。「阿姊，靠著我走吧。」

走在前面的金武聞言，轉頭看來，發現荀柳的臉色確實不好，便關心道：「小妹，妳哪裡不舒服？」

荀柳搖搖頭。「沒事，等等休息一會兒就好。」
王景旭聽到金武這聲小妹，這才發覺其中竟有一位女子，忍不住對荀柳皺了皺眉。
「妳是女子？」
荀柳不語。她是女子這件事，惹到誰了？
許是王景旭發覺自己的態度有些不對，緩和了神情。
「若是不舒服，我叫大夫來看看。」
「不用了。」荀柳懶得跟這富三代的脾氣計較。「煩勞公子派人送些濃茶過來，讓我們提提神便可。」
王景旭神色複雜地打量他們幾眼，繼續往前帶路。
金武也去扶著荀柳，沒好氣地叨念起來。
「要妳別急著趕路，妳非不聽。王爺這般豁達的人，不會逼著一個姑娘家跟著趕路。妳看看妳自己，姑娘家的事情一樣都沒幹對，越來越像個男人了。」
荀柳忍無可忍。「我記得，某人求過我幫他做一對……」
金武臉色一變，立刻腆著笑臉賠罪。「我錯了。小妹做什麼都有道理，我絕無怨言。」
王虎聽到兩人說的話，不甘寂寞地插嘴道：「小妹，妳答應幫他做什麼？」
「沒有，你聽錯了。」
「我明明聽到……」

「咳咳！」

錢江猛然咳嗽幾聲，瞥向一旁臉色不好看的王景旭，眾人這才閉口不語。

到了幾人休息的房間，王景旭打聲招呼，便離開了。

「這位世子嫡子的脾氣，好像不太好啊。」

「哪裡是人家脾氣不好。」金武拿起桌上的點心。「是我們的舉止在他們這等人眼裡太過粗鄙。」

錢江搖搖頭，不太在意。「等等出了王府，往後也見不著，不必放在心上。」

「我知道，我只是覺得，他們這樣的富家子弟，將來能娶的也就是那些閨閣小姐。這般想想，還是咱們小妹有趣些。」

荀柳沒好氣。「方才你說我不像個姑娘家。」

「我說過嗎？」金武裝傻，又厚著臉皮問：「哎，小妹，說實話，這世子嫡子長得不錯，端的招姑娘喜歡，難道妳就沒一點小心思？」

這句話招來軒轅澈的側目，看了看金武，目光落在荀柳的臉上。

荀柳端起一杯茶，慢條斯理地抿了一口。

「世子嫡子長得俊不俊，我不知道。但嬌兒小姐出來的時候，你們三個都看直了眼。」

正在喝茶的錢江猛咳一聲，尷尬地放下杯子。

「小妹，妳一個姑娘家，說話還是要注意些的。」

王虎和金武也撓了撓頭，滿臉尷尬。

荀柳不看三人，伸手捏了捏軒轅澈的小臉。「還是我家小風乖，眼裡只有姊姊。」

軒轅澈愉悅地彎起鳳眸，蹭了蹭她的手心。

不消一刻，碎葉城的大小官員陸續進了王府。

王景旭走進書房時，靖安王正和王承志說話，見到他十分高興。

「景旭來了。」

「祖父。」

靖安王拍了拍王景旭的肩膀。「不錯，更壯實了。」

王景旭想起方才在前院看到的官員，便問：「祖父，您召集百官，是否要商議大事？」

「不錯。我正準備過去，待會兒你和你父親一起聽。」

靖安王說著，披上常服外衣，踏出門時，忽然回頭道：「派人去帶那小丫頭過來。」

王承志看著他匆忙離去的背影，有些不解。「什麼丫頭？」

王景旭目光微閃。「我知道是誰。父親，您先過去，我去帶人。」

王承志雖有疑惑，卻未多想，點了點頭。「好。」

王景旭去了荀柳等人休息的房間，發現三個漢子正歪歪扭扭地坐在凳子上打盹，荀柳攬著一旁的軒轅澈，隻手撐在桌子上，也睡得正香。

王景旭皺了皺眉，抬手敲門框。

最先警醒的竟是荀柳懷中的軒轅澈，睜開一雙淡色鳳眸看著他，那眼神說不出有哪裡不對勁，卻讓他渾身都不對勁。

這時，荀柳醒了，軒轅澈趕緊扶著她，怕她歪倒下去，舉止像個普通少年。

王景旭一愣，以為是自己看錯了。

荀柳見到門口有人，是剛才離開的王景旭，看他想說話，對他比了個「噓」的手勢。

王景旭的眉頭更皺了些。

荀柳掃了睡得正香的錢江兄弟一眼，小聲地對軒轅澈說：「等哥哥們醒來，你告訴他們，我去了王爺那裡，事情辦完就回來。」

軒轅澈眼睛濕漉漉的。「阿姊不帶我去嗎？」

荀柳搖搖頭。「我很快就回來，別擔心。」

見軒轅澈乖乖點頭，她才起身，輕輕隨王景旭走了出去。

走遠後，荀柳行禮道：「公子莫見怪，他們隨軍趕路，之前又受過傷，還望您體諒。」

「無事，走吧。」王景旭面無表情，客氣道。

荀柳衝著他的背影撇了撇嘴，抬腳跟上。

第二十六章

靖安王府很少這般召集官員，寬闊的前廳被人群擠得滿滿當當。

荀柳剛走進大門，眾人的目光便齊刷刷射過來。

坐在主位上的靖安王已經換上一身玄色常服，坐在他下首的是世子王承志。

王景旭把荀柳帶進門後，便過去挨著王承志坐下。

「丫頭，莫拘謹，將妳那日所說之話，再告訴眾人一遍便可。」

靖安王說完，又揚聲叫了下人。

下人端著托盤進來，托盤上有一碗水，和一根比她那日用的精細得多的木刻彎管。

王景旭心下詫異，自他記憶中，祖父對妹妹之外的小輩從未如此語氣溫和過，還帶著一些欣賞，這女子到底是誰？

荀柳臉上並無半分膽怯，有些無奈地拿起托盤上的彎管，面向眾人。

「這只是民女偶然發現的，若有偏頗，望各位大人見諒。」又問靖安王。「王爺，可有整個西關州的地形圖？」

靖安王哈哈一笑，揮手道：「去本王書房取一份過來。」

眾人心下震驚，居然有人膽敢指使王爺？而王爺不但不怪罪，反而還挺高興的？

半個時辰之前，他們聽聞自家王爺找到了解決旱情的辦法，急急忙忙趕來。孰料王爺竟讓一個乳臭未乾的黃毛丫頭上來講話，縱然有微詞，也不敢表露，只能聽聽這丫頭到底有什麼法子，能哄得王爺開心。

不一會兒，下人捧著地圖過來，鋪展在眾人眼前。

荀柳用彎管指著地圖上的一條藍線，開始解釋。

「這是靈河，據民女所知，它始於龍岩山脈主峰，流經西瓊國入海。西關州因為長年降雨稀少，土壤水分不足，州內的蓄水湖更是少之又少，導致本就不豐的農收收成更差。若有辦法聯通靈河，再有效地開湖蓄水……」

她的話還未說完，便聽一陣嘲笑聲響起。

「我道是什麼法子。姑娘，早年就有人提過挖渠，勞民傷財不說……」

荀柳伸出食指晃了晃。「這位大人想說什麼，我知道。之前已有人提過這個問題，但請大人聽完民女的想法，再站出來質疑。」

眾人倒吸一口涼氣，看著荀柳的目光，像是看著不知死活的傻子。

她可知道，她當著靖安王數落的人是誰？那是西關州最大的士族族長，在靖安王面前尚有三分面子，她區區一個不知道從哪裡鑽出來的丫頭，也敢用這般口氣說話？

不少人懷著看好戲的心思望向上座的靖安王，見他一點不悅也無，反而摸著鬍子、一臉看好戲的樣子，更是驚訝。

王景旭見狀，看向荀柳的目光頗為複雜。

荀柳掃了一眾官員一眼，莊重地行了個禮。

「若非王爺的面子，各位大人斷然不會坐在一起聽民女說話。但各位大人需明白，現在西關州旱情嚴峻，千萬百姓盼著一個豐收年，不論在朝高官還是市井小民，若有可行之法，都值得借鑑討論和沿用。

「如果民女這法子真的有效，也並非個人之功，因為民女不過是投機取巧而已。但接下來如何使之完善，並施惠於民，才是大人們為萬民立命該做的大功德。」

「好一個為萬民立命。」一個看上去有幾分地位的老文官笑道：「姑娘，妳且說妳的法子，我們不會再打斷妳。」

荀柳點點頭。「我知道各位大人最關心的是如何聯通靈河水這件事，其實很簡單。」

她指了指地圖上的靈河和西關州。「不久前，民女剛去過龍岩山脈，觀察到那裡的靈河水位高於西關州地面許多，而水有個特性，民女稱為虹吸現象，就是這般……」

她說著，按照之前示範給金武等人看的法子，又重新演示了一遍。

官員們湊近，睜大眼看著那股細小的水流自動從木管裡流失殆盡。再看碗內，已然空空蕩蕩。

「這是……」

「這就跟水往低處流是同一個道理。」荀柳笑著解釋。「只要靈河的水位高於西關州地面，再鋪設出一條足夠穩固的管道聯通內陸，這法子便永遠有效。」

她見眾人面帶喜色，又道：「但有兩件事需要注意：其一，靈河水位不一定穩定，建議引水之後，在各地挖掘蓄水湖，亦有助於改善當地氣候和土質。其二，用來鋪設的管道，材質必須夠堅韌。萬一出了意外，即便能切斷源頭，但傳信或許會延誤，屆時引發洪澇，就不好了。」

「材質倒不必擔心，西關州特產一種山石，堅固無比，再加上西瓊倭樹汁做的封膠，便十分耐用了。」

「最近西瓊商隊剛來一批倭樹汁，我本是留作自家砌牆用，如今全拿出來做管道吧。」

眾人你一句、我一句地討論起來，沒人注意到荀柳，正合她的意。

她放下木管，走到靖安王面前，行禮道：「王爺，看來這裡已經沒有民女的事。若無其他吩咐，民女便告退了。」

靖安王笑道：「欸，妳這丫頭怎麼總是與常人不同？妳立了如此大功，還未說想要什麼賞賜。」

荀柳鄭重行禮。「民女只求王爺一道令。」

「哦？」靖安王饒有興致地看著她。「什麼令？」

王景旭本是在聽那些大人討論，聞言不由跟著父親一道看過來。

荀柳道：「民女求王爺下令，讓各位大人莫要將今日之事傳出去。此法只當是各位大人和王爺想出來的主意，與民女並無任何干係。」

這話出乎靖安王的意料之外，意味深長地打量荀柳。「妳可是怕被仇家知曉？」

「不只。」荀柳搖頭。「民女生無大志，又剛剛與弟弟逃出死劫，只想在碎葉城安生立命。這個頭，民女出不起，也受不起。王爺願意接納民女等人入籍，已然是大恩，斷不敢再要賞賜，求王爺成全。」

賞賜也就是賞些金銀之類的，她暫時不缺，只要別讓蕭黨知曉他們在碎葉城就好。

王承志見狀，覺得有些好笑，他還是第一次見威名一世的父親這般樂意賞賜一個人，這人反倒不領情的。

要知道，他父親當王爺這麼多年，可是最討厭皇家這套施恩施惠的手段。

但靖安王沒有發怒，十分大度地擺了擺手。「罷了罷了，既然這麼不情願，那就隨妳的意吧。」

荀柳心裡一鬆，又行了個禮，急忙退下。

王承志看著她近似逃走的背影，忍不住笑道：「這丫頭倒是有意思。」

靖安王冷哼一聲。「有意思什麼？本王好不容易來的好心情，全被這丫頭破壞了。」

「但父親很喜歡那丫頭，不是嗎？」王承志又笑。

靖安王沒好氣地哼了一聲，並未反駁。

官員們還在熱火朝天地議論，彷彿明日就能解除旱情一般。

王景旭則看著門外，不知在想些什麼。

出了前廳，荀柳大大呼出一口氣，立即朝金武等人待的院子奔去。

他們已經醒了，下人端來飯菜，正在大快朵頤。

唯有小小的軒轅澈端坐著，面前擺著兩副碗筷，似乎是在等荀柳回來。

他一抬頭，看到荀柳的身影，便露出乖巧至極的笑容。

「阿姊。」

金武等人這才看到荀柳，連連招手。「小妹，快來嚐嚐，這王府的飯菜著實不錯。」

荀柳笑著過去坐下，接過軒轅澈遞來的碗筷。「這些是誰送來的？」

「聽說是王妃。事情都辦完了？」

「辦完了，等王爺他們散了，夏將軍便會來領我們離開。」

然而，等他們吃過午飯，又等了整整一個時辰，前廳的商議卻未結束。

幸好夏飛並未忘了他們，差親衛拿著他的腰牌帶他們去縣衙，讓他們在碎葉城落戶。

出乎意料的是，夏飛還送了一間位在碎葉城內的三進院子給他們。

荀柳本想拒絕，但那親衛卻說，夏將軍下了死令，如果他們不要，便將這院子當廢宅處理掉。

荀柳看過之後，心疼至極，便勉強收下了。

這院子真的不錯，家什一應俱全，連被褥等物都是新的，房間也足夠他們居住，可就是跟她理想中桃源般的山中小院相比，還是有些出入。

不過住在城鎮也好，至少生活方便些，也好找活計。

金武和王虎道：「可惜我們明日就要入營報到，往後能出來的機會少了許多。」

「怕什麼，不論你們在哪兒，以後這裡就是咱們的家。若能得空出來，小妹再做些好吃的，讓你們嚐嚐。」

錢江也摟過兩人的肩膀，笑道：「小妹說得對。明日你們就要走了，那今晚咱們不醉不歸如何？」

「好，那一個人去買酒，兩個人收拾房間，還有一個人幫我燒火做飯。」荀柳渾身都是幹勁。

軒轅澈第一個站出來。「我幫阿姊燒火。」

「那我去買酒，老二和老三打掃院子、收拾房間，順便多劈些柴出來存著。」

「好！」

晚上，院中架起一張小桌，五人圍坐著說說笑笑，想起一天前的日子，彷彿作夢一般。

「往後我要當將軍，像雲大將軍那般的將軍！」

「屁！就憑你，做個紙老虎還差不多，哈哈……」

「嘿嘿……我只想做點小生意，娶個溫柔的賢內助，再為我生幾個滿地跑的娃娃。」

「我，荀柳——」荀柳滿懷豪情地站起來，滿臉通紅，晃了晃身子。「本來只想一個人過自由日子，但現在我有了你們！尤其是你，小風！」

她說著，身子就要歪下去。

軒轅澈撐住她。「阿姊，妳喝多了，我先扶妳進屋吧。」

他看了看另外三個醉得隨地亂倒的漢子，往後掃了一眼，便托起荀柳的胳膊，架在肩上，往正房走去。

接著，安靜的院子裡閃出幾道黑影，將躺在地上的三人分別抬到各間廂房中。

軒轅澈費力地走到內室，剛要把荀柳放到床上，醉倒的她忽然睜開眼，兩手捧著他的臉，含糊不清地說起話來。

「小風，我跟你說，我是你姊姊，是你的親人。我知道，你心裡藏著恨……」

她哽咽幾聲，將軒轅澈的臉蛋揉得不成樣子。

「這麼可愛的小風，姊姊怎麼能接受你離開，哇嗚嗚……」

軒轅澈無奈地扯開她的手，見到她淚眼模糊的樣子，輕輕將手放在她的側臉上，一字一句地承諾。

「我們不會分開的。」

將荀柳安置好，軒轅澈才走出正房。

一排黑影立在院子當中，見他出來，立即下跪。「主子。」

其中一人扯下面巾，露出一張煞白的臉。「夏大人傳令，說所有事情皆已準備好，問主子何時動身前往明月谷。」

「告訴他，我自有打算。」

清晨，日光正好，天氣晴朗，路上行人多了起來。

不知道是不是心知旱情有救的原因，荀柳等人心情特別好，尤其是金武和王虎，知道荀柳要上街訂製兩套衣服給他們，更是滿臉歡喜。

軒轅澈卻難得地拒絕跟他們出門，只笑道：「姊姊，我在家看門吧。很多東西還沒收拾好，我在家裡等你們回來。」

荀柳以為他是累了，也不勉強，只說若東西太多，等他們回來整理就好，不要累壞了，便跟著金武三人上了街。

碎葉城最繁華的街道名為朱雀街，做什麼行當的都有，以成衣、飾品鋪子和酒肆居多。

金武和王虎是頭一次跟著姑娘家上街，花的還是自家小妹的私房錢，便想找間看得過去的小鋪子，選兩套便宜能穿的衣服，意思意思就好。

孰料，向來嚴格管錢的荀柳拒絕了。

「平常就算了，但你們待會兒便要去見靖安王和他麾下的將領，應該體面些。也就這一回，不用替我省錢。」

荀柳說著，走進一間看起來最奢華的成衣鋪子。

錢江見狀，衝著他們笑道：「小妹好不容易大方一回，你們就安心接受吧。」

王虎忍不住嘿嘿笑了一聲，撓了撓頭。「有個妹子就是好，尤其是我們小妹，這般聰慧能幹，還會心疼人。」

金武不說話，但臉上忍不住的笑容也說明了一切。

鋪子裡的富人不少，荀柳剛進去，便見到不少穿著講究的小姐公子正在挑揀衣裳。

店裡的夥計很勤快，見到有人進來，忙上前笑著招呼。「客官，來買衣裳？請問是男式還是女式？」

雖然他說話很客氣，但見荀柳身上的衣服都是最低級的布料，看起來也不是多有身分的樣子，便有些怠慢。

「小店裡的衣裳跟布料都有些昂貴，若是客官不買，也請不要亂摸。」

王虎剛跟著荀柳走進來，他脾氣躁，聞言便有些發怒了。

「你是什麼意思？」

金武攔住他，卻衝著那夥計道：「難不成你們家的衣裳貴比黃金？那他們怎麼可以亂摸？」目光瞥向正摸著布料談話的客人。

夥計哪裡知道這貌不驚人的姑娘背後還跟著三個身材魁梧的漢子，登時說不出話來。

正在一旁幫客人介紹的掌櫃聽到動靜，走了過來。

「各位客官，不好意思，我家夥計嘴笨，還請各位大人不計小人過。需要什麼，我這就讓人拿過來。」

金武挑了挑眉，掌櫃明明就站在夥計旁邊，方才說話的時候他裝作沒聽見，現在發現他們不好惹，這才出來，倒是比他家夥計會做人。

荀柳懶得計較，無論在前世還是古代，狗眼看人低的大有人在。她不過是想買幾套衣服而已，犯不著因此生氣。

「介紹兩套你們店內最好的男裝，給他們穿的。」荀柳指了指金武和王虎。

掌櫃打量他們一眼，立即點頭，吩咐夥計。「多拿幾套過來給姑娘挑選。」

夥計忙去後面拿衣裳，荀柳挑了其中兩件造型俐落的，問金武跟王虎的意思。

「這兩件怎麼樣？」

王虎嘿嘿笑了笑。「我不挑，能穿就行。」

金武也跟著笑。「小妹挑的，自然是最好的。」

「掌櫃，我看你店裡有試衣的地方，應當允許試衣吧？」荀柳轉過頭問掌櫃。

掌櫃看著那兩件衣裳，有些為難。

「姑娘的眼光確實不錯，這是小店新進的衣裳，但這料子難得，也比尋常衣服貴一些。

若要試穿，起碼得付一半的訂金，您看……」

王虎聽他支支吾吾的，心裡有些煩，直接道：「多少錢，你說就是，吞吞吐吐幹什麼？」

掌櫃尷尬地笑了笑。「這一件要十兩銀子，兩件便是二十兩。不是小店騙各位的銀子，姑娘摸摸這料子，也該明白非尋常料子可比，賣價自然也貴。碎葉城的富家都在小店訂製衣裳，小店賺的也不多，給姑娘的價錢已經是最優惠的了。」

「什麼？」金武和王虎睜大了眼，看著手上的衣服，不敢置信。

尋常人家一年的開銷，也不過十兩銀子左右。這兩件衣裳難不成是金子做的？要價這般高，著實太過分了些。

金武放下衣裳，轉身便要往外走。「不買了不買了，要這勞什子衣裳做什麼？我覺得我身上這件就挺好。」

然而，荀柳從錢袋裡掏出兩錠銀子，擱在桌上。

「這兩件衣裳，我們要了。」

「小妹！」金武忙轉過身，心痛道：「妳要是嫌銀子多，給我也成啊。」

「小妹，這家衣服太貴了，咱們換一家買。」王虎看著銀子，也有些不捨。

荀柳認真地看著他們，出聲解釋。

「貴是貴了些，但總會用上的。二哥，三哥，你們跟著靖安王和夏飛將軍，不比以前在邵陽城的時候，碎葉城士家大族多，穿著體面些，自然對你們有利。

「此去一別，小妹不知何時能與你們再見，就當臨行前的禮物。你們若是覺得心中有愧，以後領了俸祿再送回來便是，我可會照單全收的。」

王虎與金武聞言，心中感觸甚深，見彼此眼中都有不捨，便不再說話。

掌櫃沒想到荀柳居然真掏得出這麼多銀子，笑得合不攏嘴，生怕她反悔似的，連忙將銀子收到自己的抽屜裡。

「這便妥了。二位公子，請隨我的夥計去後頭試衣吧。」

第二十七章

等金武和王虎隨著夥計離開，荀柳又看了看店內，問掌櫃。「你們是否接受訂製？」

因為見識過荀柳的財大氣粗，掌櫃的態度大為轉變，連連點頭。

「當然。不知姑娘想訂製什麼？我們有整個碎葉城最好的製衣匠，包管姑娘滿意。」

他話音未落，便見荀柳搖了搖頭。「不，我有圖樣讓你們製作。」

她從懷裡掏出一張紙，伸手鋪開，錢江和掌櫃一同湊過來看，只見那圖不知是用什麼筆畫的，不似一般墨跡，卻是清晰明瞭。

那是一根腰帶，但造型非常古怪，前後有不少暗扣和夾子，似是專門為了置物設計的。

「小妹，這東西是用來做什麼的？」錢江忍不住問道。

「這是要給二哥跟三哥的，自然是為了放置武器。尤其是這腰帶內側，甚至還可以放藥囊。將來上了戰場，若是遭遇不測，希望能借此保住一條命。」

荀柳說完，又笑了笑。「也許是我考慮得太過了。」

錢江搖搖頭，溫和笑道：「妳能這般處處為他們考慮，他們定會高興。」

掌櫃一看圖樣，便知道這是個好東西，正準備答應時，卻見圖紙被一隻翹著蘭花指的手拿了起來。

三人抬頭看去，見來人是個身著綾羅的妙齡女子，身後還跟著畢恭畢敬的丫鬟，正垂目看著圖樣，然後高高挑起眉，嬌聲指揮掌櫃。

「這東西倒是不錯。掌櫃，多做幾件送到我府裡。」

掌櫃為難地看了看站在身旁的荀柳，對女子討好道：「黃小姐，這不是小店的圖樣，是您身邊這位姑娘畫的，所以……」

「那又怎樣？」黃玉瑩不屑地瞄荀柳一眼。「不就是多出些銀子，我又不是出不起。」

錢江聞言，皺了皺眉，正準備開口，卻被荀柳伸出手阻擋。

荀柳猜出，這女子不是士族女眷，便是豪紳千金，她剛在碎葉城安定下來，自然是多一事不如少一事好。而且不過是條腰帶而已，她又不指望賣版權。

「掌櫃，我只要訂製兩套。其他人若是有需要，你可以不用顧忌我。」

黃玉瑩聞言，瞟荀柳一眼，面帶得意，以為荀柳是見她出身不凡，才識時務知難而退。

掌櫃也鬆了口氣，對荀柳的態度，多了幾分真心。

「姑娘，實在對不住。小店也不占姑娘的便宜，方才那兩件衣服，小店再給個折扣，就當是補償了。」

太好了，還能省點錢。荀柳剛準備點頭，但卻聽身後傳來一道嬌俏的聲音——

「我道是誰光天化日在這裡欺負人，原來又是妳呀，黃玉瑩。」

荀柳往後看去，只見臺階下有個著水紅綢衫、面若桃李的嬌俏女子，正是王嬌兒。

兩名丫鬟正扶著她身後馬車上的人下來，竟是靖安王世子妃。

荀柳沈默，想裝作和她們不認識，但姚氏的記性似乎太好了些，一抬眼便看見她，還十分友善地點點頭。

黃玉瑩見到王嬌兒，本來想頂幾句嘴，卻看到姚氏出現在她身後，便有些尷尬地衝著姚氏行了個禮。

「見過世子妃。」

「不必多禮，起來吧。」姚氏語氣淡淡。

掌櫃有些驚詫地看了看天色，發現今天日頭正常，並未打西邊出來，但他這小店卻像是捅了蜂窩一般，貴人一個接著一個進來。

一個是碎葉城第一士族，一個是靖安王府，哪個他都得罪不起，讓他如何是好？

但他顯然是顧慮過多了，黃玉瑩雖然驕縱，但也明白碎葉城真正當家的是誰。若是王嬌兒一個人，她尚不懼怕，但世子妃也在，就不一樣了。

見姚氏受了她的禮，表情仍舊淡淡，黃玉瑩想了想，主動解釋。

「嬌兒妹妹誤會了，方才我說過想出錢買下圖紙，並沒有強人所難的意思，是這位姑娘自己不要而已。」

解釋是真的解釋了，但這語氣卻好像是荀柳不領情，跟她沒關係似的。

荀柳覺得有些好笑，看來這位跋扈千金平日沒少這般見風胡扯，竟然還扯得有幾分道理。

王嬌兒卻是看慣了黃玉瑩這副嘴臉，挑眉笑道：「是呀，整個碎葉城，誰敢收妳黃玉瑩的銀子？動動嘴便要讓人家將自己的東西拱手相讓，這樣的事情，妳做的還少嗎？」

「妳！」

黃玉瑩被頂得臉紅氣粗，又因為姚氏在場，不好發作，只能瞪著王嬌兒，憋得難受。

姚氏掃了她一眼，表情淡淡。

「黃小姐，妳的父兄都在西關州任官，應該知道靖安王府最不喜以權壓人，就算今日之事只是小事，但足以可見黃家家教，遑論荀姑娘本來就是靖安王府請來的貴客。今日便罷了，若再讓我看見，我便要好好找妳的母親談一談了。」

黃玉瑩從小被嬌養著，縱然闖過一些小禍，旁人顧忌黃家面子，總是不了了之，哪裡受過這等委屈？姚氏當著這麼多普通百姓的面給她難堪，便咬著唇紅著眼，掩面跑出了鋪子。

黃玉瑩一跑，那張圖紙隨之飄落，正好落在王嬌兒裙襬下，被她好奇撿起。

她左右旋轉著瞧了半晌，這才弄明白是什麼東西，十分驚喜地湊近姚氏，也讓她看看。

「娘，您看這腰帶確實奇巧，怪不得黃玉瑩這般喜歡，非要強占呢。」

姚氏看了，眼中也露出一絲驚詫。那天靖安王召荀柳去前廳議事，她略有耳聞，知道這位姑娘定不尋常。現在看來，真與一般女兒家不一樣。

她仔細打量荀柳，只見荀柳衣著普通、相貌清秀，那雙眼睛卻靈氣逼人，從她進店後，神情既無恭維，也無討好，甚至聽她女兒誇耀圖樣時，臉上也無一絲驕矜之色。

這姑娘……倒是有趣。

姚氏笑道：「確實奇巧，看起來倒像是男子所用。」

荀柳點頭。「回世子妃，確實是男子所用。民女的兩位哥哥，今日便要隨王爺和夏將軍從軍，所以民女才想訂製腰帶送給他們。」

「這東西不錯，我也想給哥哥和祖父訂製一套，荀姑娘可介意？我可以付錢的。」王嬌兒嬌笑，倒是比黃玉瑩客氣真心許多。

荀柳搖搖頭。「方才我已經和掌櫃說過，他允諾買衣服時給些優惠，所以這圖樣就當是賣與他了。王小姐自然可以訂製，不用付我銀錢。」

「雖是這麼說，但到底是我們占了便宜。」姚氏道：「昨日荀姑娘走得匆忙，沒能好好招待，明日府上小女欲辦賞花宴，不如荀姑娘也一起來瞧瞧可好？」

荀柳看錢江一眼，正想找理由拒絕，王嬌兒卻嬌俏地笑了一聲，走過來不認生地拉起她的手。

「那敢情好，我聽祖父說了妳在湧泉縣的事，正想好好問問，明日妳一定要來。」

荀柳愣住。這讓她怎麼拒絕？

半晌後，她只能應下。「好，明日定準時登門拜訪。」

王嬌兒聞言，這才滿意了，把圖紙遞給一旁始終不敢插話的掌櫃。

「掌櫃，按照我祖父和我哥哥的尺寸做兩條腰帶，做好後和前幾日我訂製的衣裳一起送到靖安王府。」

掌櫃忙應了聲好，王嬌兒過去挽住姚氏的胳膊，準備要走了。

「荀姑娘，明日再見。」姚氏笑道。

荀柳點頭。「世子妃慢走。」

兩人剛離開，在裡面試衣的金武和王虎走了出來。

金武眼尖，瞥見外面上車的兩道身影，似乎有些熟悉，認出是誰後，驚訝道：「那不是世子妃和王小姐嗎，她們怎會過來？」

錢江苦笑。「說來話長。」

王虎撓頭，不知道他們在說什麼東西，繼續喜孜孜地低頭看自己的新衣裳。

荀柳轉過身，正準備和掌櫃說話，孰料掌櫃卻恭敬地開口說了一大串。

「是小的有眼不識泰山，沒想到姑娘居然是王府貴客，這腰帶就當是小的為剛才的怠慢賠罪，贈與姑娘，還望姑娘留個地址，等腰帶做好之後，小的派夥計送去給您。」

還不等荀柳說話，掌櫃又急道：「姑娘莫要推辭，不然小的心裡著實不安。」

金武和王虎更是莫名奇妙，看著掌櫃的眼神像是看著怪物一般。

金武湊過去，小聲地問：「小妹，剛才到底發生什麼事，怎麼掌櫃跟變了個人似的？」

荀柳哭笑不得，只能含糊道：「回去再說。」

「那就煩勞掌櫃了。」

「不敢不敢。」

將荀柳等人恭敬地送出門後，掌櫃立刻叮囑夥計。「記住這幾個人，尤其是那位荀姑娘，那是靖安王府的人，以後千萬小心招待，知道嗎？」

夥計不甚明白，但掌櫃說的話總是沒錯的，便惶恐地點了點頭。

此時，四合院東廂房中，夏飛看著眼前神色冷淡的軒轅澈，眼中憂慮極深。

「主子，荀姑娘有我照看，不會有事，您還是儘早趕往明月谷為好。無極真人早已趕到，只等主子動身。」

見軒轅澈不語，他又道：「如今朝中擁護蕭黨之人眾多，蕭妃不久將登后位，三皇子被立儲，怕也是板上釘釘的事。我們所剩時間不多，萬不可為了無關緊要的事而耽誤大局。無極真人傳信，他會把畢生所學教給主子，還請主子以大局為重。」

軒轅澈凝視窗外的院子，院子中央用石磚隔出一小片土地，應是原來的主人留下來種花草所用。

今日早上，她還笑著對他說，過些日子買棵桃樹回來，桃樹旁安置一桌四凳，春可賞花，秋可採果。

她是真的以為他不會離開，就像他承諾的那樣。

許久後，夏飛再忍不住，想繼續勸說時，軒轅澈忽然開口道：「給明月谷回信，七日後動身。七日內，我會安排好一切。」

夏飛鬆了口氣，立即抱拳。「是，主子。」

院外響起敲門聲，夏飛道：「那屬下先告退了。」

軒轅澈點頭，夏飛閃身出房門，縱身一躍上了房頂，消失在層層牆瓦之間。

荀柳敲門，不一會兒便聽到門內腳步輕聲而至，門被打開，露出軒轅澈乖巧的面孔。

「阿姊。」

荀柳笑著走進門，見院子裡果然乾淨不少，便揉了揉他的頭髮。「累不累？」

軒轅澈搖搖頭，滿臉乖巧。

錢江也打量了院子，頗為滿意。

「這院子倒是寬敞，屆時邊邊角角可以種些花草。還有後面的幾間屋子，屆時清理清理，都可以派得上用場。」

金武和王虎見狀，不捨地說：「可惜我們往後常住不了了。收拾收拾，也該走了。」

「現在就走？等吃過午飯吧，我再去買些酒回來。」

「不了。」金武搖頭，對錢江道：「再晚就不好了。送君千里，終須一別。」

一時間，眾人都有些沈默，荀柳心中也不好受。

這段時日，五個人一起歷經生死，如今好不容易安頓下來，卻又不得不面臨離別，她自然滿心不捨。

不過，金武說得對，送君千里，終須一別，往後定有再見的機會，便衝著金武和王虎笑了笑。

「又不是生離死別，總有再見的時候。你們去了軍中，應會趕往西部駐守邊界，小妹沒有別的要求，只要你們安然無事便好。等腰帶和袖箭做好後，我再尋人寄過去給你們。若是方便，你們也記得常給家裡寫信。」

這句「常給家裡寫信」，讓金武等人心中熨貼許多，打起精神笑道：「好，我們定記在心裡。」

依依不捨送走了金武和王虎，正好到了中午，錢江出去隨便買了幾樣小菜，三人坐在院子裡邊吃邊聊。

「若要在碎葉城久居，咱們也需要尋個長久活計。方才上街，我看了一眼，那些鋪子怕是都不太適合，小妹有什麼主意嗎？」

荀柳想了想，也搖搖頭。開飯館，她沒這個熱情；做成衣首飾，她也沒這個技能，女紅之類的活計，就更別提了。她只會機械設計，總不能逮著人就問誰缺機械工程師吧，豈不是會被人當成傻子了。

錢江第一次見到主意多的荀柳也被問題難住，兩人捧著飯碗，發愁起來。

坐在一旁細嚼慢嚥的軒轅澈目光閃了閃，忽然出了聲。

「阿姊不如開間巧物店，專賣以往做過的那些討人喜歡的巧物。這裡的達官貴人多，應當會受他們歡迎。」

錢江眼睛一亮。「這個主意不錯。小妹，以往我跟著壯子，多少會些打鐵的手藝，倒也能幫到妳。」

荀柳想了想，覺得這個想法不錯，見兩人滿含期待地看著她，便一錘定音。

「好，那我們就開店。」

話是這麼說，但在碎葉城開店並不是一件容易的事，租店地段、商品備貨等，都需要時間準備。

三人討論一下，決定把院子後面的後罩房改成製作間，先做出幾樣東西出來再說。由荀柳設計圖樣，錢江負責製作，分工倒是很合適。

「另外，我們製作的東西怕是需要用到精鐵，得去官府申請。」

錢江想了想，道：「精鐵怕是不好申請，不如我們去找夏將軍問問可有辦法？」

荀柳想起姚氏邀她去王府赴宴的事。「正巧世子妃邀我明日去王府參加賞花宴，屆時我找機會問問她吧。」

軒轅澈抬頭看向荀柳。「今日你們遇到世子妃了？」

荀柳點頭，將今天上午發生的事告訴他，隨後又嘆了口氣。

「世子妃邀請我，不去不太好。往後既然我們要住在碎葉城，又準備開店，這種場面事怕是少不了了。」

「其他世家也算了，我倒是覺得，靖安王府可以結交。」錢江笑道：「小妹，妳不必太過小心，我們是受王府之恩來這裡落戶，王爺既然不嫌棄，老二和老三也隨他去了軍中，往後怕是免不了交集，這對咱們而言也沒什麼壞處。」

荀柳只笑了笑，沒有多說。

她不是擔心與王府結交，而是怕跟王府交往過密，會暴露軒轅澈的身分。將來軒轅澈必定會返京報仇，屆時他的身分就算想瞞也瞞不住，等到那個時候，關係會更加複雜。

唉，她平生最不會處理這些關係，一向覺得與人交往，真誠最重要。但自從她來到這個世界之後，謊撒得越來越溜不說，現在腦子裡藏的事也越來越多，什麼時候才是個頭啊？

這時，她感覺到有一隻手正在扯她的袖子，低頭一看，見軒轅澈那雙澄澈的鳳眸正認真看著她。

「阿姊，與誰交往，妳開心最重要，不必思慮過多。」

荀柳心裡一暖，知道他是不希望她為了他擔憂，伸手揉了揉他的頭髮，笑著點頭。

「好，我聽你的。」

不論怎樣，現在能過上安穩的日子已經不容易，她會好好經營接下來的生活，更會盡其所能保護小風的安全。

「既然這樣，明日妳安心去王府，我正好去街上問問後罩房修葺的事。」

錢江想到未來可期，便覺得渾身都是力氣，迫不及待想儘早將開店的事情準備起來。

荀柳笑道：「好，那明日小風還是守在家裡。待會兒咱們分一分房間，你們喜歡哪一間，便自己去收拾。」

錢江跟軒轅澈點頭，滿臉的滿足和歡喜。

最後，錢江選了西廂房，軒轅澈則說東廂房比較合他心意，兩人心照不宣地將最舒服的正房留給荀柳。

荀柳見他們自顧自地拿定主意，知道他們是故意照顧她，心裡暖了暖，便去睡正房了。

第二十八章

次日一早，荀柳從一堆家當裡翻出一件還算新的女裝，換上之後瞅了瞅，這才覺得不是那麼礙眼了。

半晌後，她摸摸自己睡得跟個雞窩似的頭髮，煩惱起來。

不行，她只會盤宮女髮型，現在梳不太合適吧？但披頭散髮更不合適，又不是去搖滾區吶喊。

她坐在梳妝檯前思索，忽然眼睛一亮，想出一個主意。

與此同時，錢江和軒轅澈將昨晚的剩飯剩菜熱好，端出來放在院子裡的石凳上。

「小風，去叫你姊姊出來吃飯。」

軒轅澈點頭，轉過身，卻見正房的門已經打開，一道纖細人影走了出來。

荀柳身著緋色衣衫，腳步盈盈，膚若凝脂，尤其是扮成男人時被束縛的胸部，此刻解了束縛，更顯飽滿，更襯得纖腰不盈一握。

再往上看，便撞進她那雙燦如夏花的笑眼裡，不知為何，軒轅澈的心不可控制地跳了下，似乎有什麼東西破土而出。

錢江見軒轅澈發愣，不由好奇地跟著轉身，這一看也是驚豔非常，但目光瞥到荀柳的頭頂，卻忍不住噗哧笑出聲來。

「小妹，妳好歹也梳個看得過去的髮髻，這道姑頭是怎麼回事？要不是我昨日知道妳是去賞花，不然怕是以為妳準備出家。」

荀柳不好意思地撓了撓頭髮，有些無奈。「我也想啊，但我只會梳宮女頭，不然就是男子髮髻，其他的都不會，這樣已經算好了。」

錢江捂著肚子笑。「不行不行，妳這樣去王府，肯定會讓人笑話，換一個換一個。」

「我來梳吧。」軒轅澈忽然道。

荀柳轉頭看去，只見軒轅澈正望著她，一雙鳳眸認真而明亮。

「以前我幫娘梳過的。」

荀柳心底一酸，知道他指的是雲貴妃，輕輕點頭。

「好，梳子在我屋裡的梳妝檯上。」

不久後，軒轅澈拿梳子走出來，見荀柳已然坐在石凳上背過身等他，一頭如雲秀髮放了下來。

這一幕似曾相識，讓他想起當年還身為皇子的日子，那時母妃便是這般背著他坐，讓他代為梳髮。

只是，荀柳髮上的香氣雖不似母妃的那般濃烈，卻讓他的心臟跳動得更加厲害。

半晌後，軒轅澈握著梳子將手垂下，默默別開了眼。
「阿姊，梳好了。」
荀柳聞言，歪了歪脖子，起身伸了個懶腰，摸摸頭上的髮髻，驚喜地笑起來。
「小風的手真是巧！」
她像往常那般給了軒轅澈一個大大的擁抱，卻沒看見他在她靠近時悄悄紅了的耳根。
「不錯，就這樣吧，快吃飯。」錢江把碗筷遞給荀柳。
荀柳接過碗筷，順勢遞給軒轅澈，很自然地坐下，重新拿起一副碗筷吃了起來。
軒轅澈看看自己手上的碗筷，定了定神，也跟著坐了。
三人簡單用過早飯後，各自去辦自己的事。
臨走時，荀柳怕軒轅澈一個人待在家裡無趣，給了他幾兩銀子，讓他沒事便上街走走，買些喜歡的花草回來。
軒轅澈乖巧應下，笑著送兩人出門。

到了王府門口，看見兩列威武的守衛，荀柳猶豫半晌，還是抬腳走過去，不出意外地被攔住了。
守衛道：「妳是何人，可有拜帖或者請帖？」
拜帖？對了，古人串門子似乎需要這個東西，一般主家邀約會事先寄請帖給客人，客人主動造訪則需要遞拜帖，但姚氏貌似沒給過她這東西啊。

荀柳正想解釋，卻見一名僕從打扮的男子突然從她身旁插過來。

「那個，我是……」

「方家嫡長女方詩瑤前來赴王府賞花宴，這是請帖。」

守衛看了一眼，揮手讓其他守衛跟著讓開位置。

小廝轉身，荀柳跟著看去，這才發現身後不知什麼時候駛來一輛頗為奢華的馬車。

小廝上前恭敬地打開車門，一個秀麗的小丫鬟先下車，而後被她扶下來的，則是一位身著月白對襟襦裙、戴著面紗的女子。

雖因面紗看不清女子原貌，但以她裊裊婷婷的姿態，便知曉定是位絕色美人，畢竟美人才需要戴面紗嘛。

美人被丫鬟攙扶著，慢慢上了臺階，荀柳很客氣地讓開，又問守衛。「沒有請帖就不能進去？」

「廢話。」守衛沒好氣道：「若是想來拜見，便先送上拜帖，我們自會派人送進去交給總管，妳回去等消息便可。」

哦，也就是說，今天無論如何都進不去了。

那敢情好，以後遇上姚氏，可以把這個鍋推給她家護衛，她上街瞧瞧鋪子去。

荀柳喜孜孜地轉過頭，正準備往外走，孰料還沒走下臺階，便聽到裡頭傳來一道熟悉的嬌俏聲音。

「方姊姊，妳來啦。哎，荀姑娘也來了，怎麼還往回走呀？」

荀柳尷尬地轉過頭，看著臺階上的紅衣少女，乾笑兩聲。

王嬌兒看到守衛手上那封請帖，忽然明白過來。「哎呀，是我的錯，昨日忘了差人將請帖送過去。」

她笑吟吟地走下臺階，伸手拉住荀柳的手腕，對幾個守衛哼了一聲。

「你們真是眼拙，居然不認得前日剛來過府裡的貴客。等哥哥回來，我定要讓他好好罰你們。」

雖然是斥責的話，但王嬌兒的嗓音又甜又軟，毫無威懾力。

幾名守衛互看一眼，忙恭敬地低下頭。「是小的眼拙，下回定不會再認錯了。」

荀柳只能無奈地任由王嬌兒拉著她往臺階上走，走到那名方小姐跟前時，荀柳一抬頭便對上一雙美目，便友善地笑了笑，而美人則淡漠地點點頭以示回應。

「荀姑娘，這位是方刺史家的千金方詩瑤，也是我們西關州的第一美人。」王嬌兒興匆匆地介紹，看起來和方詩瑤私交甚好的樣子。

荀柳不意外地點點頭，看剛剛那番出場，也知道對方來頭不小，還是西關州第一美人。之前她在宮裡只見過雲貴妃那樣雍容華貴的女人，不知道這位方小姐又是何等絕色？

方詩瑤聞言，嗔怪道：「嬌兒。」這一聲婉轉如鶯，著實好聽。

「好啦好啦，我不說了。」王嬌兒笑道，將荀柳往前拉。「方姊姊，妳或許還不認識荀姑娘，她是我祖父前日請來的貴客，往後在碎葉城落腳。聽我祖父說，她本事可大著呢。」

荀柳一聽這話題不妙，立即笑著解釋。「哪裡，不過是民女的兩位哥哥出色些，有幸受王爺賞識，民女不過是沾了哥哥們的光而已。」

方詩瑤的目光閃了閃。「可是昨日剛入軍，便被王爺收於麾下的兩位壯士？」

這回，不僅荀柳驚訝，王嬌兒也驚訝地看向方詩瑤。「方姊姊知道？」

方詩瑤點頭，輕掃荀柳一眼。「今早聽父親提起，說王爺對那兩名出自民間的壯士青眼有加。」

王嬌兒沒聽明白，荀柳卻聽懂了。這句話裡的「出自民間」，意味深長啊……

不過，她懶得計較，更不覺得這四個字安在她身上有什麼不妥，正好免了以後不必要的交集和麻煩。

「那我們先進去吧，其他人也到了。」

王嬌兒帶頭往前走，和方詩瑤熟絡地聊了起來。

荀柳慢悠悠跟在後頭，聽她們說的都是女兒家的閨房樂事，她沒這種經驗，也懶得插話，便扭頭隨意打量周遭的花草樹木。

現在已經是三月中旬，正是春花爛漫之時，王府後院花團錦簇，芬芳四溢。

她跟著王嬌兒等人越過一片假山石，發現後院中央竟有一片碧湖，湖面上木廊小亭交錯而立，不少打扮輕盈的秀美女子手執團扇，正三兩成群湊在一起說笑。

百花爭豔，佳人笑語，不得不說這番景象著實宜人。

但荀柳總覺得自己和這裡格格不入，尤其是低頭看到那身半點都不輕盈的布裙時，更別說她也沒拿團扇了。

她覺得自己好像是百花裡頭的一棵仙人掌，毫無美感可言。她到底是為什麼要答應來這裡？

這時，佳人們注意到她們了，圍上來和王嬌兒等人打招呼。

「方姊姊也來了。咦？嬌兒妹妹，妳何時換了丫鬟，怎麼這般眼生？」

荀柳無語。

王嬌兒有些尷尬地看看荀柳，試著打圓場。「莫要開玩笑了，這位是荀姑娘，也是我請來的嬌客，才不是什麼丫鬟呢。」

眾人驚詫地看向站在兩人身後的荀柳，有人忍不住問道：「恕我等眼拙，荀家……可是從哪裡搬來的新任朝官？」

不怪她們會這麼問，靖安王雖不喜士族捧高踩低那一套，但別的世家可不這麼想。世家千金的閨中密友，也定是來自世家貴族，而且靖安王府更不是什麼人都能受邀進來的。

縱然是天真如王嬌兒，也聽出氣氛不太對勁，一時間不知該怎麼替荀柳解釋。

這時，站在她身旁的方詩瑤主動開了口。

「荀姑娘的兩位兄長昨日剛從軍，且深受王爺賞識。我相信，憑荀姑娘兄長的本事，也許不久就能聽到他們加官進爵的消息了。」

方詩瑤說著，還衝荀柳十分友善地笑了笑，似是在故意幫她說話。

荀柳一頭霧水，這女人的臉怎麼變得這麼快？

王嬌兒聞言，十分感激地看方詩瑤，繼續親暱地拉著她說話。

眾女了解了荀柳的背景，雖然附和地笑了笑，卻對她不再熱情。兩個剛從軍的平民，先不論有沒有機會立功，縱然立功，也不知要等到什麼時候去了。

一介民女不值得她們花費精力結交，她們的目的可是和王嬌兒打好關係，想得到姚氏青眼，當世子嫡子的妾室也好，也算是眾女眼饞的王府中人了。

接下來，荀柳更覺得自己像個木頭樁子似的杵在這堆鮮花裡頭，這群姑娘不是三五成群，就是圍著王嬌兒團團轉。

她閒得無聊，又不能一走了之，正好看到亭子裡擺放著時令鮮果和點心，便自顧自地坐下來，邊吃邊看湖裡的金魚。

不遠處，有人看到她這副樣子，便用團扇遮住嘴，笑了起來。

「果真是上不得檯面的丫頭。方姊姊，剛才妳還為她說話，怕是白費心了。」

方詩瑤早已摘下面紗，露出嬌如新月的容貌，聽到這番話，淡笑道：「她不過是出身低了些，人倒是不錯。」

「方姊姊，妳就是太善心了，這樣不知規矩的丫頭，能來王府赴宴，已不知是她幾輩子修來的福氣，說不定又是一個妄想高攀王公子的野丫頭罷了。」

「妳們在說什麼呀？」王嬌兒笑著走過來。「我聽到了我哥哥的名字，難道妳們又在談論他？」

方詩瑤紅了臉，嗔道：「嬌兒，怎麼這般口無遮攔？」

王嬌兒挽住她的胳膊，打趣道：「哪裡是我口無遮攔。前些日子，我聽到娘和爹討論，打算去方家提親。說不定，過不了多久，方姊姊就是我的嫂嫂了呢。」

方詩瑤聞言，眼中露出一絲驚喜，隨即恢復鎮定，笑著揉了揉王嬌兒的臉頰。

「妳呀，就算聽到什麼，也莫要隨意亂說，知道嗎？」

其他姑娘聽到兩人的話，眼底閃過一絲嫉妒，卻很快恢復神色，又和兩人說笑起來。

這時，一個丫鬟匆忙走來，俯身對王嬌兒道：「小姐，公子過來了。」

耳尖的人立即踮著腳，朝湖對岸看去，果然瞧見那一抹英挺俊逸的月白色身影……

王景旭望著不遠處湖亭上打扮得花枝招展的姑娘們，忍不住皺了皺眉。

他知道妹妹今日請了各家小姐來府裡賞花，所以特意避開這裡，待在自己院子未出門，直到祖父回來，才過去請安。

孰料，祖父聽說荀姑娘也來了，便要他親自去請人。

現在這樣，他一介男子進去，成何體統？

可祖父的話，又不得不聽……

王景旭想著，目光往眾女中尋去。

方詩瑤抬頭看見那道身影，臉紅了紅，低頭看了看自己今日的著裝。她特地挑了這一件月白色衣裳，就是因為知道他平素喜著白衣。

還有，方才王嬌兒說的，難道世子和世子妃真的有意幫他向她求親？

不知他是怎麼想的……

王嬌兒瞥到王詩瑤臉上的羞澀，眼珠子一轉，拉著她的胳膊，朝王景旭走去。

「哥哥，你怎麼來了？這位是方姊姊，你之前見過的，還記得嗎？」

方詩瑤突然被王嬌兒拉去，心裡慌亂，卻又忍不住欣喜，見心儀的男子就站在眼前，忍不住羞赧地垂下眼睫。

她正想行禮，王景旭卻忽然道：「嬌兒，有事以後再說，我來找人的。」

他說著，看到了亭子裡的那抹身影，衝兩人點點頭，便朝那個正獨自吃得歡快的女子抬步走去。

這會兒，荀柳已經吃得半飽，此刻正捏著一顆葡萄看水面，盤算著這場賞花會到底什麼時候才能結束。

這時，她忽然覺得周圍氣氛不太尋常，撇過頭，看見一雙銀緞雲紋靴出現在她眼前。很明顯地，這是一雙男子的腳。

她抬頭一看，見王景旭正皺著眉站在她面前，而眾位小姐看著她的目光也是驚詫非常。

「荀姑娘，祖父要見妳，還請妳跟我過去。」

靖安王要見她？

荀柳沈默，如此也好，反正她快待得受不了了。

她正準備起身，卻見王嬌兒拉著方詩瑤走過來。

「哥哥，你到底有什麼事？荀姑娘是我請來的客人，待會兒我還要設宴招待。」

方詩瑤也柔聲勸道：「王公子，荀姑娘到底是女兒家，去前院見男子怕是不太合適，不如讓我的丫鬟陪著……」

「不必，外人不便在場。」

方詩瑤聞言，臉色一白，隨即柔柔行了個禮，臉上一片歉然。「是詩瑤逾矩了。」

王景旭看她一眼，似是覺得自己說的有些過了，態度溫和許多。

「多謝方小姐好意，此事涉及軍務，所以不便讓他人相陪。妳們繼續賞花，我們先告辭了。」

方詩瑤沒想到王景旭會向她解釋，心中一喜，羞赧地點了點頭。

荀柳悄悄看明白了這幾個人的關係，看來這位第一美人對王景旭有意。刺史嫡女配世子嫡子，確實門當戶對。

在一干或羨或妒的目光中，荀柳跟著王景旭離開了湖亭，朝前院走去。

第二十九章

路上，荀柳忍不住問道：「公子，不知王爺找我到底何事？」

「不知。」王景旭連個頭都沒回。

荀柳無言，怪她多嘴，非要問一句。

兩人一路無話，氣氛十分尷尬，終於到了前廳。

荀柳進了門，靖安王正和世子王承志圍著桌子說話，見她進來，非常高興。

「丫頭，本王正好有事找妳。景旭，你也過來。」

荀柳本想問問到底有什麼事，但見他這般說，不好拒絕，便隨著王景旭一道過去。

桌上放著她上次講解時用的地圖，上面多了許多用墨水畫出來的路線，自靈河蜿蜒至西關州境內，在州內鋪設開來，形似蛛網。

看來，這就是他們規劃出來的管道。

不得不說，靖安王手下能人確實不少，光看這張圖便知曉，規劃者著實費了不少心思，甚至連城鎮、農田的水源分配都算了進去，甚至也考慮到她曾提過的蓄水湖策略。

只是……

靖安王見荀柳面色猶豫，知道她肯定看出了什麼問題，便道：「丫頭，有什麼話，妳盡可直說。」

荀柳想了想，道：「這管道設計得很出色，尤其是水源分配，十分合理。只是，規劃的人過於謹慎，比如這裡……」她指指繞過城鎮的幾條線，搖了搖頭。「民女不明白為何要繞開，直接將管道鋪在地下，豈不是更好？」

「地下？」

不等靖安王說話，王承志先開口道：「管道開閘必須靠人，尤其是管道出現崩裂時，可直接發現。若管道藏在地下，出現問題，豈不是更麻煩？」

「為何要建造地上閘關，直接在管道上造個控流開關，不就好了？」

王承志和靖安王對視一眼，異口同聲問：「何為控流開關？」

荀柳一愣，她忘了古代沒有水龍頭。

見父子倆瞪大眼睛看著她，她只能認命地嘆了口氣。

「王爺，可否借用一下紙筆？」語氣好比高中老師望著自家一群扶不上牆的學渣一般。

王承志好笑地招呼兒子去拿紙筆。

王景旭本以為荀柳發表不出什麼高見，上次不過是投機取巧而已，孰料聽她一說，也禁不住聽了進去，十分麻溜地走到內室拿出筆墨紙硯，而後才反應過來——

自從這女子出現後，他堂堂世子嫡子不是跑腿，就是跑腿啊！

荀柳看著這幾樣東西，乾笑幾聲，尷尬地拿起自從來到這個世界就沒好好用過的毛筆，蘸了蘸墨汁，在看起來就不便宜的紙張上，歪歪扭扭的一畫——

靖安王祖孫三人湊近看了看。

「荀姑娘，這一筆是何意？」王承志很認真地問。

荀柳尷尬一笑。「手滑了而已。」

眾人無語。

荀柳想了想，乾脆將毛筆一擱，伸出自己的小拇指蘸墨，重新拿起一張紙，飛快往上面畫去。

這一動作引得靖安王有趣地挑眉，王承志無奈地笑了笑，而王景旭則皺起眉頭，心道這女子果然太過粗魯。

不一會兒，一張圖便出現在三人眼前。

荀柳用剛才那張廢紙擦了擦手指，解釋道：「這就是控流開關，上是螺旋鈕，裡是螺旋槽，左右旋轉螺旋鈕可控制水流大小，卡至最底則可直接切斷水流。我建議仔細分割好區域，每個區域設置這樣一個控流開關，出現問題便切斷上游水流進行檢查修葺，這樣既省事，也便於防控。」

其實，這就是前世每家每戶用的水龍頭而已。

王承志拿起那張圖紙，目光驟亮。「真是奇巧，真是奇巧！」

他讚嘆數聲，轉頭看向荀柳，笑道：「果然是後生可畏，荀姑娘如何能想到這般奇巧的設計？」

這可不是她想出來的，是前世大師們的發明。

荀柳想了想，只能解釋道：「民女的父親是木匠，從小家中珍藏不少這類書籍，是偶然從書上看來的。」

王景旭看著她，目光複雜。

靖安王撫鬚，哈哈笑了兩聲。「本王本是叫妳來問別的事情，沒承想妳倒是替本王解決了個大問題。」

荀柳的臉黑了。「還有別的事？」

靖安王看見她不情願的表情，更是愉悅地大笑起來，連王承志也頗為好笑地搖搖頭。「妳這丫頭，全天下能給本王臉色看的，也就妳一人了。」

荀柳聞言，正了正臉色。「不敢。敢問王爺，還有何事需要民女幫忙解決的？」但語氣可是半點恭維也無。

這副樣子，更是逗得靖安王忍俊不禁。

王承志見狀，笑著解釋。「這次確實有事需要姑娘幫忙。上次姑娘所言，我等都明白，但有個問題至今還沒想到辦法，便是如何從這管道裡將靈河水引出來。」

他說著，指指地圖，竟開了句玩笑。「我們可找不出這般大的一張嘴。」

荀柳一愣，當初她模擬的時候，倒是真沒想過這個問題。

她思索一會兒，道：「這件事也好辦，但你們要準備好足夠的人力。管道做好之後，一頭放入靈河水中，另一頭找一樣不透水的物事塞住管道口，塞的位置最好深一些，並用繩子固定好，以人力向外拉，便能將水拉出來。」

「拉出來？」王承志納悶。「還能這般做？」

荀柳點頭，她沒辦法解釋這種科學現象，只能糊弄過去。

「世子和王爺若不放心，可先找人做一件小的，試驗一下，保險些總是沒錯的。」

王景旭聞言，盯著她道：「妳為何知曉這些法子？」

荀柳語塞。「民女都是從書上看來的，呵呵……」

「如此便全妥了。」王承志舉起她方才畫的那張圖樣，欣然不已。「西關州的百姓受難已久，如今終於可以迎來一個豐收年。父親，我想親自去督辦這件事。」

「也好。」王弘泰撫鬚笑道：「讓景旭和你一起去。景旭也不小了，有些事情該讓他試一試。」

「是，祖父。」

靖安王說著，看了看門外的院牆，忽然出聲提醒。

「不久前，昌國康親王私向大漢求和，怕是未藏好心。西瓊又慣於趁亂挑事，未準備充分之前，治旱的事莫要露出半絲消息，省得再起事端。」

荀柳心下一驚，忍不住追問。「昌國向大漢求和？這是什麼時候的事情？」

見三人一起看過來，她才發覺自己似是有些激動，賠笑著解釋。「民女只是好奇而已，畢竟已經打了這麼久的仗。」

靖安王並未在意，凡是大漢子民聽到這個消息，怕是都不會相信，神色淡了淡。

「並不算是昌國的意思，而是康親王詹光毅私自發出的求和書，聲稱與雲峰勾連的是其兄昌王身邊的近臣，還求皇上借兵給他清君側。」

他說著，冷哼一聲。「說到底，就是造反篡位罷了。」

「若皇上真的借兵給他，屆時他當了昌王，再與西瓊勾結，於我們威脅更大。」王承志擔憂道：「據我所知，這位康親王的手段，可比他那位好戰的王兄陰毒多了。」

「但願我這位好姪兒莫要真的這般蠢。」靖安王沒好氣地罵了一句，立即引來王承志的咳嗽提醒。

「父親，荀姑娘還在。」

當著外人的面兒罵當朝皇帝，全天下也就他氣性大又不講規矩的父親能做得出來了。

「民女方才走神，並未聽見。」荀柳機靈道，心裡卻同樣將惠帝罵了千百遍。

這件事，她必須盡快回去告訴軒轅澈他們。

談完正事，靖安王道：「快中午了，荀丫頭留下一起用膳吧。」

「民女突然想起一件要緊事，怕是要辜負王爺的好意了。」荀柳忙道。

靖安王有些不悅。「何事連飯都顧不上吃？還是妳這丫頭不想陪我這老頭子吃飯？」

堂堂靖安王，口氣怎麼跟個孩子似的？

荀柳哭笑不得地解釋。「民女是真有急事。」又想起一件事，忙向靖安王行禮。「王爺，民女也有件事，想請您幫忙。」

「哦？何事？」

「是這樣的。」荀柳抬頭。「民女和大哥想在碎葉城開鋪子，或許要用到一些精鐵，但數量不多。民女知道買賣精鐵需官府認可，所以……」

「我當是何事。」靖安王擺了擺手。「承志，你差人去官府打聲招呼。」

「是。」王承志笑著應下，看向荀柳。「荀姑娘打算開什麼樣的鋪子？可選好了地方？若是還沒有門路，我這裡有幾間位置不錯的空鋪子，可以差人帶荀姑娘去看看。」

「多謝世子美意。」荀柳笑著婉拒。「民女已與大哥商量好了，不敢煩勞世子掛心。若無事的話，民女便告退了。」

王承志儒雅地點頭，見她的背影消失在門口，才轉頭去看臉色不好的靖安王。

「歷來巴結王府的人不在少數，這丫頭卻似是在故意避著我們，倒是奇怪了。」

王景旭聞言，不置可否。

「或是恃才傲物，自認比尋常女子多了幾分見識，便驕傲得不知高低了。方才我在後院，見她坐在亭中自顧自地吃食，與其他知禮的小姐格格不入。」

「景旭。」王承志喝止他。「怎可這般背後論人？」

「讓他說，本王倒想聽聽他眼中知禮的小姐是什麼樣子。」靖安王慢悠悠道：「景旭也到了該娶妻的年紀，本王聽聽他的意思。」

王承志無奈，以目光警告兒子不得放肆。

王景旭抬眼，身姿卓然，氣質天成。打從少年起，他便名動西闕，不只是因為與生俱來的身分，更因為年紀輕輕便文成武就，舉世無雙，自認天下第一優秀男兒非他莫屬，也當配得起最出眾的女子。

提起婚事，他想到方才在後院碰見的方詩瑤，曾聽父母提過與方家的聯姻，也曾聽聞第一美人的名號。

今日見方詩瑤姿容無雙，舉止更是端莊高雅，比起行為粗魯、不知高低的荀柳，這般女子才配得上當他未來的妻子。

「孫兒認為，女子應當如方家大小姐那般，行止端莊為上。」

王承志鬆了口氣。「看來，你是滿意與方家的婚事了。」

王景旭並未作答，已然默認。

靖安王沒好氣地冷笑一聲。「你與你父親一樣，看似開明，實則迂腐不堪。天下女子千千萬，像方家那般矯揉造作的姑娘，隨便也能揪出一個來，但荀丫頭這般鮮活的，卻是世所少有。」

他又掃了嫡孫一眼，更是滿臉嫌棄。「枉本王故意叫你和她往來相處，你卻半點也沒替本王爭氣。」

王景旭心下一驚，怪不得每次都叫他去喊人，原來祖父竟藏著這樣的心思。

王承志忍不住上前一步。「父親，荀姑娘固然好，但這身分未免……」

「罷了罷了，本王又沒拿刀逼著你們，既然不樂意，便當本王沒說過這話。你喜歡那矯揉造作的，便去娶好了。」

靖安王將鎧甲脫下，一邊往屋內走去、一邊悠悠道：「只要你們往後莫要後悔便是。」

荀柳匆忙趕到家，敲了許久的門，才聽見開門的動靜。

吱嘎！還未等軒轅澈探出頭，她便推開門，閃身進了院子，左右看了一眼。

「大哥還未回來？」

軒轅澈點點頭。

她走到石桌旁，幫自己倒了杯茶，猛灌下去。

「小風，我聽到一個消息，昌國康親王向大漢求和，說與你舅舅勾結的人，是他皇兄的臣子。我覺得這件事很可能是康親王在賊喊捉賊，若是能從他下手，或許你舅舅或許就能沈冤昭雪了。」

「我知道。」軒轅澈目光淡淡，絲毫不驚訝。

荀柳愣了愣。「你怎麼知道的？」

她目光一轉，看見院子裡多了幾株月季，似是剛被種在土裡。月季旁邊還有一棵桃樹，根部包著濕布，似是還沒來得及種下，而軒轅澈的袍襬也沾了一些泥土。

「你出去了？」

軒轅澈嗯了聲。「去買些花草，方才妳說的，我在街上都聽見了。康親王詹光毅私見惠帝求和，欲借兵清君側。」

荀柳急切道：「雖然不知道這位好不好對付，但總歸來說，有處可查了不是？」

她又喝了一口水，認真地想了想。「這樣吧，我先託人去京城探探消息。即便我們現在做不了什麼，但知己知彼，總沒壞處。」

「阿姊……」

軒轅澈輕聲阻止，但荀柳卻未聽見。

「順便查查雲家人的情況，或許還有活口也不一定。」

「阿姊。」軒轅澈抓住了她的手，加重聲音。

荀柳一愣，瞧見軒轅澈眼中藏著一縷她看不懂的光。

「我想去讀書。」

荀柳莫名鬆了口氣，笑道：「當然可以。改日有空了，我去打聽打聽碎葉城的學堂。」

軒轅澈搖搖頭。「阿姊，我想去雲松書院。」

荀柳笑容一滯，心口有些發涼。

她還在長春宮裡當宮女時，曾經聽過雲松書院，那是賢太皇太后在世時開設的學府，聚集大漢一等學者和聖賢，且文武兼修，學子遍布天下，順康皇帝年少時便求學於此。後來，惠帝登基，在京城設立新學府，皇族便鮮少上山求學。即便如此，雲松學府至今仍是天下少年心中嚮往之地。

這確實是最適合軒轅澈的選擇，但雲松書院位在青州境內積雲山上，來去需一月有餘。換句話說，此去求學，便意味著分離。

軒轅澈目光微閃。「我不希望阿姊再參與這件事，往後我想憑我自己的本事報仇。」

荀柳動了動唇角，明知該答應，卻一個字也說不出來。

軒轅澈也定定看著她不語。

不知過了多久，院外響起敲門聲，有人走了進來。

「欸，門怎麼沒關？小妹，妳怎麼這麼早就回來了，不是說要留在王府吃飯嗎？我買了些飯菜回來，要不要一起吃一點？」

荀柳回過神，對錢江扯出笑容。「我有些不舒服，想進屋歇一歇，你們先吃吧。」

錢江莫名其妙地撓了撓腦袋，見軒轅澈也面無表情地坐在那裡，便將飯菜放在石桌上。

「你姊姊怎麼了？」
軒轅澈跟著起身，淡淡道：「我也不吃了，你自便吧。」
荀柳進了屋，鞋也未脫，便躺在床上。
窗外傳來幾聲鳥叫，她扭過臉看去，只見兩隻喜鵲正你追我趕地飛來飛去。
她不知道自己是怎麼了。
她一直自詡是個嚮往自由的人，從前世起便是這樣。
前世父母意外離世之後，她便獨自生活，沒人比她更清楚大年夜一個人守在冰冷客廳裡的感受。
久而久之，她就習慣了，習慣到三十多歲，也沒有任何想要戀愛結婚的想法。
所以，就算來到這個世界，她也無牽無掛，只求能尋個安全地方，悠閒過一輩子便好。
但出宮之後，她認識了軒轅澈，帶著他出生入死，帶著他一路披荊斬棘來到這裡，不知不覺，她開始習慣這種相互依賴的感覺；以往打算只有一個人的未來，也不知不覺多了一個小小的身影。
她知道他總歸要離開，因為他的仇恨，因為他的身分。
但她沒想到會這麼快。
這時，門外傳來腳步聲，有人輕輕敲了敲門。

「小妹，妳沒事吧？要不我叫個大夫過來，替妳看看？」

「大哥，不用了，我睡一會兒就好。」她轉過頭，面向床裡，聲音低低道。

她只是需要時間想想而已。

錢江看著緊閉的房門，無奈地搖搖頭，嘆了口氣，回自己的房間。

第三十章

不知過了多久，等到天色漸暗，窗外喜鵲也不見了蹤影。

院子裡忽然傳來刨土聲。

荀柳慢慢起身，走到門口，將門拉開一條縫，只見有個小小身影正掄起鋤頭，在院子中央刨地，腳邊便是那棵桃樹。

她這才想起，不久前說過要在這裡種一棵桃樹。

今早，他是特地為了這個出門的吧？

她望著軒轅澈的背影，忽然覺得自己有些矯情。

他出身非凡，又身負血海深仇，早晚要離開，若早些去雲松書院求學，便能早學一分救命的本事，她有什麼理由傷心，應當是替他高興才對。

她深呼一口氣，拉開房門，邁步走了出去。

院子裡的土地許久未種花草，時日長了，土質異常夯實。軒轅澈刨了許久，才刨出一個淺淺的小坑。

他伸手擦了擦額上的汗，準備再次揮起鋤頭，突然被一隻手攔住。

荀柳微笑著站在他身後。

「我來吧。」

他沒有拒絕，任由她拿過鋤頭，刨了許久，終於刨好坑，將桃樹種進去，然後用腳將土一點一點踢進去，蹲下身，用手細細拍打。

他回神，也蹲下來，一起幫忙。

許久後，荀柳輕聲道：「等你回來，這桃樹應是已經結果了。」

她轉頭，望進軒轅澈的鳳眸。「雲松書院是個好地方，你該去，而且越早出發越好。」

軒轅澈眸光閃動。「阿姊……」

荀柳搖搖頭。「阿姊是捨不得你。但你若有更好的選擇，阿姊只會更支持你。」

「我們不會分離太久，我保證。」軒轅澈鄭重道。

荀柳只淺淺笑了笑，當他說的是孩子話。

就像三哥說的那樣，天下無不散之筵席，即便她能留住他這幾年，又能怎樣？等他成人，早晚要娶妻生子，離她而去，這一天只不過是早點到來罷了，她應該學會祝福他。

「好了，幫我替它澆澆水，天色不早了，我去廚房做點吃的。」

荀柳打起精神，往廚房走去。

軒轅澈凝視她的背影，許久才收回目光，落在那棵桃樹上。

有些承諾需要時間去證明，但他所做過的決定，無人能改。

晚飯時，錢江才知軒轅澈要去雲松書院求學的消息，卻是擔憂。

「雲松書院自然是個好地方，但我聽說，每年上山求學之人多如牛毛，但成功留下來的有如鳳毛麟角。」

「那也得去試一試。」荀柳驕傲地看身邊的軒轅澈。「我相信我家小風的才華。」

錢江點點頭，又問：「那你們可有引薦函？」

荀柳一愣。「引薦函是什麼？」

錢江呵呵笑了一聲。「傻小妹，妳當雲松書院是什麼人都能上的嗎？自然需要有人引薦的。想上山的學子，會向當地頗具名氣的官員或學者攀交情，至少要拿到一封引薦函，方能入得了書院。」

荀柳看看軒轅澈，見他也點頭，有了主意。

「這件事情，我去解決。除此之外，還需要什麼？」

「其他的，倒是沒什麼了。」錢江打量著軒轅澈，摸了摸下巴。「不過，這身行頭得換一換，再買些筆墨紙硯，還得買個小廝照應著。」

荀柳點頭。「那明日先去採買東西。大哥，你上午去打聽得怎樣了？」

「妳不說，我差點忘了。」錢江趕緊扒完最後幾口飯，從懷裡掏出一個錢袋。「這是妳早上給我的銀子，我已經找到修葺的人，明日便上門，這是剩下的錢。」

荀柳伸手將錢袋推回去。

「大哥，你出門總需要帶銀子，這些你帶在身上便可，不用還給我。」

「這是妳的私房錢，大哥怎能用妳的銀子去辦事？」

「難不成你身上還有別的銀子？」荀柳笑道：「咱們是一家人，現在花的錢是為了開店，權當我先替你墊了做生意的本錢便是。大哥別忘了，你答應過，要送我首飾呢。」

錢江笑出聲，不再推拒，將錢袋收進懷裡。

「將來我掙了銀子，再還給妳，首飾也管夠。」

「行了，你們誰吃完，誰去洗碗。洗完了，早些回屋睡覺。」

「我去吧。」軒轅澈彎了彎唇，心情很好的樣子。

「哎，不能累著咱們未來的文曲星，還是我去。拿了銀子得幹點活，才安心不是？」

三人笑鬧著吃完飯，便各自回房了。

次日一早，三人簡單用過飯，便去了朱雀街採買東西。

錢江見荀柳不要錢似的將文具鋪子裡最貴的筆墨紙硯往布袋裡塞，忍不住驚嘆。

「前幾日在成衣鋪子裡，我以為是妳最大方的時候了，孰料妳為了自家弟弟，更是豁得出去。小妹，妳到底存了多少銀子啊？」

軒轅澈見她這般捨得，忍不住出聲勸道：「阿姊，妳買得實在太多了些，我用不著。」

荀柳一邊遞銀子給笑得合不攏嘴的老闆、一邊對兩人解釋。

「這點銀子還是有的。小風是第一次出遠門，當然要準備得妥當些，以備不時之需。」

此時的她完全沒注意到，自己的心情十分像隻嘰嘰喳喳的老母雞。

等該買的東西都置辦得差不多，她身後一大一小兩個男人的身上也掛滿東西，已經是午後了。

三人隨便找了間小飯館解決午飯，便去了碎葉城的人口販賣市場。

大漢國大部分的勞力交易和奴隸交易都在這裡進行，勞力交易分長工、短工，一般是男工居多。而奴隸交易就更容易明白了，富貴人家挑選丫鬟、小廝，甚至青樓媽媽買「女兒」，都是在這裡。

荀柳等人到的時候，人倒是不少，大多是從乾旱嚴重的地方流竄到這裡求生，要不就是家世貧寒自願賣身的，一見有主家進來，便哭著喊著求買賣。

以往她從未來過這種地方，見到這副景象，一時有些不習慣。

錢江也是貧苦人家出身，見狀也忍不住嘆了一聲。

「即便靖安王治理有方，還是免不了有這麼多受苦的人。希望旱情過後，這樣的人家會少一些。」

荀柳默然，目光從人群中掃過，忽然看到一雙特別的眼睛。

那是個皮膚異常蒼白的男子，大約十七、八歲左右，但目光不卑不亢，平靜如水，更不像其他人那般哭求著賣身。

荀柳朝他走去，卻見他身旁還站著一名女子，長相普通卻乾淨俐落，兩人似是兄妹。

女子見到她，便恭敬地低下頭。「求姑娘贖身。」

「你們看起來不像是難民，為何要賣身？」荀柳好奇道。

女子抬頭，溫婉地笑了笑。「回姑娘，奴婢莫笑，這是奴婢的哥哥莫離。我們兄妹本是湧泉縣富戶家的奴僕，但不久前旱情嚴重，主家遭了難民搶劫，逃離湧泉縣後，便遺棄我們兄妹，因身無分文，只能來這裡求求門路。」

荀柳仔細打量她一眼，發現行為舉止確實有長年服侍人的樣子，便扭頭看向她身旁沈默不語的男子。

「我見你身材精瘦，卻肌肉有力，是否習過武？」

男子眼中掠過一絲驚訝，也低頭恭敬道：「回姑娘的話，小的確實學過幾招，以前專為主家看守門院，因此才能護著妹妹一路走到這裡。」

荀柳想了想，又問：「既是被遺棄，那賣身契如何處理？若是你們主家反悔，找到這裡來，又該怎麼辦？」

「姑娘不用擔心，先前的主家匆忙逃離，並未來得及帶上我們的賣身契，我們被遺棄之後，便把賣身契找了回來。」

他說著，從懷裡掏出兩張紙，確實是賣身契。

但荀柳總覺得有些奇怪，這兩個僕人來得太容易了些，像是正想睡覺，就被人塞了個枕頭一般。

她正猶豫不決時，莫笑忽然又道：「姑娘，奴婢兄妹實在是走投無路，實不相瞞，奴婢從小身子弱，主家嫌棄奴婢是個累贅，才將奴婢丟棄在外，哥哥是受我連累。我們在這裡站了許多天，往來的主家皆是因此而放棄我們。我們不需要多少銀子，只要有個落腳生存的地方便可。」

她又哽咽了幾聲。「哥哥為了奴婢，已經三天沒吃飯了……」邊說邊拽著男子的衣袖。

荀柳這才發現，男子竟是一直用手支撐著她的腰。

錢江聞言，也有些憐憫地嘆息一聲。

「好，我贖下你們，但你們兄妹往後需要分開。我弟弟缺個小廝，不久之後他要去外地求學，妳哥哥得跟去保護他的安全，而妳就要留在這裡了。」

莫笑欣喜不已。「姑娘贖了我們，我們自然要聽姑娘的吩咐。」

荀柳嘆氣，接過男子手上的兩張賣身契，又從錢袋裡掏出十兩銀子遞過去。

「先拿著銀子，回去後再重新簽契約。除此之外，以後每月你們各有一吊錢的工錢。」

兄妹倆聞言，眼中似有驚色。「姑娘，這銀子太多了些……」

「不多。」荀柳笑了笑。「按照市價，一人三兩。但你們說話索利，妳哥哥又會一些拳腳功夫，若是將來做事俐落，工錢也會再漲。」

「可奴婢的身子……」

「算不得什麼，調養好就行。」荀柳擺了擺手。「還有，以後別奴婢奴婢的叫，改個隨意些的自稱。」

莫笑看看哥哥，恭敬地點了點頭。

雖然幾天沒吃飯，兄妹倆還是很有眼色地想接過錢江和軒轅澈手上的東西，錢江怕他們沒走到家便頂不住了，只分了一小部分給他們拿著。

一行人又買了些米麵和家用物品，便回家去。

一到家，莫笑接過做飯的活計，哥哥莫離則去幫軒轅澈整理東西。

家務有人分擔，荀柳閒了下來，沒事便幫院子裡的桃樹澆水。

東廂房內，軒轅澈正在書桌前整理出行物品，抬頭正巧能看見院子裡那道身影。

許久，他身後傳來一道輕緩的腳步聲，才收回目光。

「主子。」來人正是莫離。

「莫笑在暗部內的身手僅次於屬下，有她保護荀姑娘，主子可以放心。」

軒轅澈沒回頭，又抬眼看向窗外，只見院子裡的女子正湊近剛栽下的桃樹，仔細嗅聞。

「通知明月谷，不日之後便可出發。」軒轅澈緩緩道：「另外，今日起別再叫我主子。」

莫離垂下眼。「是，公子。」

這時，院子裡傳來莫笑的聲音。「姑娘，兩位公子，午飯好了，用飯吧。」

軒轅澈抬步走出去，莫離恭敬地跟在他身後。

荀柳和錢江自然也聽到聲音，見莫笑已在石桌上擺好飯菜，便走過去看，笑了起來。

「菜色不錯，一起吃吧。」她撩起裙襬，直接坐下。

莫笑與莫離互看一眼，有些惶恐。

「姑娘，奴婢……我們兄妹是下人，不能與主子們同席的。」

荀柳抬頭看她。「咱們家沒有那麼多規矩，等我們吃完你們再吃，飯都涼了。再說，又不是坐不下。」又喊莫離。「再去屋裡搬兩張木凳出來。」

「這……」

莫離不動聲色地瞥了站在身旁的軒轅澈一眼，見他沒有任何表示，不禁有些為難。

這位荀姑娘確實如夏將軍所說，說話做事異於常人。

與皇子同坐一席，他是真的沒有膽子啊。

錢江見兩人始終猶豫不決，跟著哈哈一笑。

「你們就聽她的吧，坐下來一起吃，往後也莫要講究以往在富人家畢恭畢敬那一套。往後你們便知道她的脾氣了，凡事舒服著來。」

荀柳笑著點頭，將一副碗筷遞給軒轅澈。「小風，你離得近些，幫我盛一點湯。」

軒轅澈應了句好，十分自然地接過碗筷盛起來。

莫離兄妹有些驚異，這位荀姑娘明知眼前人的真實身分，還敢這般使喚他，莫不是不要命了？

但仔細看了看自家主子的表情，他臉上非但沒有一絲不悅，反而還心甘情願得很。

兩人皆有些不解，但皇子都屈居於凡人，他們再這般堅持，確實也不合適，便按照荀柳說的，去房裡端來兩張木凳，但還是稍稍隔開一點距離，動作也十分矜持拘謹，生怕打擾到他們挾菜吃飯似的。

荀柳見狀，沒再說什麼，對於當慣了奴僕的人來說，改變習慣也需要時間，這樣已經很好了。

吃過飯，便要安置莫離兄妹的住處。荀柳住的正房兩側還有兩間耳房，其中一間讓莫笑自己打掃住進去，而莫離則和軒轅澈一同睡在寬敞的東廂房。

晚上回到自己的房間之後，荀柳睡不著，翻來覆去半晌，索性起來走到書桌前，拿起之前抽空畫出來的商品草圖，看了幾眼，還是覺得心中煩躁。

這時，不知從哪裡吹來一陣清風，攜著一絲絲桃花的清甜香味，只見院子裡的桃樹不知什麼時候綻開了花瓣，在朦朧月光下微顫著枝椏，尤為嬌嫩可愛。

她的心緒忽然平靜下來，看了半晌，便合上窗戶。

此時，東廂房也有一個身影正悄悄望著她的側臉，直到她關上窗戶，才收回目光。

許久，那個身影轉頭看了看被放在桌上的鳳釵。

緊挨著鳳釵的，是一方木紋都被磨亮了的小魔方。

次日一早，錢江剛起床，發現荀柳起得比他更早，一副不準備吃飯就要出門的樣子。

「小妹，妳這是要去哪兒？不吃點早飯？」

「不了。」荀柳掏出幾張圖紙交給他。「大哥，你有空時琢磨琢磨這幾樣東西，後罩房修葺的事，你幫忙看著。還有，今日二哥跟三哥的腰帶該送來了，先找人寄過去。我有事出去一趟，不確定什麼時候回來，吃飯的時候不用等我。」

她說完，不等錢江回應，便急匆匆出了門。

她想了一夜，覺得引薦函的事，還是需要再向靖安王求個情為妥。

出宮後，她認識的大人物就靖安王一個，若能順利求到引薦函，那軒轅澈去雲松書院的事，便可十拿九穩。即便她不想再和靖安王府扯上關係，但為了軒轅澈，也只能這麼做了。

靖安王事務繁忙，最近忙於治旱，更是早出晚歸，所以她才這麼著急，想趕在軒轅澈出發前見靖安王一面。

荀柳這樣想著，一路趕到靖安王府，沒想到還是晚了一步。

守衛見是她，比上次客氣了許多。「抱歉，荀姑娘，王爺一炷香之前剛出府。」

「那你們可知他大概什麼時候回來？」

守衛搖頭。「近來王爺事情多，我等也不知。」見荀柳的面色似乎有些焦急，又道：「不如我進去幫您問一聲？」

荀柳一喜，忙客氣地行禮。「那就麻煩大哥了。」

靖安王府的竹宇軒內，王景旭正在書房裡練字，貼身小廝忽然跑了進來。

「公子，正門守衛有事請見。」

王景旭頭也沒抬。「讓他進來。」

小廝向門外招手，守衛便進來行禮。

「大公子，荀姑娘求見王爺，但王爺不知何時回來，是否先讓她進府裡等？還是派人傳信給王爺？」

聽到荀柳的名字，王景旭的手忍不住一滑，本來稱得上佳作的一幅字，頓時被畫出一道難看的墨跡。

他忍不住皺了皺眉，乾脆抽起這張紙，隨意丟棄在地。

「隨意打發了就是。」

「這……」

守衛面有難色，小廝便道：「公子說什麼，你照辦就是。」

守衛抬頭看王景旭一眼，抱拳退下。

見守衛出來，荀柳立刻上前問：「可有消息？」

守衛滿含歉意地說：「荀姑娘，您還是改日再來吧。」

荀柳一愣，見他神色閃躲，便明白了。

看來，這是府裡某位主子的意思，有人不歡迎她。

她苦笑一聲，沒想到是這個結果，就是不知道對方是誰，也許是上次賞花會因她尷尬的王嬌兒，也許是對她不爽的世子嫡子，更可能是府裡其他主子的不喜。

既如此，改日再來，還能順利見到靖安王嗎？

她想了想，對守衛笑道：「無妨，我在外頭等就行。」

守衛無奈，只能隨她了。

第三十一章

荀柳從早晨等到中午，又從中午等到晚上，大門的守衛都換了一批人。

夜幕降臨，一名丫鬟經過大門，瞅見有個熟悉的人影坐在門外的臺階上，還以為是自己眼花看錯了，走近了些才確定對方的身分，神色一驚，立即往後院跑去。

姚氏正坐在院子裡教女兒做女紅，見貼身丫鬟匆忙跑來，有些納悶。

「什麼事情這麼驚慌？」

丫鬟喘了口氣，忙道：「夫人，奴婢方才經過大門，看到荀姑娘坐在那裡，似是在等人，且看樣子是等候許久了。」

「什麼?!」

姚氏一驚，手中繡了一半的帕子不小心掉落在地。

「胡鬧！怎能讓荀姑娘坐在外頭等，還不趕緊將人請進來！」

她說著，又轉頭吩咐女兒。「荀姑娘過來，多半是找妳祖父商談正事的，快派人去通知妳祖父。」

王嬌兒反應過來，忙點了點頭。

姚氏交代完，帶著丫鬟趕去大門，果然看見荀柳正抱著胳膊坐在臺階上，以為又是守衛失職，便怒斥了兩側的守衛。

「你們是怎麼做事的！荀姑娘來了，怎麼不進來通報？」

兩排守衛彎腰行禮，臉色甚是惶恐。

姚氏無心聽他們解釋，帶著丫鬟走下臺階。

荀柳聽到姚氏的聲音，這才醒來。

等了一整天，她腹中餓得難受，天色暗下來，天氣也轉涼了，她抱著胳膊坐在臺階上，竟不知不覺睡著了。

她醒來後，才發現已經這麼晚，月亮都升了起來。

「荀姑娘，是府裡疏忽了，快隨我進去暖暖身子吧。」姚氏又喊丫鬟。「快去取張毯子過來。」

丫鬟應了一聲，趕緊去拿。

荀柳搖搖頭。「世子妃，不用了。民女有事求見王爺，不知道王爺何時回府？」

「已經差人去報信了。不管怎麼樣，妳先隨我進去再說，女兒家若是凍壞了，可怎生是好？」姚氏不容她拒絕道。

荀柳見她這般強硬，沒再拒絕，跟著她進了王府。

到了屋內之後，果然暖和多了。

姚氏特地吩咐廚房做了一些點心送過來，但荀柳心中有事，無心享用。

這時，靖安王回來了。

他在路上得知荀柳在府門口等了一整天，便領著一干下屬，快馬加鞭回了府。

「怎麼回事？」

他剛進院子，便質問姚氏，臉色很不悅。

「是兒媳的錯，照顧不周，已經派人下去查了。」

她的話還沒說完，便見靖安王不耐煩地擺了擺手。

「這件事，以後再說，現在她人呢？」

「就在屋裡。」

靖安王大步進了屋，荀柳一見到他，立即起身行禮。

「王爺。」

「不必。」靖安王抬手。「妳這丫頭，等不到本王，便找人去說一聲，自會有人帶妳來見本王，怎麼在門口守了整整一天？」

荀柳沈默，剛想解釋，卻見靖安王從袖子裡掏出一樣物事丟過來，伸手接住。

那是一塊純金做的腰牌，正面刻有一對雄鷹，背面刻著「靖安」二字。

即便她不知這腰牌的用處，但也能猜到，定然不是能隨便送人的物事。

「王爺，這個……」

靖安王並未覺得送這樣的東西有什麼不對，走到桌旁，施施然替自己倒了杯茶。

「這是本王隨身的腰牌，妳收好便是。往後拿著它，便可自由出入王府。」

「但是……」

「丫頭，拒絕的話說一次兩次，本王權當妳是謙虛。若再有第三次，本王可就真的要發火了。」

荀柳語塞，見靖安王一副她不收下腰牌就是不給他面子的表情，只能把拒絕的話全部吞回肚子裡。

靖安王見她這副樣子，臉色好看了許多，抿了一口茶，悠悠道：「說吧，見本王是為了何事？」

荀柳嘆口氣，將腰牌小心地收進袖子裡，復而鄭重地行了個禮。

「王爺，民女的弟弟有意去雲松書院求學，想向王爺求一封引薦函。」

靖安王放下手中茶盞，看著她，頗為好笑道：「妳在門口坐了一天，便只為了這個？」

荀柳不語。不然呢，這不算大事？

荀柳感覺靖安王的目光在她臉上掃了好幾圈，突然撫鬚哈哈大笑。

「丫頭啊丫頭，有時候本王道妳聰明過人，偏偏有時妳又實在是……」

他樂不可支地笑了數聲，這才作罷。「往後這種小事，差人送個口信過來便可。不就是寫封引薦函，這有何難？明日本王便差人將信送到妳府裡。」

荀柳心下一喜，忙感激道：「謝王爺大恩。」

靖安王擺了擺手。「說起來，妳才是西關州百姓的大恩人，這點小事，本王還不至於這般小器。還有，妳這丫頭來了碎葉城後，便拘謹了。以往那樣甚好，往後莫要再學那些迂腐之輩上尊下效的做法，實在煩人得很。」

荀柳笑著點頭。在此之前，她以為這位位高權重的王爺不拘小節，只是口頭上說說而已，畢竟居高臨下多年。綜觀歷史，又有幾個掌權人能真正做到不拘小節，一視同仁？

但今日看來，靖安王倒是真性情居多。

她想到自己袖子裡那塊剛接下的腰牌，又忍不住暗嘆口氣。

看來，往後她與靖安王府的關係是斷不掉了。

也罷，拒絕不了，不如順其自然。

她想著，認真向靖安王行禮。「改日，民女定會備好厚禮來感謝王爺。」

「不必，若是要學官員送那些有的沒的，便罷了。」

靖安王頗不高興地哼了聲，樣子不像是個威風赫赫的王爺，倒像討不到糖吃的孩子。

荀柳忍不住笑了。「民女可是沒本事學官大人們，原是打算帶兩罈女兒紅和一些吃食過來的。既然王爺不喜，那便……」

「欸！」靖安王目光一亮，臉色驟然轉好。「女兒紅不錯，就是這個了！還是妳這丫頭想的合本王心意，不像那群迂腐臣子只知道送名畫古玩，本王要那些東西幹什麼？就這麼說定了，改日等治旱的事落定，妳再提兩罈女兒紅過來。」

「好，等王爺忙完，民女再來拜會。若是無事，民女也不打擾王爺休息，先告退了。」

靖安王點頭，便見她低身退了出去。

等荀柳走後，等在外面許久的下人才敢進門，向靖安王恭敬行禮。

「王爺，世子爺也回來了，剛和世子妃去竹宇軒，讓奴才過來告訴您一聲。」

靖安王沒好氣道：「本王就猜是他幹的好事，讓他們夫妻把那小子帶過來。」

竹宇軒中，姚氏看著猶自高傲的兒子，連連搖頭嘆氣。

「你好端端的非要招惹那荀姑娘做什麼？人家不過是來求見你祖父一面，礙著你什麼事了？你明知道你祖父看重她，非要在這個節骨眼上去觸你祖父的霉頭？」

王承志也是臉色不悅。「你一個男兒，還是世子嫡子，好意思為難一個普通的女兒家？根本是白學了這麼多年的君子之禮。」

王嬌兒聽得焦急，忍不住站出來幫哥哥說話。「爹，娘，哥哥也許不是故意的。」

見爹娘並未鬆動，她抓住王景旭的手搖了搖。「哥哥，你好歹說句話，認個錯啊。」

王景旭面色難看至極，沒想到白日不過是隨意打發的一句話，竟讓那女子在大門口等了整整一天。

他原以為，求見不成，她會自己回家去的。

今日這事，確實是他做得有失偏頗，他自認不是耍滑無賴之輩，便乾脆地低下頭。

「今日之事，我會向祖父認錯，請父親跟母親放心。」

王承志見他認錯，神色緩和了些，正想適當安慰幾句時，卻聽見門外傳來下人的聲音。

「世子爺，世子妃，大公子，王爺請你們過去一趟。」

王承志嘆口氣，掃了王景旭一眼。「這回，你可是捅了大婁子。」站起身往外走去。

王嬌兒見狀，便要跟上，姚氏卻回頭對她道：「嬌兒，回妳自己的院子，莫要跟來。」

「可是……」

見姚氏神色嚴厲，她這才作罷，噘著嘴，在原地跺了跺腳。

這時，她的貼身丫鬟香琴走來，手上還拿著一包東西。

「小姐，方才成衣鋪子的老闆差人將做好的腰帶送過來，您看要不要……」

王嬌兒目光一亮，立即接過那兩條腰帶。「不，我親自送去給祖父。」

靖安王書房內，靖安王看著眼前沈默不語的兒子、兒媳和長孫，慢悠悠抿了口濃茶。

「怎麼都不說話？要等本王開口問了，才肯認錯是不是？」

王承志夫妻互看一眼，姚氏心疼兒子受訓，正想出聲求情，但王景旭卻主動開了口。

他低下頭，有些難堪，卻很誠懇地說：「祖父，這件事情是我做得不對，我……」

話未說完，便聽啪的一聲，一盞茶杯被狠狠砸碎在地上，把他們嚇了一跳。

靖安王突然起身，憤怒地指著他道：「你現在知道錯了？你可知你錯在哪裡？」

王景旭低頭不語。

靖安王見狀，不由冷笑一聲。「你怕是嘴上認錯，心裡卻怨我待個外人比待自己的親孫子還要重，是不是？」

他氣得來回踱步。「枉本王從小親自教育你，你竟是將那些勸誡都聽到了狗肚子裡。你端著靖安王世子嫡子名頭，以為自己是個人物，還有臉說別人清高孤傲？本王告訴你，你自小到大的吃穿用度，都是無數將士替本王搏命掙來的。

「本王出身貧戶，兒時連口肉都吃不上，哪像你們出身便是貴冑，山珍海味、巴結奉承從來不缺。如今你們倒是好了，因為住著闊府、穿著綾羅綢緞，便真以為自己高人一等？哼，就是他軒轅氏往上數個十幾代，也是平民出身！」

這番話是動了真氣，連著兒子、兒媳一道罵了進去，但王承志許久沒見父親這般動怒，一時也不敢插嘴。

「你可知我為何看重荀丫頭？」

靖安王語氣更重了些。「她一個姑娘家敢帶著親弟從京城一路躲避仇家追殺，越過危險重重的龍岩山走到這裡，你可有這份心性？她一個治旱之法拯救西關州千萬百姓，卻不求功績，你可有這份胸襟？尚不說本王乃至整個西關州都欠她一份恩情，今日她只是為弟弟來向本王求一封引薦函，你居然讓人家在外頭等了整整一天，你……」

他越說越氣，最後竟是指著孫子，半晌說不出話來。

王承志見狀，立即上前扶住他。「父親，景旭已經知錯了，您莫要動氣傷身。」

王景旭聞言，也跪在地上重重磕頭。「祖父，是孫兒的錯，孫兒往後必不會再犯。」

靖安王甩開兒子的手。「本王還沒到老得喘不動氣的時候！」

這時，門外響起下人小心翼翼的聲音。「王爺，世子，世子妃，大小姐來了。」

姚氏忍不住暗道，不是讓這丫頭別摻和。

「讓她進來。」靖安王沒好氣地掃三人一眼，走到主位前坐下，不耐煩地擺了擺手。「罷了，本王這把老骨頭也管不動你們了，你們都下去吧。」

王承志夫妻這才鬆了口氣。

王景旭看著祖父欲言又止，想了想，還是跟著父母一齊退了出去，在門口和抱著一堆東西的小妹擦肩而過，聽見她飛快地說了一句。「哥哥在外頭等我。」

他想了想，走到廊簷下等她。

不一會兒，方才氣氛沈冷嚴肅的房內傳來祖孫倆的歡聲笑語，許久後才見王嬌兒笑著跨出房門，朝他走來。

王景旭正想問裡面的情況，卻見她將一件東西遞到他手上。

「這一件是給哥哥的。」王嬌兒眨眨眼。「祖父那件已經送進去了，他瞧見這個，果然高興多了。我同祖父說好，他應當不會再提這件事了。」

王景旭納悶地看她一眼，伸手將那件東西抖開。他善武，自然明白這腰帶的用處。

「這是……」

「是荀姑娘親手設計的腰帶，我正巧看到，便幫你和祖父訂製了兩條。」

王嬌兒頓了頓，抬頭看他。「其實我覺得荀姑娘挺好的，哥哥為什麼不喜歡呢？」

王景旭看著手裡的腰帶，目光閃動，沈默下來。

等到荀柳回到院子時，天已經全黑了，遠遠便見到門口有個人影，手上提著一盞舊燈籠，似乎等了她許久。

荀柳加快步伐走過去，用手背貼了貼軒轅澈的側臉，果然觸手一片冰涼。

「今日風大，你怎麼在這裡等我？」

軒轅澈抬頭定定看著她。「阿姊去了哪裡，為何這麼久才回來？」

荀柳語塞，乾笑一聲。「我去街上找鋪子了，談得忘了時辰，所以晚了一會兒。」

「是嗎？」

軒轅澈仍舊默默看著她，那雙眸子似是能看穿她的一切心事般，讓荀柳心裡有些緊張，索性岔開話。

「先進去再說吧，我都餓了。」

莫笑做好了晚飯，錢江見荀柳進門，十分高興。

「怎麼去了這麼久？我正準備出去尋妳呢，快來吃飯。後罩房再有一日便完工了，今日妳給我的那幾張圖紙頗有意思，等房子一弄好，我便去試一試。不過，在此之前，得安排好小風出門的事。」

軒轅澈抿了抿唇。「我可以再等幾日。」

「不，明日王府的引薦函便會送來，你們就出發。」荀柳卻道。

軒轅澈直直看向她，半晌後才輕輕開口。「姊姊這般急著要我離開？是厭煩我了嗎？」

他身後的莫離忍不住斂了斂神色，往後退了一步。他跟著主子的時日不長，卻很清楚，這是主子發怒前的徵兆。

錢江也覺得氣氛有些不對勁。

荀柳嘆了口氣，上前揉了揉他的頭髮，哈哈一笑。

「你這是撒的哪門子嬌？我就是厭煩大哥，也不會厭煩你呀。要不是雲松書院不許家人上山探望，我還想過些時日去看你呢。往後想姊姊便多來書信，知道嗎？」

錢江哭笑不得。「小妹，妳這差別待遇，未免也太明顯了些。」

但軒轅澈的臉色卻由陰轉晴，莫離跟莫笑也鬆了口氣，見三人坐定，才跟著一起坐下。

夜晚，院子裡的桃花開得正豔，月光似一把綢緞鋪散在磚瓦窗扉之間。

正房的門突然被人輕輕推開，一抹人影緩緩步入房中，走進了床前。

這晚，荀柳裹著柔軟的被子，作了個很甜美的夢。

夢中的她正摟著肥墩墩的雞鴨，坐在山間小院內曬太陽，忽然春風拂來，似是有人在她臉上落下了個輕柔得不可思議的吻……

第三十二章

次日一早，靖安王府果然派人送來引薦函，但荀柳沒想到，居然又是王景旭來跑腿。一次兩次也就算了，但每回都這樣，不由讓她懷疑，靖安王這老頭是不是有喜歡折騰親孫子的毛病。

接了信之後，才是最尷尬的時刻。

請人進來喝茶不合適，送人走又不知如何開口。荀柳猜測，昨日不待見她的，八成就是眼前這位，心想以後興許見不著了呢，沒想到打臉來得這麼快。

「那個……王公子，寒舍簡陋……」

「我是來道歉的。」

「啊？」

荀柳看著對面將道歉兩字說得冷淡無比的男子，半晌沒緩過勁來。

「昨日將妳擋在門外，是我的吩咐。我無意為難，只是心情不好禍及了妳，抱歉。」

空氣凝滯一刻，荀柳看著他，忽然開口。「王公子，有句話，民女不知該不該問。昨日，你是不是……挨罵了？」

王景旭不語。

荀柳又大膽猜測。「今早這道歉的法子，是不是也有人逼你做的？」

王景旭還是沒回應。

她還真猜對了，這下更尷尬。

荀柳撓了撓下巴，見男子宛如雕像一般杵在那裡，不知是在發愣還是羞愧，又乾笑著開口去勸。

「王公子，您不用道歉，昨日是民女自己執意要等王爺，跟您沒關係。王爺罵您，那是因為您是孫子……不對，您是王爺的孫子，不是民女的孫子，民女當然生不出您這麼大的孫子了，呵呵……」

她到底在說些什麼鬼?!

見王景旭的臉色越來越黑，她立即閉上嘴。

「王公子，我不是那個意思……」

門口傳來幾聲偷笑，王景旭的臉色立即沈下來，十分端正地行了個禮。

「東西已經送到，沒事的話，我就告辭了。」

他說完，便轉身離開這裡。

等王景旭走遠，門後的笑聲更加放肆了起來。

荀柳嘆了口氣，猛地拉開大門。

「有什麼好笑的？這回可好，梁子結大了！」

錢江滿臉歉意，憋著笑道：「抱歉，小妹，大哥實在是沒忍住，妳這張嘴教訓起人來，忒厲害了些……」

「我哪裡是教訓他了？我明明是……算了，不說這個。」

軒轅澈和莫離也是滿臉忍不住的笑意，但見他們手上提著的包袱，荀柳心裡很不捨。

雲松書院不比他處，上山求學到學成歸來，全靠個人資質，這一走也許是三、五年，也可能是十年、八年，一切都未可知。

但這般嚴的地方，對軒轅澈來說，或許是好的。雲松書院已經多年未收過學生，更不問朝堂之爭，至少蕭黨絕不會想到，他們一心要找的二皇子就在他們的眼皮子底下。

「這是靖安王的引薦函，仔細收好。」荀柳將引薦函塞到軒轅澈的包袱裡。

「小妹，馬車來了。」錢江提醒道。

荀柳轉頭看去，一輛馬車從巷子那頭緩緩駛來。

她告訴過自己很多次，人情聚散是常態，但事到臨頭，還是極為不捨。

她伸手攬住軒轅澈的肩膀，忍著淚意笑道：「小風，記得寫信，阿姊等你回來。」

軒轅澈忽然伸手纏住她的腰，那力道似是用盡力氣一般，一雙鳳眸斂風聚塵，似是藏著狂風巨浪。

「一定等我。」

「公子，我們該走了。」莫離見時辰不早，出聲勸道。

荀柳點頭，見軒轅澈許久不撒手，便輕輕扯開他。

「小風，該出發了，記得每隔五日便寫書信回來報平安。」

軒轅澈定定看著她，似乎要將她的樣子刻印在心裡一般，許久才鄭重點頭，轉身上車。

馬車駛離巷子許久，軒轅澈依然抓著那封引薦函發愣，許久才緩緩道：「昨日她在王府門前守了一整天？」

「是，公子。」

軒轅澈沈默不語，打開包袱，想將那引薦函好好放起來，卻發現包袱裡飄出一張紙。

莫離伸手撿起一看，卻是一怔。

「公子……」

軒轅澈抬眼看去，瞳孔狠狠一縮。

那是一張一百兩的銀票。他記得，這是她這一路剩下的所有積蓄，一直被藏在那個骨灰罐裡，不肯讓人看。

他接過銀票，又翻過來看，見背面也貼著一張紙，上面歪歪扭扭寫著一行小字。

別省，該花就花，姊會掙錢。

後頭還用炭筆描了個大大的笑臉，卻讓他看得心頭一澀。

「公子，要不要我們返回去……」

「不必。」軒轅澈冷淡道：「直接去明月谷，另外再派一隊人去守著。」

「是。」

之前，莫離或許還會奇怪，但經過這幾日的相處，他才明白，對於這位年紀雖小，但心思深沈的主子來說，怕是沒有任何人能夠比得上荀柳在他心裡的位置。

荀柳盯著馬車駛遠，直至消失在巷口，久久不願離開。

錢江嘆了口氣，上前勸她。「小妹，他早晚會回來的，妳無須太過傷懷。」

荀柳回過神來，勉強扯出笑容，什麼話也沒說，便回了自己的房間。

明明房子還是這個房子，她卻覺得有說不出的冷清，坐在床上望著窗外，目光一轉便看到東廂房緊合上的門窗。

她連忙別過眼，鞋也未脫，躺在床上發呆，習慣地將手伸到枕頭底下，卻摸到了一件冰涼的物事。

她愣了愣，起身將枕頭拿開。

只見本該空無一物的地方，此時卻多了一根金燦燦的鳳釵……

四月初，飽受旱災折磨的西關州百姓終於迎來一場暢快淋漓的大雨。

最重要的是，在靖安王帶領下，石管引水之法正式開工，西關州百姓們得知官府有了治旱之法，往後年月再也不用擔心旱情出現，俱感激歡欣不已。

除此之外，大漢京城還發生一件大事，隨著昌國停戰，蕭黨日漸壯大，一直空懸的后位終於花落後宮，自然就是那位容貌、心機都頗為出色的蕭家女蕭嵐，而其所出三皇子軒轅昊，也在同日被晉封為太子。

母子同日晉封，在大漢開國以來是頭一回，更別說幾個月前雲家才剛出事，曾經寵冠後宮的雲貴妃一夜之間香消玉殞，一同殞落的二皇子才不過十二歲。京城人提起這件事，便不由嘆一句皇家情薄，果然是花無百日紅啊。

荀柳不關心京城裡的事，這大半個月，她和錢江一心埋在開店的瑣事裡，不然就是盼著軒轅澈寫信來，斷斷續續也收到了不少信。

信裡沒寫什麼，偶爾會告訴她一些路上遇到的風土人情，偶爾會叮囑她千萬照顧好自己，但多數都是短短一句話：平安，勿念。

即便只有四個字，荀柳仍舊當個寶貝似的來回看上許多遍，才小心翼翼收進匣子裡。

她覺得自己就像是在家苦等孩子長大成才的老母親，這份心情旁人無法理解。

至少錢江就很不理解，看著荀柳吃飯時還盯著信紙傻呵呵地看著，忍不住嘆了口氣。

「小妹，妳就是再看，信上也不會多出一個字來，趕緊放下吃飯吧。」

荀柳沒好氣地瞪他一眼，將信紙收起來。「小風順利進了雲松書院，我替他高興啊。我弟弟的腦袋瓜子就是聰明。」

錢江看她這得意樣子，忍不住搖頭笑了笑。

一旁幫兩人盛湯的莫笑也笑。「下午姑娘不是還要去王府嗎？過幾天，咱們也要開業了，還有很多事情要準備呢。」

「笑笑說得對，我差點忘了這件事。待會兒吃完飯，妳再幫我去買兩斤女兒紅，另外再備一點上次我做的醬牛肉。」

「好的，姑娘。」

莫笑笑應了一聲，將盛好的湯放在荀柳面前的桌子上。

這一個月來，她已經習慣了荀柳的說話方式。

荀柳不喜分尊卑，吩咐她做事也從不帶任何命令口吻。言行舉止之間，待她更似朋友。

雖然她知道自己身為暗衛，不該有過多的心思，但這段日子，確實是她有生以來過得最如意的。

以往她也和莫離一般，不理解主子為何會對姑娘這般依戀，現在理解了。

姑娘美好得就似太陽一般呢。

吃過飯後，等莫笑準備好東西，荀柳便直接去了靖安王府。

這段時日，她經常去王府走動，大多時都帶著酒菜，和靖安王坐在院子裡邊閒聊邊吃。

大半個月下來，聽到不少軍務機密和各士族八卦，兩人也胖了一圈。

不過她鼓搗這些稀奇菜色的手藝倒是得到極高讚賞，靖安王更喜歡她來串門子了。

荀柳也沒像之前那般顧忌來往，時日長了，她摸到這老頭兒的真性情，倒是和她這天生直女的個性有些異曲同工之妙，竟有些忘年交的感覺。

不過，今天倒是不巧，遇上方家人來訪。

荀柳提著酒菜，剛拐過長廊，便見一堆老老少少、男男女女坐在正廳裡談話，一副互相恭維，和樂融融的樣子，裡頭有那位西關州第一美人的身影，再看看她含羞帶怯偷瞄的對象，正是坐在靖安王世子身邊的王景旭。

她就是用腳趾頭想，也知道裡頭在商量什麼，腳下一轉，便準備往回走。

孰料，正被一堆恭維話煩得要死的靖安王正好瞄到她的背影，哧溜一聲站起來。

「站住！」

一時間，荀柳只覺得裡頭有無數道目光衝她射過來，幾乎要將她射成了篩子。

始作俑者靖安王卻絲毫不覺得自己的行為哪裡不妥，咳嗽一聲，隨便找了個理由，對一干下屬和晚輩出了聲。

「訂親之事，承志夫妻作主便可，本王樂見其成。本王還有些事情，爾等隨意。」

他說著，也不等眾人行禮，急匆匆走出了門，等看到荀柳手上提著的東西之後，才哈哈大笑。

「還是妳這丫頭懂事。本王中午被一幫酸腐圍著，吃得不盡興，正好填填肚子。走走走，去本王院子喝酒！」

他說完，便領著荀柳樂呵呵的大步往前走。

這話一點都沒避諱，全讓廳堂裡的一幫「酸腐」聽了個清清楚楚。

方刺史臉上露出一絲不自在，王承志見狀不由尷尬地咳嗽兩聲，試圖緩和氣氛。

「近日父親因治旱之事掛心勞累，還請方刺史莫要介意。」

「不敢，不敢。」

他哪敢有膽子去說王爺的不是，他一介刺史，說好聽了是個官，說不好聽了，就是朝廷派來的走狗。但是，這些年要不是仰仗靖安王府的權勢，他也做不到這個位置。

不過現在好了，辛虧他生了個模樣、德行都出類拔萃的女兒，往後只要能順利攀上王府這門親，還怕他的官做不長遠嗎？

方刺史想著，心情舒坦多了，擺出一派溫和笑臉面對王承志夫婦。

「既然如此，下官這裡無甚異議，不如親事就這麼定了？」

「甚好，那便這般定了。」王承志夫婦笑道。

方詩瑤聞言，臉紅了紅，又忍不住悄悄看向對面器宇軒昂的男子，但對方的目光卻瞥著門外，不知在想什麼。

她順著他的目光看去，見門外桃紅柳綠，一派春意盎然，當他是被景色吸引，又想起不日之後便是婚期，又暗喜不已。

另一處，荀柳聽靖安王提起王景旭和方家小姐的婚事，頗為驚訝。

「這麼說來，婚事就在下月初，這麼近？」

她記得這兩位還沒怎麼認識呢，不過想想也是，古代都是父母之命，媒妁之言，不興前世自由戀愛那一說，她這麼想，才是不正常。

「孫輩的事，又是他自個兒選的，遠些近些有什麼區別。本王懶得摻和兒女情事。」

荀柳恍然大悟，原來王景旭自己也中意這門親事。自從上次見面之後，這廝每次見到她都是一副黑臉，娶了媳婦兒，經過陰陽調和，或許火氣能小一點。

靖安王灌下一大口酒，看著荀柳的眼神變了變。「丫頭，妳也老大不小了，就沒想過找個夫婿？」

這句話問得突然，讓剛要走出走廊拐角處的身影也不由頓了頓腳步。

荀柳搖頭笑了笑，也幫自己倒杯酒。「民女的想法，怕是王爺不會認可。」

「欸。」靖安王不滿了。「妳不說，怎麼知道本王不認可？妳這丫頭的古怪個性，本王又不是沒見識過，說來聽聽。」

荀柳頓了頓，回想起前世，回想起自己一個人度過的那些日子。

她忽然舉起酒杯，衝著靖安王一敬，一飲而盡，嘴角揚起一抹豁達而明媚的笑容。

「民女從不信什麼父母之命，媒妁之言，更不苟同時下的一妻多妾。」

這句話說得半絲猶豫也無，不僅靖安王詫異，連躲在暗處的某人也頗為震驚地看著她。

靖安王回神，大笑幾聲。「有意思，妳繼續說。」

荀柳神色淡淡，似乎對自己出口的驚世之言毫無所覺。

「王爺，人的一生太過短暫，這一世民女嘗過不少苦楚，比任何人都在乎生活的意義。民女一直認為，待人待事當以真換真，婚姻也是，需以心換心。敢問一妻多妾，又如何以心換心？我曾聽聞，千年前曾有一邊陲古國，奉行女尊男卑，女子可同嫁給多個丈夫，王爺若處於其中，又當如何？」

「這……」靖安王還真的沒想過。

「至於父母之命，媒妁之言……」荀柳笑了笑。「王爺，民女心悅之人，不需他如何俊朗，不需他如何出色，只求旗鼓相當，樂其所樂，想其所想；禍福同享，悲歡與共。民女不屑做菟絲花，他也不是那俗禮人，即使身處山野，只要彼此為伴，便是幸福，不是嗎？」

靖安王目光閃了閃，未發一言。

荀柳以為他是因她口出狂言不悅，便又行了個禮。

「民女並無抨擊現世的意思，旁人選擇的生活與民女無關，也不否認其中也有幸福美滿之人。只是今日王爺問起民女的婚事，民女順勢發表淺見，王爺莫怪。」

靖安王擺手。「欸，本王怎會怪妳，妳說得很好，好極了。可惜，早年無人對本王說過這些……」

他說到這裡，便不再說了，舉起酒痛飲一杯，神色竟有些說不出的悔憾。

藏在走廊後的人，心中卻早起了驚濤駭浪。

「以心換心」、「悲歡與共」，如此契合的伴侶，若是真的存在，為何他從未見過？即便是他那對母親極為敬重的父親，後院裡也有三、四房暖床小妾。

「大公子，你怎會在這裡？」

正在王景旭出神時，身後突然傳來一道聲音，轉頭看去，只見來人是靖安王麾下的康將軍，看樣子似乎是軍中有事來稟報。

靖安王和荀柳也聽到了動靜，抬頭看向這邊。

「誰來了？」

「是末將有事稟報。」

康將軍乾脆俐落地走上前，王景旭無法，也只能跟著出去。

靖安王看見孫子，十分驚訝。「你不在前廳招待客人，來這裡幹什麼？」

王景旭尷尬地掃了他身旁的荀柳一眼，吶吶解釋。「方家人要走了，是父親囑咐我來跟您說一聲。」

「不用，一切有你父親作主便可。」靖安王擺了擺手。「既然你中意，本王自然也沒什麼意見。」

「是。」

王景旭低下頭，眼角餘光不經意掃過荀柳的身影，見她也站起了身，對靖安王行禮。

「王爺，既然您有軍務，那民女就不打擾了。民女的鋪子將在幾日後開張，之前與您提過的那幾樣東西，屆時做出樣品，我再親自包好，送到府裡給王爺賞玩。」

「好，那本王等妳。」靖安王撫鬚笑道。

荀柳不再多言，從王景旭身旁走過，往長廊上行去，卻沒注意當她錯身而過時，他微微顫動的手指。

王景旭一動也不動地站在原地，康將軍見氣氛尷尬，不由咳嗽了兩聲。

「還有事？」靖安王疑惑道。

王景旭沒出聲，也不知自己想說什麼。方才聽見荀柳說的那番話，他心中一震，但隨之而來的，卻是更多的疑問。

今日之前，他對方家這門親事還算滿意，方詩瑤端莊大方，家世門當戶對，足以做他未來的妻子，父母也十分喜愛她。

本來這一切應是水到渠成，但他總覺得缺了一點什麼。

方才，他本想抓住荀柳問清楚，何為「以心換心」，又該如何換？

但他最終還是沒這樣做，不相信自己的選擇是錯的。

沒錯，這女子舉止怪異，思想也甚是驚世，她說的話怎能當真？

他的心緒歸於平靜，向祖父行了個禮，緩緩道：「孫子無事，先告退了。」轉身離開，身姿一如既往的自信卓然。

靖安王望著他的背影，頗為莫名其妙。「真是奇怪，這孩子今日是怎麼了？莫不是訂親讓他高興得傻了？」

第三十三章

王景旭回到前廳，姚氏一見他便問：「你祖父如何說？」

「祖父說，一切由父親作主。」

王承志無奈地嘆口氣。「父親不喜方家，這般說已經算是讓步了，景旭，我最後再問你一次，你確定滿意方家的婚事？」

王景旭目光微閃，最終點頭。「兒子很滿意。」

王承志夫婦臉上露出寬慰的笑容。

「那就這般定了。」姚氏笑道：「我差人開始準備。」

這時，王嬌兒從院子裡笑吟吟地走進來，挽著姚氏的胳膊晃啊晃的撒嬌。

「娘，方才我在院子裡碰見荀姊姊了，她的鋪子過幾日就要開張，娘陪我去看看可好？鋪子裡定然有不少好東西。」

這段時日，她與荀柳親近不少，荀柳不同於她的那些閨密，總是有數不盡的故事和點子，都是她從未聽過和見過的。時間長了，就如同上癮一般，只要荀柳每回過來，她都會尋機會去纏一纏，稱呼自然也變得親密許多。

姚氏聞言，愛寵地點了點她的額頭。「府裡也就妳成天只知道玩。」

「那您陪不陪我去嘛？」
「好好好，陪妳去還不成嗎。」姚氏忍不住笑道：「荀姑娘不比旁人，屆時妳隨我一道準備好賀禮再過去。」
「我也去。」
王景旭突然插話，引得三人看向他，才發覺自己失態，尷尬解釋。「近日西瓊探子多，母親和妹妹出門需仔細些。」
「也好。」王承志點頭。「確實有必要謹慎。」

另一邊，荀柳已經回到家，院子裡只有莫笑在曬衣裳，見她回來便笑著招呼。
「姑娘，大公子有事要找妳呢，他在後罩房。」
荀柳點頭，直接朝後院走去。
後院的一排後罩房是四間連成排的小房子，荀柳請人全部打通，改成工作間，此時錢江正滿頭大汗地窩在裡頭打鐵。
她捋了捋袖子，推開門，滾滾熱氣立即撲面而來。
「大哥，怎麼樣了？」
錢江擦了把汗，轉身將身旁桌上的東西一樣樣拿給她看，臉上是掩不住的自豪和歡喜。
「大部分都完工了，開張那天沒問題。小妹，妳是從哪裡學來這些機拓本事的？我竟是從未見過這般奇巧的物事。」

「大多是從書上看來的罷了。大哥，這裡的事情就交給你，明日我帶著笑笑去街上整理鋪子。」

「行。鋪名可想好了？」

「想好了。」荀柳忍不住笑道：「就叫奇巧閣。」

數日後，碎葉城朱雀街上不起眼的街尾，有一間廢置許久的鋪子重新開張，鋪名奇奇怪怪，不似酒肆，不似成衣鋪，叫做「奇巧閣」。

店家敲鑼打鼓地吆喝，不少人好奇地往前湊，但見門口擺著一排奇怪的物事，不少人看了幾眼，便沒什麼興致地離開了。

直到有個書生模樣的人抬頭掃了匾額一眼，見那字跡頗為熟悉，仔細再看之後，忽然叫道：「這莫不是靖安王世子的字跡！」

旁邊正要走的客人聞言，立即跟著抬頭往上看，有行家自然看出一些門道，神色更是驚訝不已。

靖安王世子好舞文弄墨，猶以書法見妙，真跡更是一字難求，碎葉城的王公士族莫不趨之若鶩。一間不起眼的小鋪子，怎麼可能有世子真跡？

正在門口招呼客人的荀柳聽到這句話也十分驚訝，跟著抬頭看。

嗯，確實比她那狗爬字好多了。

錢江扯過她，小聲問：「小妹，妳什麼時候去向世子求字的？」

荀柳攤手。「我沒求啊，前幾天我王爺送樣品給王爺，他看起來挺高興，隨手送給我的，我以為是他寫的呢。」

當時她還覺得這老頭雖然跟她一樣沒什麼藝術細胞，沒想到字寫得還挺好看的。

搞了半天，是借花獻佛啊！

她看了半晌，突然覺得有些心疼。「早知道是世子寫的，我就拿去賣銀子了。真可惜，弄成牌匾，不能吃、不能用的。」

「小妹，買賣王爺送的東西，似乎是大罪……」

「是嗎？」

人群裡，有人不屑道：「世子的真跡千金難求，區區一間小鋪，怎麼可能有？八成是作假，圖個噱頭，我等都散了吧。」

眾人聞言，指指點點鄙夷一番，便轉身散開。

錢江氣笑了。「這些人怎麼這般誣衊人，小店就不能有真跡了？」

荀柳倒是渾不在意，走到桌子旁邊，擦擦上面的灰。

「很正常，要是我也不信。可惜今天開門不順，看來咱們又得緊巴巴地過日子了。」

正在裡頭整理東西的莫笑聞言，走過來安慰她。「姑娘莫灰心，這些東西奇巧非常，不比俗物，定會大賣的。」
對街店裡一名綠裳婦人身後的丫鬟看到這邊的動靜，向正無聊挑選首飾的婦人稟報。
「夫人，對面似乎開了一家新鋪子，咱們要不要過去看看？」
婦人扭頭掃了一眼，見門口冷冷清清的模樣，毫無興致。「看上去沒什麼可稀罕的。」
然而，話還沒說完，她瞥見從不遠處駛來的馬車，竟是靖安王世子妃的車子，目光一亮，立即丟下首飾。
「是世子妃，快跟我過去。」
婦人沒想到的是，世子妃的馬車停在方才丫鬟提及的鋪子門口，不只她驚訝，連方才剛散了的眾人見狀，也不由又轉頭看去。
世子妃被丫鬟扶下車，一道下來的居然還有靖安王世子的一對無雙兒女。
王嬌兒一看見荀柳，便高興地走上前，拉住她的手。
「荀姊姊，我們來替妳捧場了，快給我看看，都有什麼好玩意兒。」她說著，便俏皮地往桌上看去。
姚氏見狀，無奈地搖搖頭。「妳這丫頭越來越不懂規矩了，妳準備的賀禮呢？」
王嬌兒噘了噘嘴。「在哥哥那兒呢。」便拉著自家哥哥往荀柳走來，絲毫沒注意他臉上尷尬的表情。
荀柳也是滿頭黑線，暗道王嬌兒這丫頭果然是個粗神經的，這麼久都沒發覺她跟她親哥不合嗎？

王景旭僵硬地把手上的盒子遞過來，乾巴巴道：「這是特地為你們準備的開張賀禮。」

荀柳乾笑兩聲，只能道謝。「真是多謝世子妃、嬌兒妹妹和王公子了。」

身旁眾人見店家竟真與世子妃相熟，抬頭看了看匾額，再也無任何懷疑，但由於世子妃一家堵在門口，他們也不敢進鋪子逛，只能圍著門口湊熱鬧。

婦人見裡頭被看客們團團圍住，也不能硬擠進去，乾脆撩起裙襬，踮腳大聲喊道：「世子妃！世子妃！」

眾人見她穿著富貴，似乎與世子妃相熟，便讓出了位置。

婦人一喜，連忙帶著丫鬟走過去。

「世子妃，真是好巧，在這裡碰見您，我正想邀您空閒時去我那裡喝茶呢。」

姚氏扭頭一看，見是熟人，便笑道：「秦夫人也來街上逛逛？確實巧了。」

「我閒來無事，便出來走走。這位是？」

秦夫人看了看荀柳，見她穿著打扮屬實一般，但見世子妃和王嬌兒對她十分熟稔的樣子，便知道不可只用外表來判斷。當了這麼多年的主母，看人的本事還是有的。

姚氏笑了笑，幫兩人介紹。

「這位是荀柳荀姑娘，這位是碎葉城第一首富秦家夫人。今日奇巧閣開張，若是能討得秦夫人的歡心，往後定能財源滾滾。」

王嬌兒聞言，也笑吟吟地插嘴。「荀姊姊是個妙人兒，秦夫人肯定會喜歡她的。」

「見過秦夫人。」荀柳跟著笑道。

秦夫人見荀柳面不改色，落落大方，有些詫異。據她所知，姚氏雖然和氣，卻未見過她言語之間對一個外人如此欣賞的，更莫說王嬌兒對這女子也如此親密。

這女子看來不過平民出身，是何原因能蒙受王府恩寵？

秦夫人想著，看了看面前桌上的幾樣東西，應是特地擺出來給客人玩賞的物件。但這些東西既不像古董玉器，也不像珍玩首飾，她看來看去，竟是沒看懂到底是用來幹什麼的。

「荀姑娘，不知妳要賣的都是些什麼東西？我怎麼……看不明白？」她看著一只不足巴掌大的小盒子，納悶道。

王嬌兒也湊上前去瞧那只小盒子，也十分好奇。「荀姊姊，這個是用來幹什麼的？首飾盒嗎？也太小了點。」

王景旭本在她們身後站得不耐煩，聞言也不覺看過去，桌上的東西個個造型古怪得很，難怪大半天了也沒人過來捧場。

荀柳見對方有興趣，自然樂意介紹，而且面前就是碎葉城第一首富的夫人，是個難得的好機會。

她拿起那只小盒子，笑著打開，然後呈給所有人看。

「這裡頭怎麼還有小人兒？」王嬌兒眼睛一亮，忙仔細看了看，然後轉身拉著母親和哥哥道：「娘，哥哥，你們快看，這小人兒栩栩如生，好生精妙呢。」

秦夫人也湊近瞧了瞧，只見那盒子裡並不是用來裝東西的，而是用極其精巧的工藝造了個小小的戲臺，臺上戲伶挽袖獨唱，神情柔婉，竟似真人一般。圍在一周的看客們也非常稀罕，這般奇巧之物，他們確實沒見過，不由湊近了些，想看得更清楚。

秦夫人正想說什麼，卻聽荀柳淺笑了一聲。

「這東西叫音樂盒，奇巧之處，並不完全在這戲伶上。」她說著，從盒子裡拿出一根彎曲的、形似鑰匙的物事，插進盒子後方的小孔之中，擰了幾圈，盒子內部隨即傳來幾聲狀似機關開動的聲音。

眾人越看越是神秘，連世子妃也跟著秦夫人一起湊上前看。擰動數圈之後，荀柳忽然放手，精巧至極的盒子裡傳出一聲清脆宛如銀鈴般的樂聲，再看那戲伶，竟似活了一般，在戲臺中央跳動起來，淒切哀轉，如附魂魄，此番情景說是神跡也不為過。

一時間滿場寂靜，許久才聽看客顫聲道：「這莫、莫不是仙法……」

荀柳哭笑不得。「小店可不會什麼仙法，只是盒子底部有精密機關，這鑰匙就是機關鎖。你們來做，也能有同樣效果。」

王嬌兒反應過來，立即拉著母親撒嬌。「娘，我要買這個，快給我銀子。」

世子妃睨了她一眼，無奈笑著將荷包遞給她。

王嬌兒拿著荷包，笑咪咪道：「荀姊姊，這音樂盒要多少錢？」

荀柳一時沒反應過來。「啊？五……」

「五十兩？居然這麼便宜。」王嬌兒二話不說，從荷包裡掏出一錠銀子遞到她手上。「荀姊姊，這個我要了，替我包上。」

這闊氣又得意的樣子，讓荀柳很沒出息地嚥了嚥口水，她身旁的錢江更是目瞪口呆。

他們本來訂的價錢是五兩，這東西說起來奇巧，其實不過就是機關費些功夫，只要有適合的工具，本錢不算很高，也就是精鐵貴一些罷了。

荀柳也沒想到，音樂盒會這麼受歡迎。

一旁的秦夫人有些眼紅，她平日裡就喜歡這些稀奇玩意兒，又不缺銀子，能買的自然都買得差不多了。方才她也想問價錢，孰料王嬌兒動作比她快了一步，且對方出身靖安王府，她自然不好跟著爭搶。

這會兒見王嬌兒拿著包好的音樂盒，秦夫人也忍不住開了口。

「荀姑娘，這東西確實奇巧，不知道店裡還……」

荀柳笑道：「大哥，去將所有存貨拿出來。」

秦夫人目光一亮，只見荀柳身邊那個男子笑著點頭進去，不一會兒便捧出一堆大小造型各不相同的音樂盒。

荀柳逐一將它們擺放在桌上，打開盒蓋。

眾人湊頭看去，只見這些盒子無一相同，裡面雖有小人，但有的形單影隻，有的成雙成對，甚至連一家四口闔家歡樂的也有，場景更是不同，實乃精巧至極。

荀柳將所有的音樂盒都上了發條，只見每個盒子內的小人恍若瞬間被賦予了生命一般，音樂的調子各不相同，但個個優美至極。

「實乃奇巧，不管什麼價錢，我要兩個！」

「等等，我比他出兩倍銀子！」

「笑話，本公子有的是銀子，我再加一倍！」

圍觀人群騷動起來，有幾個打扮富貴的公子和女眷恨不能將銀子直接拍在荀柳臉上搶貨，居然顧不得世子妃等人在場，一擁而上，連秦夫人跟自家丫鬟也被擠到了一邊。

錢江和莫笑趕緊護著那些盒子，免得被擠壞了。

荀柳見場面有些控制不住，拿起剛才開張用的鑼，狠狠敲了幾聲，這才震得眾人停止了動作。

「等等，大家先聽我說！」

眾人一愣，砸銀子的停止砸銀子，踩人的收回了腿，甚至揪人頭髮的也鬆開手，恍若無事般理了理自己的衣冠。

見大家後退一步，荀柳這才鬆了口氣，走上前去。

「今日小店的庫存只有這麼多，均價五十兩，每人限購一個。沒買到的，小店也接受訂製，先付十兩訂金便可。因為小店人手有限，一天只接受五個訂製，但不做重樣兒，每人拿到手的音樂盒，必定是當今世上獨一無二的。」

她說著，走近姚氏和秦夫人。

「世子妃，秦夫人，若非兩位賞臉捧場，今日小店怕是要生意慘淡了。兩位可以各挑一個，就當是小店對兩位的謝禮。」

見姚氏想說話，荀柳又道：「還請二位不要推辭。」

姚氏無奈地笑了笑。「妳這孩子……」

秦夫人打量著荀柳，眼中露出一絲欣賞，笑著點頭。「荀姑娘果然是個妙人兒。」

王景旭看著荀柳，神色複雜。

話都說到這分上，姚氏等人自然不好再推辭，各自挑選了一件，其他人才陸續上前購買、付訂金。

不到一會兒，音樂盒一個不剩，訂製居然也供不應求。

錢江看著到手的銀子，震撼得說不出話來。

第三十四章

有人未搶到音樂盒和訂製名額的，便打起桌上其他物事的主意。

「荀老闆，其他東西又是幹什麼的？」

荀柳順著眾人的目光看去，笑著將另外兩樣東西挪過來。

秦夫人喜孜孜地接過包好的音樂盒，跟著轉頭看，發現那兩樣東西的造型也很奇怪。

荀柳打開其中一個四方扁平的盒子，向眾人介紹。

「這個叫飛行棋，玩法類似於圍棋，可以同時四人競技，玩法寫在盒子裡，如果各位客官有興趣，可以買回去試一試。價錢不貴，五兩銀子便可帶走。」

她將飛行棋交給錢江售賣，又將另一個體積稍大、造型精美的鐵製匣子挪過來。

「這匣子怎麼這般奇怪，蓋子竟然是豎著的。」有人納悶道。

荀柳笑了笑，指了指盒子前方的小圓柱。「這個盒子叫秘箱，由精鐵製作，刀劍不破，開鎖不需鑰匙，只需要自己設的密碼，就像這樣……」

她說著，在圓柱上扭了幾下，眾人細看才發現那上面刻著數字，她每一次的扭動，都是對準了其中一個數字。

三下後，只聽匣子內傳來一聲喀噠，蓋子居然彈開了。

箱子裡空空如也，和一般櫃子無甚不同，但光是「刀劍不破」、「私密開鎖」兩個妙處，便足以讓在場不少人動心。

尤其是富貴人家，家裡僕人起了壞心，動手行竊的不在少數，只能將貴重物品存於木匣子內，鑰匙隨身攜帶。即便如此，仍是防不勝防。

「這東西好啊，我要一個！」

秦夫人第一個迫不及待要貨，秦家財萬貫，在場怕是沒人比她更需要這個東西。

秦夫人起了頭，其他看官中也有人站不住了，忙上前給銀子。

「我也要一個。」

「荀老闆，這秘箱能否訂製？我想訂個大的！」

「對對，我也要訂製！」

一時間場面異常熱鬧，姚氏見荀柳等人照看不過來，便讓身後的丫鬟去幫襯。

沒一會兒工夫，店裡的所有商品竟被搶購一空了。

下午，荀柳送姚氏等人離開後，便和錢江、莫笑一起關上鋪子數銀子。

荀柳將抽屜裡的銀錠、銀票一股腦兒倒在桌上，錢江看得雙眼發愣。

「天哪，這可是我這輩子第一次見到這麼多銀子。」

莫笑也笑咪咪。「我就說姑娘開張一定會大吉大利的。」

荀柳的心情也十分愉快，上次她偷偷塞了一百兩銀票給軒轅澈，手上剩餘的錢只夠開店。如果今天生意慘淡，不久後他們就真要一起喝西北風了，幸好今天運氣不錯。

「一千八百二十五兩。」

「這麼多！」

聽荀柳報了數，錢江和莫笑臉上露出驚喜的笑容。

荀柳從中拿出二十五兩的碎銀遞給莫笑。

「笑笑，這二十五兩銀子不多，拿去買些喜歡的衣裳和首飾，這是妳應得的幸苦錢。」

「姑娘……」

「別推辭了，自家人還客氣什麼？拿著吧。」

她把銀子直接塞到莫笑手中，又將剩下的一千八百兩分出九百兩遞給錢江。

「大哥，之前我說過和你一起合作開店，既是合作，就有分成。你和我五五分帳，這一份是你的。」

錢江看了看銀子，使勁搖頭。

「小妹，妳把大哥當什麼人了？我就是幫妳打個下手而已，哪裡能拿這麼多銀子。再說了，開店跟採買的銀子全是妳拿私房錢出的，我更不能要。」

「大哥……」

以往脾氣溫和的錢江，這次卻怎麼也不鬆口，荀柳哭笑不得地想了想，只能退一步。

「這樣吧，你四我六如何？開店跟採買的錢，我也先扣掉，一共是五百兩，你不能再推辭了。」

錢江想了想，雖然覺得五百兩也太多了，但見荀柳一副「沒得商量」的表情，只能伸手接下。

荀柳見他收下銀子，這才笑開。「笑笑，今晚去買些好酒好肉回來，我們好好吃一頓慶祝慶祝。」

「好！」

三人準備起身時，卻聽門外傳來一陣敲門聲。

荀柳看看錢江和莫笑，見他們也是一臉迷茫。

都關店了，怎麼還會有人過來？

「姑娘，我去開門瞧瞧吧。」

荀柳點了點頭。

莫笑打開門，似乎和門外的人說了幾句，但因為她背著身子，又擋住門，所以屋裡的人也看不清楚狀況。

不一會兒，莫笑關門進屋，手上拿著一只造工精美的漆木盒子。

「姑娘，是送東西的人，說是從積雲山送來的。」

積雲山？那不就是軒轅澈嗎！

荀柳立即起身接過漆木盒子，放在桌上，小心翼翼地打開。

盒子裡裝著兩個木刻小人，一個身形稍大些，一身粗布衣裙卻眉眼明豔如畫，尤其是那雙笑眼極像她；另一個身形小一些，五官精緻俊美，眉眼淡淡。

兩個小人手牽著手，密不可分，似是用一根木頭連刻而成。

錢江笑道：「小風也是有心了，趕在咱們開張這天送來，怕是還在路上時便記著了。這小人刻得栩栩如生，不知道是哪家木匠做的？」

「不。」荀柳摸了摸較小的人偶，眼眶濕潤。「這是他自己刻的。」

若是木匠，不會對她的神情如此熟悉；若是木匠，更不會記得數月之前他們慌忙逃命時的樣子。

刻成這樣，他該練了多久？

錢江和莫笑互看一眼，皆不再說話。

奇巧閣開張不到三天，卻紅遍整個碎葉城。

第一日貨物搶空之後，每日還未等荀柳開張，門口就排了長長的隊。

這種場面，荀柳也就在前世售賣新款電子產品時才看過，一時之間也不知該怎麼反應。

貨物越來越供不應求，她乾脆公告，每三天開門一次，讓客人們看準時辰來搶購新品。

這樣一來，她和錢江得各自分工，錢江負責之前接下的訂單，她則負責研究新品，莫笑負責每天抽空去看看鋪子，打掃理貨。

次日就是下一個開張日，莫笑照舊收拾好店鋪之後，準備關門回家，然而身為暗衛的直覺告訴她，附近的動靜不太對勁。

她皺了皺眉，裝作無事一般關上門，慢慢往外走。

天色漸漸暗下來，莫笑獨自走在巷子裡，身後卻多了幾道人影。她微微抬眼，嘴角忽然扯出一抹冷笑，閃身拐進胡同。

幾道人影立即跟上，卻發現早已不見了女子的蹤影。

「怎麼回事？人呢？」

「我們被發現了，這丫鬟身手不簡單，我們撤。」

院子裡，荀柳正在苦思冥想新品，見莫笑回來，便不想了，準備和她一起做晚飯。然而，莫笑進門後，卻是神色緊張。

「姑娘，今天我去店裡，出來時發現有人在跟蹤我，好像還不只一個。」

荀柳神色一驚，立即想到了蕭黨。

「妳有沒有看到對方是誰？」

莫笑搖頭。「我也很害怕，怕他們有什麼企圖，故意往相反的方向走，將他們引開。等到徹底甩開他們，才敢繞道回來。」

荀柳安慰地拍拍她的手。「妳做得很不錯，辛苦了。這段日子，除了開張，別再獨自出去。若是有事出門，我讓大哥陪妳。」

莫笑點頭，又擔心道：「明天我們還要繼續開張嗎？」

「開，當然要開。」荀柳眯了眯眼。「我倒想弄清楚，到底是誰在查我們的底。」

她想了半晌，覺得不可能是蕭黨。先不說碎葉城有靖安王坐鎮，蕭黨的手不可能伸得進來，就說蕭皇后和太子剛剛受封不久，朝堂上爭議頗多，蕭黨也沒有這麼多心思來顧及其他地方。

但是誰會盯上他們？

晚上，錢江知道了莫笑被跟蹤的事，也是一臉擔憂。

「不如我們先不開店了，安全要緊。」

荀柳搖頭。「若真有人想對我們不利，就算不開張也沒用。更何況，我們住的地方並不是秘密，對方早晚能查得出來，躲不是辦法。」

「那怎麼辦？」

「不用擔心。」荀柳安慰兩人。「我們背後有靖安王府撐腰，如果真的出了事，對方也討不了好處。」

錢江想了想，覺得也有道理。「那行，但是明天我們三個都要小心點。」

荀柳點點頭，心裡卻沒有那麼樂觀，但是禍躲不過，只能見機行事了。

次日，三人照舊開張，場面一如前幾日一般熱鬧，荀柳一邊招待客人、一邊不動聲色地觀察，果然在人群裡發現了幾個行為怪異的人。

只見那幾人與其他人不同，其他客人的心思都在貨物上，但那幾個人的目光卻總是有意無意往她和錢江身上瞟。客人來去，已經換了好幾批人，這幾個人始終擠在當中，目的再明顯不過。

如果她昨日沒被莫笑提醒，今日還真發現不了這個問題，甚至懷疑前幾次開張，這幾個人也混在裡面。

他們到底想幹什麼？

這時，天邊雲層散開，日光驟而灑向人群，荀柳被一道刺目的白光一閃，心中猛然一驚。

他們身上竟帶著刀！

荀柳極力維持鎮定，裝作無事般笑著送走一個客人後，乘機湊近錢江道：「大哥，待會兒關門之後，我們分頭走。你腳程快，立即去王府報信。」

錢江臉色一變。「怎麼了？」

荀柳抓住他放在桌下的手腕。「外頭有人監視，別露出馬腳，繼續裝作和我閒談。」

錢江穩了穩心神，表情放鬆下來，悄聲問：「到底發生了什麼事？若是有危險，我必不能拋下妳們。」

「這種時候，就別逞能了。他們人多，似乎還帶著刀，就算你留下來，他們真動了手，誰都跑不掉。昨日他們未動手，就說明本意不在殺人。我和笑笑能拖一拖時間，你快去王府報信，我們才有機會脫身，知道嗎？」

錢江自然也清楚其中利害，想了想，咬牙點頭。「好，那妳們千萬小心，我一定會帶人來救妳們。」

荀柳點點頭，又轉過身，裝作無事一般招待客人了。

天色漸暗，客人已經散得差不多，荀柳才和錢江、莫笑整理鋪面。

莫笑用眼角餘光瞄了眼街對面的巷子，那裡空空蕩蕩，但三人都清楚，裡面正藏著好幾雙眼睛。

「姑娘……」

莫笑剛剛才知道荀柳的計劃，不擔心兩人的安全，畢竟以她的身手要抵擋這些人，輕而易舉，但她不能輕易暴露身分，不僅僅是對荀柳，也是對那些人。若來者真是蕭黨，她暴露身分，反而會引起更大的麻煩。

莫笑左右為難，荀柳已經沈聲道：「按照我方才跟你們說的，現在關門，分頭走。」

錢江點頭，三人裝作無事一般，關門落鎖。

出去後，錢江對荀柳和莫笑道：「小妹，妳們先回去，我去買些酒菜回來。」

荀柳裝作尋常一般，對他笑了笑。「好，大哥，早些回來。」

然後三人便左右分了頭。

躲在巷子裡的那幾人目光閃了閃，毫不猶豫地放棄錢江，跟上荀柳和莫笑。

荀柳自然也留意到了，剛鬆了一口氣，又緊張起來。

看來，這夥人的目的是她。

天色越來越暗，路上行人所剩無幾，直至走到一處巷子口時，那夥人或許是看出她們在故意繞彎子，也或許是已經沒了耐心，幾道人影縱身一躍，跳上房簷，再落地時，便前後堵住了她們的去路。

為首那人和其他人一樣戴著面巾，身量不高，但一雙利目猶如虎豹之睛，瞇眼看著對面神色鎮定的女子，冷冷一笑。

「荀姑娘果然早已發現了我們。方才那人離開，是去搬救兵了？」

荀柳掃了幾人一眼，撫了撫手腕，臉上一派淡然。

「不知道各位是受何人指使？若是錢財之事，也好商量，我可以比你們雇主多出一倍的價錢。」

那人忽然像是聽到什麼笑話一般，嗤笑一聲。

「荀姑娘，我們可不是殺手，我們的主子不過是想請荀姑娘喝杯茶而已。」

「哦？」荀柳微微抬眼。「不知各位的主子姓甚名誰？」

「荀姑娘去了，自然就知道。」

「今日天色已晚，不如各位回去向你們主子稟報一聲，留下姓名住址，明日我必會親自帶禮登門拜見。」

觀察到身後幾個人略有動作，莫笑心中一沈，忍不住摸了摸腰部。

那人聽出來她是在打諢，不耐煩地瞇了瞇眼，手中大刀猛然一抬。

「這可由不得妳！若是不從，就別怪我們動手了！」

莫笑心道不好，顧不得身分暴露，正想上前動手，身旁女子卻忽然閃身擋住她的身子。

「笑笑，他們的目的是我，妳快逃。」

莫笑一愣，沒想到這個時候，荀柳居然還顧著她。

「姑娘！」

「快走！」

荀柳目光凜冽，身後數道刀刃衝著兩人砍來，伸手狠狠推了莫笑一把，便立即轉身往巷子裡鑽去。

那些人果然連看也沒看莫笑一眼，直接朝荀柳追去。

莫笑捏緊了拳，忽而縱身一躍攀上房簷，卻是朝著相反的院子方向而去。

已過宵禁時分，大街上萬戶閉門。

荀柳拚盡力氣往前疾跑，身後數人緊追不放，儘管她自認體力不錯，但畢竟是個不會武功的弱雞，沒過一會兒，距離便縮短了不少。

眼看著馬上要被追上，荀柳心中暗罵一句髒話，乾脆轉身，一扣手腕——

嗖！嗖！幾支短箭從她手腕處疾射而出。

幾人沒想到她身上藏著暗器，有同伴大意中了一箭，為首那人一驚，見那暗器入肉極深，威力比一般暗器要霸道得多。

他發了狠，怒笑一聲。「給我抓住她，不論死傷！」

荀柳放完箭，又使出吃奶的勁往前跑。然而這根本是無用功，她迷了路，偌大的碎葉城，她不知自己身在何方。

她想了想，乾脆不跑了，氣喘吁吁地扶著腰，對那夥人道：「先等等。」

為首那人瞇了瞇眼，打了個手勢，讓同伴們停下。

荀柳非常無奈。「好，我答應跟你們走，不就是喝個茶，聊個天嘛。我這人最擅長開解人的感情問題，你們主子找我，八成是頭上戴綠帽，心裡空虛。這個忙，我幫了。」

為首那人冷笑一聲。「荀姑娘能如此想，自然最好。」

他打了個手勢，只見他身後的兩個人面無表情地走過來。

荀柳表面鎮定，實則內心慌亂，腦子裡苦思對策，但什麼都沒想出來。

這時，她忽而耳尖地聽見身後傳來一陣馬蹄踢踏聲。

這夥人的耳朵比她更尖，立即警覺地望向黑洞洞的大街那頭。

宵禁期間駕馬馳騁，不是軍人，便是貴人。

好機會！

荀柳二話不說，轉身拔腿就跑。

為首那人怒道：「快抓人！」

瘋跑的這一刻，荀柳腦子裡閃過很多種想法，如果對面騎馬的人也是個弱雞怎麼辦？

然而，當她看到騎馬人的面孔時，所有顧慮全放了下來。

對方一身白衣，腰帶佩劍，劍眉星目，儀表堂堂，不是別人，正是事事跟她不對盤的王景旭！

好了，現在她得擔心對方願不願意管她死活了，呵呵……

第三十五章

「王、王公子。」荀柳到底還是沒忍住，顫顫巍巍喊了一聲。

王景旭也看到她了，見她一個女子這麼晚還在街上跑，忍不住皺眉。

「又是妳？」他話音剛落，便看到她身後追來的人。

幸好她方才是以小人之心度君子之腹，這次王景旭居然很幫忙，見她一個女子在路上瘋跑，後頭還跟著一堆看上去就是不是什麼善類的蒙面人，便正義凜然地躍身下馬，攔在她前面。

「什麼人？膽敢在我碎葉城持刀行凶！」

「別說這些有的沒的，他們都這樣了，你以為一句話能唬得住？」荀柳二話不說，拉著王景旭就要上馬。「趕緊逃命吧。」

然而王景旭沒搭理她，反而抽出長劍，上前一步，一副一夫當關，萬夫莫開的模樣。

「怕的話就躲在我身後。」

荀柳無語。

蒙面人互看一眼，目中滿是嘲笑，為首那人陰惻惻地說：「世子嫡子王景旭，今日還真是我們走了運，一起上！」

數人點腳上前，荀柳只見刀光銀劍亂閃一通，幾人皆被王景旭刺傷在地。

王景旭忍了忍手中被對方力道震出的麻痛感，退後幾步，面無表情道：「只要你們束手就擒，說出背後指使者，我可以饒你們一命。」

「是嗎？」為首那人冷笑一聲，突然伸手向袖中一掏。

「小心！」

荀柳立即往王景旭身上一撲，想避開那道黑影。儘管如此，她的肩膀仍舊被那件暗器擦破了皮。

「嘶——」

「我勸兩位莫要掙扎，那飛刀上淬有劇毒，不出三個時辰沒有解藥，她必死無疑。」

王景旭執劍指向他，怒道：「交出解藥！」

「你是不是傻，還要什麼解藥？跟他們囉嗦什麼，趕緊帶我離開回王府找大夫解毒！」

荀柳氣得只想捶他的頭。

話音剛落，只見一道刀光閃過，為首之人居然趁他們不備，帶著人硬上。

王景旭險險避開刀刃，邊護著她邊拚鬥，但對方人手太多，漸露出頹勢。

「不行了，快上馬逃命！」荀柳覺得肩膀上的傷口疼痛無比，忙喘著氣對王景旭道。

這回王景旭沒再繼續逞英雄，抱起她，翻身一躍騎上馬，往大街另一頭疾馳而去。

為首那人目露陰毒，剛準備踮腳發動輕功追上去，卻聽身後傳來同伴的悶哼。回頭看去，不知何時多了數道黑影，正飛快收拾他的同伴，瞬間竟喪失半數手下。

他顧不得追趕荀柳和王景旭，提刀迎戰，卻發現自己低估了這些人的功夫。

眼見最後一個得力的手下被割了喉，他掏袖一甩，然而那幾人閃身如電，竟分毫不差躲過了他的飛刀。

他心中一驚，再伸手掏袖，袖囊卻已經空了。

一道黑影提劍上前，目中冰若寒川。

「你們是誰？」

黑影雙眼微瞇，露出一絲嘲諷，但聲音卻是個女子。

「區區西瓊，也敢犯我大漢？解藥呢？」

那人震驚非常，眼角忍不住顫動。「你們知道……」

「解藥呢！」銀光一閃，劍刃已經架在他的脖子上。

那人定定看著她，冷笑一聲。「她中的是西瓊奇毒斷腸，我沒有解藥，縱使有，也不會……噗！」

話還未說完，他便口噴黑血，瞠目倒地而亡。

另一道黑影立即上前檢查，而後對那女子道：「牙內藏有劇毒，已經斷氣了。」

「馬上飛鴿傳信到明月谷，快！」

荀柳跟著王景旭一路疾馳，絲毫不敢回頭看，肩膀上的肌肉已經痛得沒有知覺，四肢無力，頭腦發昏，連眼前景象也漸漸變得模糊。

從未有過的難受，讓她確定自己中了毒，想起來也是稀奇，這種情況，前世她只在武俠小說裡看過。

「我們把他們甩開了，荀姑娘……」

王景旭低頭一看，卻見荀柳的臉色異常蒼白，目光也開始渙散，竟是馬上就要暈過去的徵兆。但他們現在離王府還有一段距離，後面那些人也不知道什麼時候會再追上。

就在他擔憂之時，前方黑暗的大街上亮起火光，數道舉著火把的人影飛快跑來，是錢江帶著王府的親衛們趕到了。

錢江看見荀柳的身影欣喜不已，忙將火把交給旁邊的親衛，但走近才發現荀柳似乎很不對勁，肩膀上血紅一片。

他神色一驚，扶住荀柳。「小妹，小妹！」

王景旭翻身下馬，和他一起將荀柳扶下來。「她中了毒，必須立刻送她去王府。」蹲下身子，對錢江道：「扶她上來。」

錢江愣了愣。「王公子，還是我來……」

「別廢話！還有三個時辰她就會發作，我輕功好，快扶她上來！」

錢江心裡一震，不再計較這些俗禮，扶著荀柳爬上王景旭的背，又對那些親衛道：「你們快回王府報信。」

「是。」

王景旭揹著荀柳，一路疾奔，背後女子的身體越來越沈，一陣專屬於女兒家的馨香傳來，他幾乎能聽到自己心臟跳動的聲音。

但一想到背上的女子或許三個時辰之後就會香消玉殞，他的呼吸不覺緊促起來。

「荀……荀姑娘……」

他輕聲開口，見女子絲毫未有回應，咬了咬牙，腳下發狠，幾乎是使勁全身力氣疾跑。

也許是為了安慰自己，他聲音加大了些。「荀姑娘，我錯了，我不該自視過高逞了英雄，是我錯了。妳不能死，妳聽到了嗎？」

他腿上幾乎脫了力，卻一刻不敢停歇。

「妳不能死……」

然而，背上始終毫無回應，他的心慢慢沈到了谷底。

這時，背後傳來一道微弱的聲音。「王公子，我不會死的，你不用太內疚……」

怦怦怦，王景旭覺得自己的心臟像是重新恢復跳動一般，不覺抓緊了她，更加拚命向前跑去。

不知過了多久，前方終於看見王府的影子，他臉上欣喜若狂。

「我們到了！」

親衛騎著王景旭的馬先一步報了信，王府門前已然等著不少人，靖安王一看見兩人的身影，便立即吩咐人準備。

不一會兒，荀柳被安全地送進客房內。

房內檀香冉冉，一名老醫官仔細替床上已然暈過去的女子把脈。

許久，他皺了皺眉，收回手。

王景旭等不及地上前問：「李大人，她到底怎麼樣了？中的是什麼毒？」

李醫官嘆口氣，搖了搖頭。

靖安王神色不悅。「有話直說！」

「王爺，荀姑娘中的是西瓊斷腸。這毒霸道至極，王爺應該也了解一二，請恕下官無能為力。」

靖安王聞言，眼底閃過一絲痛惜，連一旁的王承志也深深嘆了口氣。

王景旭見父親和祖父這般模樣，急急問道：「父親，斷腸是什麼毒？李大人醫術高超，怎麼會束手無策?!」

王承志看了父親一眼，見他神色如常，便向兒子解釋。「這毒是西瓊皇室近年製出來的奇毒。你可記得周將軍？」

「兒子記得。」王景旭點頭。

「兩年前他便是死於此毒，據說從中毒到發作，只需要三個時辰，且每隔半個時辰，中毒之人便會腹痛無比，猶如萬蟲噬肉。如此飽受三個時辰的折磨之後，會腸穿肚爛而死。」

腸穿肚爛而死……

「不，我不信！」

王景旭不禁踉蹌一步，扯住李醫官的袖子。

「李大人，您醫術過人，一定還有辦法對不對？」

王承志從未見過一向鎮定的兒子這般失措，上前拉住他，神色嚴厲道：「景旭，怎可這般失禮？還不放開李大人。」

王景旭這才發現自己失態，鬆開手，退後一步，但神色仍舊慌張不已。

靖安王瞥他一眼，轉而對李醫官厲聲道：「本王不管是什麼毒，今日無論你還是其他醫官，不管怎樣都要救這丫頭一命，不然統統提頭來見！」

此言一出，李醫官忍不住打了個哆嗦，苦思冥想半晌，倒真讓他想出個法子。

「王爺，下官有個法子可以延緩毒發時間，但僅能延長七日。七日內，若還不能尋得解藥，下官便真的無能為力了。」

在場的人聞言，目光一亮。「什麼法子？」

「下官有一味偏方，可以延緩筋脈血流，但這味偏方需用一株夜雪蓮。夜雪蓮極為珍貴，只在雪山之巔、冰雪覆蓋之地的夜晚盛放，所以非常難尋。」

「你說的豈不是廢話，這個時候，我們怎麼趕去雪山?!」靖安王暴躁道。

李醫官撫了撫長鬚，笑著搖頭。「王爺，據下官所知，方刺史家便珍藏一株，且以您和方家現在的關係，取來應是不難。」

王承志鬆了口氣。「這樣就好說了。景旭，收拾一下，我們現在就去方家。」

他欲走出門，卻發現兒子並未跟上，納悶地看去，只見他仍舊站在原地，開了口。

「父親，兒子想退婚。」

王承志額角青筋跳動，失聲道：「你說什麼?!」

一炷香後，前廳裡。

王承志看著跪在面前的兒子，氣得直拍桌面。

「婚姻大事怎能兒戲！聘禮已下，婚期已定，現在你卻說想退婚?!」

王景旭目光落在地面上，一言不發，神情是從未有過的倔強。

王承志不明白一向理智懂事的兒子怎會一夜之間變化這般大，轉頭看向始終沈默不語的父親。

「父親，您也說說他，婚禮已經準備得差不多，怎可如此胡來？」

靖安王目光沈沈，半晌才開口。「景旭，你可記得，本王當初在這裡對你說過什麼？」

王景旭目光閃了閃，不作聲。

靖安王也不生氣，起身慢慢踱步至他跟前。

「你跟本王年輕時脾氣很像，心高氣傲，目中無人，不論在建功立業或是感情上，固執且幼稚。但你須得明白，身為男子，除了兒女情長之外，還有責任。既然做了選擇，便要承擔相應的後果，才是我王家人，明白嗎？」

靖安王說完，拍了拍他的肩膀，越過他往門外走去。

王承志見狀，忍不住站起身。「父親……」

「讓他自己想想吧。」靖安王的身影消失在門口。

王景旭仍舊跪在地上，許久才見他捏了捏拳，狀似痛苦般閉上了眼睛。

荀柳醒來時，看見了莫笑，卻發現自己不是在家中。

她費力地撐起身子。「笑笑……」

「姑娘，妳醒了？」莫笑欣喜不已，朝外頭喊：「大公子，姑娘醒了！」

門外響起一陣急促的腳步聲，錢江跑進來，和莫笑一起扶起荀柳。

「小妹，妳現在感覺怎麼樣？」

荀柳虛弱地笑著點點頭，摸了摸肩膀，只見那裡已經裹了一層厚厚的紗布。

「我不是中毒了？」

莫笑解釋道：「姑娘，大夫說妳中了西瓊的斷腸，本來是活不過三個時辰的，但大夫想出辦法，用夜雪蓮做藥引，讓毒發時間延緩七日。」

「就是說，我只剩七天好活……」荀柳忍不住苦笑一聲，見兩人神色難過，又強打起精神。「沒事，這波不虧。再說我命大，不會輕易死的。」

莫笑見她這個時候還反過來安慰他們，忍不住心疼道：「王爺已經派人加急尋找解藥，姑娘放心，您一定會沒事的。還有，夜雪蓮是王公子親自去方家求來的，這兩日，他每天都會過來看姑娘。」

「王景旭？」荀柳愣了愣。這廝什麼時候對她這麼好了？

房門外忽然傳來一道清脆若銀鈴的女聲。「荀姊姊！」

是王嬌兒，隨她一道進門的，還有姚氏和王景旭。

姚氏腳步匆匆，一進門便過來扶住她的身子，擔憂道：「怎麼會出了這麼大的事，妳現在可感覺好些了？若不是府裡差人來報，我和嬌兒還在寺裡，不知情況。」

莫笑在一旁向荀柳解釋。「姑娘，前幾日世子妃和王小姐去寺裡齋戒上香，剛收到消息便趕了回來。」

王嬌兒淚眼矇矓，拉著荀柳的手不肯放。

「荀姊姊，妳說過還要多做幾個小玩意兒給我的，妳不能就這麼……」

剩下的話，她沒敢說出口，只拉著荀柳的手直掉淚。

世子妃神色戚戚，想開口勸，但嘴角動了動，卻是一個字也沒能說出口。

他們都知道，這七日對荀柳來說，不過是拖延時間罷了。

即便靖安王派出不少人手在西關州境內搜尋解藥和解毒聖手，但成功的機會仍舊微乎其微，現在只剩下五天時間，就算找到人或者解藥，怕也是晚了。

王景旭站在母親和妹妹身後，默然看著床上女子那張蒼白的臉，忍不住捏緊了手指。

「你們都這副表情做什麼？」荀柳費力扯出笑容。「你們這樣會讓我誤以為，我已經入了土似的。」

「小妹！」錢江嚴厲道：「莫要胡說不吉利的話！」

「好好，我不胡說。」荀柳微微笑著，往後靠了靠，幾乎動一下就要費盡全身力氣。

「那你們誰能告訴我，斷腸這種毒到底是怎麼回事？如果五天之後我熬不過去，死相會不會很難看？」

「妳不會死。」一直沈默寡言的王景旭忽然定定看著她。「我不會讓妳死。」轉身出了房門。

姚氏神色一變，對荀柳等人點點頭，立即腳步匆忙地去追他。

「娘，哥哥？」

王嫣兒見狀，抹了抹淚看荀柳一眼，也迷茫地跟上去。

「景旭，你這是要去幹什麼？」姚氏見兒子跑到馬廄，竟是準備牽馬出門，不由攔在他身前。

「我要親自出去找解藥。」王景旭翻身上馬，不顧姚氏阻攔，想直接闖出去。

王嬌兒也追過來，著急道：「哥哥，你別這樣，你馬上就要和方姊姊大婚了。爹和祖父知道了，會生氣的。」

「這是我的錯，若她真的死了，我良心何安?!」

「現在不是你耍性子的時候！」姚氏怒道：「你祖父派了多少精兵出去尋藥，他們個個是軍中好手，他們尚且尋不到，你以為你逞逞威風就能尋到了？再說，你和方家小姐的婚期將至，你卻為了別的女子跑出去到處尋藥，你可曾想過方家小姐和碎葉城的百姓們會怎麼想？你又有何資格這麼做？」

「我……」

對啊，他又有什麼資格？她若是知道了，或許也會覺得他任性吧？

王景旭的目光暗淡下來，覺得有些喘不過氣。

姚氏見他冷靜下來，語氣放緩了些。「景旭，你已經不是孩子了，為何平日裡冷靜自持，今天卻如此衝動？快跟我下來。」

許久後，王景旭翻身下了馬。

姚氏上前，安慰地理了理他的衣領。「過不了幾日，便是你大婚的日子。你若無事，不如跟我去街上採買……」

話還未說完，王景旭卻抓住了她的手腕。

姚氏抬眸，見他眼中竟有說不出的懼色。

「母親，兒子不想她死。」

「你……」

姚氏心底微顫，忽然明白了什麼。

「哥哥……」

王嬌兒看著兩人，不敢說話，覺得今日的哥哥似乎與往日不一樣，似乎多了些她猜不透的心事……

第三十六章

房內，荀柳看著正忙碌著替她換藥的莫笑，想起上一次生病躺在床上的時候。那次，她從前世的鬼門關邁出來，剛來到這個世界，對這裡充滿好奇和嚮往。這次，卻意味著，她將結束這一世的生命。

她心裡沒有多少害怕，卻覺得有些遺憾，想起遠在千里之外的軒轅澈，不知道他在雲松書院過得好不好？如果知道她已經不在人世的消息，應該會很傷心吧？

可惜，她原本還想親眼看看他長大成人，娶妻生子的樣子呢，沒想到老天爺不打算給她這個機會了。

見莫笑幫她重新裹上紗布，她緩緩開口。「笑笑，若是我五日之後，我挺不過去……」

「姑娘！」

「妳聽我說完。」荀柳費力抬了抬手。「如果我真的挺不過去，告訴大哥，銀子和地契都在我房裡的秘箱裡，密碼我會寫下來留給他。我留下不少新品的圖樣，足以讓你們繼續維持奇巧閣了。不要告訴二哥跟三哥，他們隨夏將軍駐守西瓊邊關，萬不可衝動。還有小風，在他未學成歸來之前，也不要告訴他這個消息。」

「姑娘。」莫笑抹淚。「妳在說什麼胡話？妳會沒事的，肯定會沒事的。」

荀柳笑了笑。「死沒什麼可怕的，我見過不少人離去，也曾踏過鬼門關，不用為我傷心。」語氣沈靜而淡然，卻讓聽見的人更加難過。

莫笑心底一酸，轉過身。「茶涼了，我去幫姑娘燒壺熱茶來。」

荀柳點頭，正想說句好，卻覺得腹部猛地一疼，一股腥氣上湧，忍不住噗的吐出一口黑色的血水。

莫笑扭頭一看，大驚失色。「姑娘！」

錢江等人聽到動靜跑進來，荀柳覺得腹中絞痛無比，像是有一萬臺絞肉機同時絞著她的血肉一般，咬著牙在床上不住地打滾。

很多人在她耳旁說話，但她卻一個字都聽不清，直到她再也忍受不住這種疼痛，眼前一黑，暈了過去。

「不是說可以延緩發作，怎麼還會疼得這麼厲害?!」

此刻房中站滿了人，王嬌兒抱著自家娘親的胳膊，滿眼淚花盯著床上毫無血色的荀柳。

靖安王只差沒直接張口罵出聲了。「到底怎麼回事？李醫官，你給本王說清楚！」

李醫官抹了抹汗，緊張不已。「王爺，下官的方子確實能延緩發作，但也只能將半個時辰延長至四個時辰，下官真的已經盡力了。」

「廢物！廢物！」

靖安王怒不可遏，對身後的康將軍道：「再加派人手，無論如何都要把解藥找回來！」

西關州以東，涼州境內明月谷。

無人知曉明月谷內是什麼地處，因為自大漢開國以來，谷中便毒蟲遍地，瘴氣密布，誤入之人必死無疑。

曾有當地百姓傳說，谷中是世外仙人隱居之處，那些誤入的凡人多是想要偷仙窺道，所以才會受了懲罰，死在谷中。

此時，一隻信鴿忽然從瘴氣密布的林中飛過，朝谷中無人敢涉足之地飛去。

鬱鬱蔥蔥、白骨遍地的林後，居然是一片青山綠水，數十丈寬的瀑布自懸崖直墜而下，底下是一汪深不見底的深潭。

深潭之上，則是一處綠瓦高樓，四周環繞更多造藝精巧至極的建築，鴿子便落在其中一處屋簷上。

一道人影拔空而起，身姿竟是比鴿子還要輕巧幾分，一伸手便抓住鴿子，取下信條。

那人看了信條，神色一凜，立即放開鴿子，飛身入了那座高樓。

高樓之中，一道人影正伏案盤腿而坐，前方則是一名鬚髮皆白、仙風道骨的老道士。

「殿下，今日我們來說說幾則儒家故事。」

軒轅澈目光沈定，翻開書籍。

老道見狀，撫著長鬚，挑了挑眉。「殿下已經來了一月有餘，每日聽貧道反覆說這些，不覺得乏味？殿下就不想學學治國之策，為君之道？」

軒轅澈抬眼看他，淡淡道：「治國之策非一日之功，為君之道更非常人所悟。真人在磨我的心性，不是嗎？」

無極真人笑著點點頭。「殿下心性過人，是貧道多此一舉了。今日我們換……」

正在這時，門外傳來動靜，莫離走到軒轅澈面前，將鴿子傳的信條呈上來。

「主子，碎葉城來急信，荀姑娘身中斷腸劇毒，快要撐不下去了。」

軒轅澈手中書卷落地，手指微顫。

無極真人怕他衝動行事，剛要勸說，軒轅澈卻比他先一步開了口。

「飛鴿傳書給游夫子，讓他五日之內趕到靖安王府。」

「主子……」莫離想說，就算是游夫子趕到，恐怕也已經毒發了。

軒轅澈緩緩起身，一雙眸子似是染上寒夜冰霜，又似淬了夏日流火。

「她不會死。」他轉身往門外走去。

無極真人不由開口。「殿下！」

「十日內，我會趕回來。」

軒轅澈說罷，人已經消失在門口拐角處。

明日，就是第七天了。

靖安王府內氣氛異常冷肅，靖安王在前廳召見的將士來了一批，又去了一批，卻無一人帶來好消息。

靖安王的臉色越發難看，而錢江等人則漸漸由希望變成失望。

整個王府中，只有荀柳一如往常般開朗笑著，恍若中毒將死的人不是她。

每隔四個時辰，她便要痛暈過去一次，臉色已然泛著一層青黑，但她仍舊沒當一回事。世子妃等人來看她時，沒說幾句就忍不住落淚，反倒是她笑著勸慰她們。

是夜，荀柳又吐了一灘黑血，這才覺得腹中絞痛漸緩。

莫笑將污血清理乾淨，餵荀柳喝了湯藥，便要伺候她躺下來休息，荀柳卻擺手拒絕。

「我聞到外面有金銀花香，笑笑，扶我出去坐坐，再不欣賞欣賞，怕是再沒時間了。」

莫笑心底一酸，點了點頭，過來扶她，然而荀柳四肢發軟，已是一絲力氣也無。

錢江見狀，上前道：「我來抱她，妳去安置小榻。」

不一會兒，荀柳如願以償躺到院子裡的軟榻上，見莫笑和錢江寸步不離地站在她身後，忍不住笑了起來。

「你們不用這般看著我，我只是躺躺而已，讓我自己待一會兒吧。」

錢江和莫笑點頭道：「好，需要我們的話，就喊一聲，我們就在廂房裡。」

「好。」

兩人走後，荀柳才深深吐出一口氣，軟榻旁邊正是一樹桃花，可惜大半花朵已經謝了。她撐著身子，湊近聞了聞，一陣甜香入鼻。

不知道她的小院裡，那株桃樹的花謝了沒有？她怕是來不及回去澆水了。

真沒想到，她以為這輩子好歹會比上一世長壽些，不想卻比上一世來去還要匆匆。軒轅澈知道了，會很傷心吧？或許還會責怪她不守信用……

她嘆了口氣，伸手摘下一朵花瓣掉了一半的桃花，捧在手心裡。

這時，她聽到另一側傳來樹枝被踩斷的聲音，轉頭看去，只見一道頎長身影正站在樹影下，是王景旭。

「王公子？」

王景旭眼中掠過一絲看不真切的情緒，只站在對面，未出聲應答。

荀柳多多少少知道他此刻的心情，這段時日除了世子妃，最常來這裡的就是他。只是，他每回過來，不是跟在世子妃身後，便是遠遠站在院子裡看著，不上前一步，也不主動攀談。

起初她怪過他逞能魯莽，但現在她沒剩多少時間了，想想比起罪魁禍首——那些西瓊奸細，他不過就是犯了點小錯而已，沒必要因此背負一生的愧疚。她可不想死了之後，還用這種方式讓人記掛一輩子。

她對他笑了笑。「王公子，過來坐坐吧，正好我自己待得無聊。」

王景旭目光閃了閃，走了過來，在軟榻旁的石凳上坐下。

「對不起……」

荀柳正想說話，沒想到他先開了口。

她愣了愣，微微笑道：「這件事情並不是王公子的錯，錯在那些西瓊奸細。」

「妳不用安慰我，要不是我逞能大意……」王景旭放在腿上的拳頭緊了緊。「中毒的本該是我。」

「王公子。」

王景旭抬頭看去，只見荀柳極為認真地看著他。

「愧疚不能解決任何問題。」她語氣正了正。「人這輩子不論做什麼，總會有犯錯的時候，換來的代價或多或少，總避免不了遺憾和悔恨。王公子將來是世子之後繼承王位之人，所做的每一個決定，牽一髮而動全身，所以做決定時必要慎重多思，但做了決定後，便不要後悔，一路往前看。」

她說著，微微聳了聳肩。「就像我，就算明天只剩最後一天好活，但我不想為了已經發生的事情憎惡悔恨。我不後悔替你擋暗器，也希望你不要因此有任何愧疚。王公子，比起你的愧疚，我更希望你能從我身上吸取教訓，你懂嗎？」

院內花香四溢，月光下，他望進她那雙笑眼之中，一瞬間恍若窺見星河燦爛，一顆心不受控制地怦怦跳著。

「我……」

「突然好想唱歌。」

兩人同時開口。

荀柳轉過頭。「王公子，你想說什麼？」

王景旭看著她，目光微斂，輕輕搖頭。「沒什麼。妳想唱什麼？」

荀柳笑起來。「我忽然想起我很早以前聽過的一首歌，想哼幾句。王公子，這裡沒別人，請你忍耐忍耐，聽我唱幾句了。」

王景旭見她這個時候還能開玩笑，苦澀又無奈地扯了扯唇。

「好，妳唱，我聽。」

荀柳衝他笑了笑，轉頭看向旁邊的桃樹，想起那道小而挺直的身影，啟唇輕輕開口。

不遠處的兩間廂房裡，錢江背靠房門，莫笑輕開窗扉，聽著荀柳輕柔的嗓音在院中響起。

「當一艘船沈入海底

當一個人成了謎

你不知道

他們為何離去

那聲再見竟是他最後一句……」

院門口，姚氏輕拉著女兒的手，忍不住抹了抹眼角的淚，轉頭看向院中那道沐於月光下的纖瘦女子。

「當一輛車消失天際
當一個人成了謎
你不知道
他們為何離去
就像你不知道這竟是結局
在每個銀河墜入深谷的夢裡
我會醒來也忘記夢境
因為你不知道你也不會知道
逝去的就已經失去……」（注）

聲音忽然中斷，眾人抬頭看去，只見女子唇角露出一抹不捨的苦笑。

「我想小風了……」

她的話剛說完，噗的一聲，一口黑血噴出來，王景旭眼睜睜看著她的身體猶如一片枯葉落在軟榻上。

「荀柳！」

注：歌詞節選自鄧紫棋的〈後會無期〉。

靖安王滿臉怒氣地瞪著面前的李醫官。

「李醫官，你能否告訴本王，為何三番兩次出現意外？」

李醫官哆嗦一下，慌亂不已。

「王爺，下官的方子確實能延緩七日，但荀姑娘此前已中毒頗深，提前毒發，也是有可能的。」

「行了，她到底還能撐多久？說實話！」

「最、最多三個時辰。」

王嬌兒捂住了嘴。「那不就連天亮也等不到了？荀姊姊……」

靖安王臉色青黑，一撩袍襬便往外走。「傳令下去，命康將軍立即帶兵召集碎葉城所有的大夫！」

王承志連連嘆氣，錢江和莫笑神色哀戚，王嬌兒忍不住抱著自己的母親抽噎。

王景旭看著床上毫無生氣的女子，心臟恍若停止跳動。

僅僅只剩三個時辰了……

這一夜，無人喊睏，屋裡氣氛安靜而緊張。

姚氏來回踱步，每走一步便盯著門外的天色，恨不能太陽能晚些出來。

碎葉城的大夫們一個個被連夜叫起來，帶入靖安王府，然而來去的人越多，累積的失望也越多。

院外，終於傳來一聲公雞啼鳴。

眾人心頭一跳，立即看向床上，只見荀柳面色泛青，已無呼吸。

李醫官上前把脈，許久後搖了搖頭，嘆道：「斯人已逝……」

「逝什麼逝，她這明明是假死症。讓開，我來！」

一道人影忽然從門外閃進來，不由分說便將李醫官擠開，坐在他的位置上。

那是個揹著背囊，打扮十分光鮮的老頭，身穿金絲竹紋袍，腳蹬銀緞厚底靴，雖白髮蒼蒼，卻穿金戴銀，闊氣得十分招眼，尤其是他左手大拇指上戴著的那枚血玉扳指，看上去便價值不菲。

王景旭見有不速之客，不由拔劍，卻被父親攔住。

王承志上下打量來人幾眼，上前問道：「敢問來者何人？」

老者自顧自地取下身上的背囊，在床上索利攤開，上頭是密密麻麻的銀針。

「有話之後再說，再耽誤一會兒，這丫頭就真要見閻王了。」

眾人聽他話裡的意思，荀柳居然還有救，立即安靜下來。

無論是誰，只要有法子救人，他們都願意試一試。

老頭動作快如閃電，一手挑出數根銀針、一手掀開被子，直接朝荀柳的頸部刺去。

一瞬間，眾人便見本來已經沒有呼吸的荀柳忽然急急吸口氣，竟真的活了過來。

「快幫我扶起她。」老人邊忙邊道。

眾人哪裡還敢含糊，王景旭第一個反應過來，搶在錢江和莫笑前頭扶起了荀柳。

王承志看著老者施針的手法，忽然想起一件事，目光一亮。

「您可是游古游夫子？」

之所以叫游夫子，是因為游古本是秀才出身，但考了功名數十年，仍舊未中進士，便在鄉里之間設堂教學。然而，因他極為愛財，凡事皆以金錢度量，因此被認為德行有虧，沒過多久，便被鄉親趕出了家鄉。

孰料這一趕，竟是游古的人生轉捩點。

不知為何，他忽然迷上了醫術，醉心醫術十多年後再現世，便成了妙手回春，起死回生的神醫。

其中最令人稱絕的，便是他這一手針灸術。

眾人聞言，神色俱是一驚，連王嬌兒也忍不住盯著他，喃喃說了句。「是那個脾氣古怪的神醫嗎？不是說他已經……」

「已經死了？」游夫子將最後一根針插入荀柳頭頂，嗤笑一聲。「那是我不屑再幫人看病。你們這些富貴人，用得著老夫時，口口聲聲神醫在世；老夫不行醫，就謠傳老夫一命嗚呼了。」

王嬌兒莫名被頂了一句，見這老頭確實脾氣不好，便躲在自己母親身後，縮了縮脖子。

王景旭只關心荀柳的死活，施完針，荀柳的臉色恢復不少生氣，卻仍舊緊閉著眼，未見動靜，有些著急。

「還要多久，她才能醒過來？」

「放心吧，有我在，她死不了。去準備浴桶和這張單子上的藥材，她要用藥浴。」

游古說著，從袖子裡掏出一條錦帕，擦了擦手。

王嬌兒看見，又是一陣驚訝。「那是不是織雲錦？這一條錦帕，價值千金呢。」

王景旭點點頭，準備出去安排，卻被姚氏急急喊住。「景旭！」

見兒子停下腳步，她過去從他手中抽下藥單，笑著遞給錢江。

「請錢公子跑一趟吧。」

錢江接過單子，尷尬地點點頭。「這是草民應該做的，謝過世子妃。」

這回，就算是傻子也看得出來，這位王公子對他家小妹有意了。可惜……

王承志自然也看出兒子的不對勁，皺了皺眉，轉頭對游夫子道：「荀姑娘藥浴，我們不便在此，這裡就先交給您了。」

「不必客氣，拿錢辦事。若是治好了人，你們準備好金子便是。」

王承志一愣。「金子？」

「一萬兩黃金。不然你們以為老夫來這一趟是為了什麼？斷腸劇毒值得起這個價錢。」

游古說著，懷疑地轉頭看他們。「你們莫告訴我，偌大的王府，連一萬兩金子也出不起。那老夫就……」說著，便要去拔荀柳頭上的銀針。
王承志一驚，抬手制止。「等等，游夫子說得有理，萬兩金子而已，是您應得的。」
游古這才收回手，撫了撫白鬚。「如此便好。」
王承志大大鬆口氣，對妻女使眼色，一同退出了房間。
然而，王景旭還想留下來確定荀柳沒事。「父親，兒子想……」
「景旭。」王承志轉過身，神色是前所未有的嚴厲。「再過幾日，就是你和方家小姐大婚的日子。在此之前，不許你再踏進這裡一步。你該好好想想，你的責任究竟是什麼。」
王承志說著，一甩袖子，轉身離開。
姚氏看著兒子頹唐的樣子，不忍心再多說，嘆了口氣。
「景旭，有些事並不是你想怎樣就能怎樣的。你是世子嫡子，有更重要的事得做。」
王景旭捏拳，抬眼看著母親。「兒子知道，兒子只想確定她沒事而已。」
姚氏無奈地搖搖頭。「走吧。」
王嬌兒跟在母親和哥哥身後，轉頭看了身後的房門一眼。
難道，哥哥對荀姊姊……

第三十七章

荀柳覺得自己好像飄在雲裡，透過雲層，彷彿能瞧見前世的世界。

高樓大廈，車水馬龍，還有兒時長大的四合院，甚至還能看到在巷子裡跑來跑去的小玩伴們。

然後，時間飛速旋轉，瞬息之間，她又看見長大後的自己，畢業工作，日復一日地生活，直到她親眼看著父母車禍後，死在醫院裡……

人的痛苦時有發生，幸好一段痛苦需要的治癒時間並不長。

後來，她獨自生活多年，直到因胃癌死去，又帶著記憶在異世重生。

現在再回頭看，她已經記不清前世自己和父母的樣子了。

那這一世呢？她會不會也記不起小風的樣子？

荀柳忽然覺得有些心痛，好似前世坐在醫院走廊裡，眼睜睜看著手術室大門時的心情。

她知道，那就是告別。

不，她不甘心。

前世她孤獨多年，死時毫無牽掛。這一世，她的人生才剛剛開始，小風、大哥、二哥、三哥、奇巧閣，她一個都放不下。

她毫無留戀地轉身往雲裡跑去。

時間輪轉，滄海桑田，她卻一眼未看，急切地尋找出口。

這時，荀柳耳旁忽然響起一道熟悉的聲音。

「阿姊……」

「小風？小風！」

床上的少女伸出手，不停地掙扎，軒轅澈心疼地緊緊握住她的手，才見她慢慢平靜下來，睜開了眼睛。

荀柳瞧見一道熟悉人影坐在光裡，眯著眼，看不真切，等習慣了光線之後，才看清軒轅澈的臉，不由愣住。

「鬼差大哥，你長得……頗似我弟弟。」

軒轅澈忍不住輕勾了勾唇角。

空氣詭異地凝滯起來，荀柳轉頭看看旁邊，只見那裡有個穿著華麗，不似陽間人的白鬍子老頭，抖了抖嘴角，又迷迷糊糊開了口。

「這位應該就是閻王了吧？還煩勞您老親自來接我，這怎麼好意思呢？」

噗哧！有人忍不住笑出了聲。

荀柳抬頭一看，這才發現旁邊圍了一圈的人。

這一聲悶笑響起之後，大家接二連三地笑起來，尤以靖安王笑得最大聲。

「丫頭，本王就知道妳醒來第一句話絕對出人意料，果不其然。哈哈哈……」

游大夫抖了抖鬍子，面無表情道：「醒是醒了，就是腦子不太好使。」

莫笑在一旁笑著提醒荀柳。「姑娘，您沒有死，小公子特地回來看妳了。這位老先生不是閻王爺，是神醫游夫子，是他救了妳。」

荀柳呆住，這才發現自己手腳俱全，腹部也不疼了。

她抬起頭看著軒轅澈的笑臉，忍不住伸手碰了碰，發現自己碰到的是真人，這才毫無顧忌地摸了上去，心裡是說不出的激動。

「小風！真的是你！」

「行了，既然醒了，也就沒本王這些外人什麼事了。游夫子，本王有些事情想請教請教，還請挪步。丫頭好好休息，本王改日再來看妳。」

荀柳衝著靖安王等人感激地點點頭，目送他們出門，這才轉頭，仔細打量著軒轅澈。

「你什麼時候回來的？個子好像高了些，在書院裡有沒有好好聽夫子的話？」她想了想，覺得不對，又問：「是誰告訴你我中毒的消息？」

莫笑愧疚地低下頭。「回姑娘，是奴婢。奴婢不忍心瞞著小公子，所以……」

錢江笑著打圓場。「不管怎樣，現在都沒事了。」

「我也沒說要責怪笑笑。」荀柳轉頭看向莫笑。「妳也是為了我好，我都明白。」

莫笑這才露出笑容。「那我去幫姑娘熬藥了。」

錢江也接話。「我出去看看廚房今日做了什麼，中午我們挪到院子裡吃。」

兩人走後，屋裡只剩下荀柳和軒轅澈兩人。

荀柳定定看著軒轅澈，這才發現他眼下一片青黑，想想積雲山相隔千里，他一定是連夜快馬加鞭趕過來的。

她忍不住心疼，剛要伸手去替他理理額前亂髮，卻忽然被軒轅澈捉住了手。

「為什麼不想告訴我？阿姊不想見我嗎？」軒轅澈清澈的鳳眸濕濡，看著她的目光，竟帶了幾分不滿。

「怎麼會。」荀柳微微笑著，想起前幾日的心情，喉頭忍不住哽了哽。「我是怕我見了你之後，更捨不得走了。」

她說完，似是覺得這句話太過於煽情，又笑著調侃。「如果真的死不瞑目，見了閻王可怎麼辦？」

「妳不會死。」軒轅澈彎了彎唇，神情一派篤定。「我也不會讓妳死。」

軒轅澈端坐在床前，身著青衫，頭戴玉冠，雖只離開不到兩月，但個頭、眉眼似長開不少，端的是風流倜儻、姿容無雙。尤其是那雙鳳眸，有時看去清澈見底，有時卻似釀著一汪深潭，讓人猜不透他的心思。

荀柳怔了怔，總覺得他似乎哪裡不一樣了，但又說不上來。
她不是喜歡多想的人，撐起身子道：「小風，扶我出去走走，在屋裡憋得太難受了。」
「子麟。」軒轅澈忽然道。
荀柳抬頭看去，只見軒轅澈神色微閃，狀似解釋道：「這是夫子為我取的字。」
「子麟？」荀柳輕輕唸了聲，高興點頭。「確實比我取的有水準多了。好，往後我叫你子麟。」
然而，她卻沒發現，軒轅澈因她這句話悄然紅了耳根。
荀柳被扶出院子，見院子裡張燈結綵，問道：「王府有什麼喜事？」
「明日是王公子大婚。」
一陣涼風吹來，軒轅澈拿起自己的披風輕輕披在她的肩上，仔細幫她繫好帶子。
「大婚？」荀柳愣了愣，笑道：「我倒是忘了，他和方家小姐的婚禮是在明日。」
軒轅澈靜靜看著她不語，許久才聽她說：「明日我們賀喜後便離開吧，叨擾王府這麼多天了，不好一直留在這裡。」
軒轅澈清冷的鳳眸微微彎了彎，應道：「好。」
中午，錢江從廚房端來飯菜，四個人在院子裡吃飯閒聊。
飯後，靖安王和王承志帶著游夫子過來，再替她瞧瞧。

「恢復得不錯，再過一段日子，就能完全好了。」

游古站起身，荀柳忙點頭感謝。「謝謝游夫子救命之恩。」

「欸，不用謝我，老夫當然不是白出力的。要謝，就謝替妳出金子的王爺吧。」

嗯？金子？怎麼沒人告訴她這件事？

她不由看向身旁的靖安王。「王爺，您出了多少金子？」

靖安王哈哈笑道：「妳這丫頭怎麼跟本王見外，這點金子不算什麼，只要妳沒事便好。再說，妳這次是被我們連累，更不必跟我客氣。」

荀柳又是一愣。「什麼連累？」

王承志開口解釋。「那天追殺妳的人是西瓊探子，我們盤查幾天，才得知是負責治旱的官員府裡出了西瓊奸細，他們打聽到此法是妳所出，便將主意打到妳身上。我猜，他們本意不在要妳的命，而是想將妳抓回西瓊盤問，後來因為他們認出了景旭，才臨時改變主意。所以，追根究柢，妳確實是受了我們連累。」

「那些探子呢？可有問到什麼？」荀柳忍不住好奇道。

王承志和靖安王的神色有些古怪。

王承志看父親一眼。「這也是我們疑惑的事。那晚我們派人找到了那些探子，卻已無一個活口，其中一人吞毒自盡，像是臨死前被人脅迫……」

一旁正在倒茶的莫笑手指微動，隨即又恢復自然，笑著將茶水遞給荀柳。

「欸，說這些做什麼，跟丫頭也沒什麼干係。」靖安王笑道：「丫頭，妳好好在這裡休養即可。」

荀柳卻搖了搖頭。「王爺，明日我們便打算離開了。」

「明日？妳的身體還很虛弱，為何明日便要走？」

「謝王爺和世子好意，但是我們已經叨擾很久，回去休養也是一樣的。況且明日王公子大婚，我等外人更不便留在這裡，還請王爺和世子見諒。」

王承志看看靖安王，笑道：「既然荀姑娘如此堅持，我等也不好強留。明日酒宴過後，我便差人送你們回去。」

待靖安王等人走後，軒轅澈又陪著荀柳說了一會兒話，等她休息了，才退出房間。

門外，莫笑與莫離已經等了許久。

莫笑見軒轅澈出來，立即跪下。「請主子責罰。」

軒轅澈神色淡淡，走至院中桃樹下，輕托起一朵將敗的桃花，聲音比春風還要柔和幾分，卻沒來由讓莫笑渾身打了個寒戰。

「回去後，自己領罰。」

莫離聞言，眼角微動，卻一聲未吭。從小生長在暗部中的他們，知曉這處罰會有多重。

身為暗部中人，莫笑為了不暴露身分，所做並無錯處。但身為荀姑娘身邊的暗衛，她卻是失職，自然責無旁貸。

這次過後，他們更是明白荀柳在主子心中的分量。為了救她，主子不惜請來游夫子，甚至千里迢迢從明月谷趕回來。以後他們再遇到這種情況，縱然是不得已暴露身分，怕也是絲毫擔待不起了。

「再有下次，便自戕吧。」軒轅澈聲音淡淡，眼角卻帶著一絲徹骨的寒意。

莫笑心中一涼，低下頭。「是，主子。」

這時，莫離的耳朵動了動，走近一步，對兩人道：「主子，院外有人來了。」

軒轅澈微微抬眼，伸手一揮，命他們退下。

莫笑起身，和莫離裝作無事一般，各幹各的去了，而軒轅澈卻看著院外的一角錦衣，目光暗了暗。

王景旭忍了幾日，看著府內張燈結綵操辦他的婚事，心裡卻一絲欣喜也無，滿腦子都是另一道不該出現在他腦海裡的身影。

明日就是他和方詩瑤的大婚，屆時便再無轉圜之地，他終是忍不住，故意支開下人們，悄悄來了這裡。

他想對荀柳表明心跡，想問問她對他又是如何想的。

他知道身為世子嫡子，他身上有不可推託的責任，但如果……如果她對他也有意，他願意得罪方家、願意冒天下之大不韙，和她在一起。

他這一生循規蹈矩，重禮遵義，唯有這次，哪怕是用一輩子來償還罪果，他也要拚盡勇氣試一試。

他的心情無比迫切，腳步邁過院門，越過長廊，終於看見那道朝思暮想的房門。

他深呼了口氣，四處看看，見莫笑等人似乎不在，便慢慢走近了些。

房門是半合著的，不多不少，開了一條縫隙，正好讓他看到對面的床榻。

他小心地湊過去，只見荀柳躺在床上，睡得正香，夕陽透過窗扉灑在她的身上，像是蒙上一層赤色薄紗一般，襯得那張皎如新月般的秀氣臉龐更是白嫩可愛。

然而，床邊還坐著一位少年，姿容更是讓人挪不開眼，眉眼如畫、鼻若懸膽，尤是那雙鳳眼，眸色猶如琥珀，極似從仙人圖上走下來的人物，堪堪坐在那裡，竟美好得讓人萌生不真實感。

王景旭記得他，荀柳的弟弟似叫荀風，第一次見面時，他們滿身風塵，他並未注意。如今再看，才發現自己當日看走了眼。

不知為何，他心裡竟生出一絲說不出的威脅感。

這少年看起來不過十二、三歲，便有如此姿容，再過幾年，不知該如何驚世。

幸好，她弟弟對他並沒有什麼威脅……

他剛這樣想，忽然見軒轅澈抬手握住荀柳滑落在床沿的一縷青絲，然後抬眼看著她，勾起一抹驚心動魄的笑容。

王景旭忍不住皺了皺眉，總覺得那笑裡含著讓人不舒服的意味，想要抬手打斷，卻看見軒轅澈的動作，呼吸一窒。

夕陽下，軒轅澈起身將髮絲攏回荀柳臉側，手卻沒離開，而是帶著無盡溫柔，輕撫上她的臉，俯身在她嫩如花瓣的唇上吻了吻。

天外似傳來一聲巨響，也震麻了王景旭的一顆心，他僵在原地，一時之間不知該進去，還是該離開。

他們……他們不是姊弟嗎？

王景旭心中如一團亂麻，見軒轅澈輕輕起身，再也無法忍受，踉蹌幾步，便要往外走。

他身後傳來一道清冷好聽的聲音。「王公子似乎看到了不該看到的東西。」

王景旭腳步一頓，慢慢轉過身，只見房門已經被合上，軒轅澈正站在那裡，一雙顏色極淡的眸子，意含嘲諷地看著他。

他忽然有些憤怒，捏了捏拳頭，目光冒火。「她可是你的姊姊！你怎能對她……」

「誰告訴王公子，我和她是親姊弟？」軒轅澈嘴角微勾，聲音是說不出的溫和，也說不出的冷涼。

王景旭又是一驚，定定看著軒轅澈半晌。「她可知道你對她……」

「這似乎不干王公子的事。」

「怎麼不干?!」王景旭怒道：「我今日便是來告訴她……」

「告訴她，你對她有意，問她願不願和你私奔？」軒轅澈勾唇。「看來沒人告訴你，她已經決定明日離開王府，還囑咐我在喜宴上代她與你共飲一杯，慶賀你新婚。」

王景旭心中一痛，後退一步。「她真的這樣說？」

其實他早就知道，她對他無心，只是不甘願，非要掙扎一番罷了。

他已經堅持到這一步，他一定要親自對她說。

「讓我進去，我要她親口拒絕我。」

軒轅澈淡淡掃他一眼，彎了彎唇。「掙扎，弱者所為。」

王景旭一怒，轉頭冷笑。「你有何資格教訓我？」

軒轅澈微微抬眼，一雙鳳眸中盡是令人驚心的篤定。「憑我在她心中分量最重。今後，也如是。」

「你……」

「小……子麟，誰在外面？」

王景旭想要說話，卻聽屋內傳來荀柳的聲音。

軒轅澈淡淡看他一眼，轉身推開門進房。

王景旭捏了捏拳，也跟著走進去。

荀柳的氣色已經好了很多，一雙好看的笑眼熠然生輝，激得王景旭心頭一跳。

荀柳見是王景旭，有些驚訝。「王公子，你怎麼來了？找我有事嗎？」

王景旭想起方才那一幕，心裡灼痛。軒轅澈說得沒錯，於她而言，他不過是個外人，就算說了又能怎樣？無端引得她厭煩。

他微微扭頭看去，見軒轅澈神色平靜，絲毫不擔心被戳穿，怕是早已料定他不會說。此般心性，真是一個年僅十二歲的少年？

王景旭鬆了鬆拳，裝作無事，笑道：「來看看妳的傷勢而已。妳……可好些了？」

荀柳見他神色變來變去，以為真有重要的事，但最後就說了這麼一句，忍不住失笑。

「我已經好多了，王公子不用掛心。」

眼前少女笑靨如花，讓他忍不住想起這幾日夜夜夢到的場景：紅燭高燒，床幃下的少女身著喜袍，含嬌帶怯，正是眼前少女模樣。

他想起那日她在院中對祖父所言：樂其所樂，想其所想；禍福同享，悲歡與共。

他也能給她的。

第三十八章

「荀柳……」

「對了，王公子明日就要大婚，我來不及準備什麼。」荀柳轉頭對軒轅澈道：「子麟，去把桌上的音樂盒取來。」

軒轅澈乖巧至極地笑了笑，將盒子遞到她手上。

她打開盒子，裡頭是對著喜服的小人兒。

「這是前幾日我讓大哥連夜趕製出來的，不是什麼貴重東西，圖個喜慶，還請王公子莫要嫌棄，祝你們百年好合。」

王景旭愣愣盯著她手中造藝精巧的音樂盒，心臟似是被什麼東西撕裂了一塊。

「妳……祝賀我？」

「當然。」荀柳好笑道：「雖然我與王公子之前有過一點不愉快，但還沒小器到連你新婚也要繼續槓下去吧？以前的事情，權當過去了，接下禮物，就當王公子也答應啦。」

她不在乎，不在乎他和誰大婚，不在乎他心裡的人是誰，甚至不在乎他以往對她犯過的錯……

王景旭心中苦笑一聲。

軒轅澈說得沒錯，他輸了。這一局尚未開始，他便輸了，且是他親手斷的後路。

王景旭忍著心中悶痛，笑著伸手接下音樂盒。「多謝荀姑娘的賀禮。無事的話，我就先告辭了。」

荀柳笑著點點頭，目送他出門。

「小風……啊，不對，子麟，你覺不覺得今天王公子有些奇怪？」

軒轅澈正在替她倒水，聞言將水杯遞到她手上，一雙鳳眸乖巧而澄澈。

「興許是明日大婚，王公子心裡緊張。」

荀柳想想，覺得有道理。

「也對，男人嘛，結婚之前總要心慌一陣子。」

另一邊，王承志剛到竹宇軒，便得知兒子溜出院子，等了好一會兒，才看見兒子回來的身影。

他正準備上前責罵幾聲，卻見兒子手中托著一個奇怪卻又熟悉的木漆盒子，似乎和妻子前段時日從奇巧閣拿回來的音樂盒造藝相同。

「你……」

「父親。」王景旭抬頭道：「明日就是大婚，剛才母親派人來說喜服做好了，兒子先去試一試。」

王承志看著改變主意的兒子，神色複雜，最終還是什麼都沒說，只點了點頭。

王景旭面無表情，將音樂盒放在桌上，又深深看了一眼，手指微顫，轉身出門。

他心裡的破洞，已然無法癒合。

如祖父所言，除了兒女之情，他還有更多割捨不掉的責任。

從今往後，那個自大而幼稚的王公子將不復存在。

次日一早，天還沒亮，王府門口便已經人來人往，絡繹不絕。

荀柳傷勢未好，靖安王特意囑咐，不許她上前廳去湊熱鬧，好吃好喝的，都特地派人送到院子裡。

午飯過後，荀柳待不住，差人向靖安王說了一聲，又吩咐錢江和莫笑準備幾件禮物送到前廳，趁著正熱鬧時，拖家帶口悄然離開了王府。

回到自己的院子，荀柳才心情愉悅地深呼了口氣，看向軒轅澈。

「過幾日就是這裡的玉玲花節，晚上我們買些玉玲花酒來喝，節後你再走可好？」

軒轅澈微微彎唇，應道：「好。」

荀柳欣喜，忙讓莫笑去打掃準備。

莫離偷偷看主子一眼，隨即又小心地收回目光。

晚上，一家人坐在院子裡品酒聊天，直至夜深才散。

正房內，床上少女呼吸清淺，嘴角釀著一抹愉悅的笑意，久久未曾散去。

不知過了多久，她床前多了一抹影子，靜靜凝視著她。

晚風攜香送進窗扉，再看時，床邊卻已經空了。

清晨，荀柳起床後，神清氣爽地走出房門，見院中無人，便走到東廂房門口敲門。許久沒有動靜，她忽然覺得不對勁，使力推開房門，卻見裡外兩張床上被褥整齊，恍若昨日皆如夢境一般。

她心底一沈，慢慢走到空蕩蕩的書桌旁，上面只留著一張字條。

待歸，勿念。

她拿起字條走出門，院門恰巧被推開，莫笑和錢江撞見她從東廂房出來，互看一眼，神色尷尬。

莫笑解釋道：「姑娘，是小公子不讓我們告訴您的，不想讓您傷心。一個時辰前，他已經帶我哥哥離開了。」

荀柳笑了笑。「不過是早些離開而已，有什麼不好說的。」

莫笑嘴角動了動，卻沒說話。

其實，主子是更怕自己捨不得吧……

「沒事，各幹各的去吧。大哥，我這裡還有幾張稿子，你拿去看看能不能做。」荀柳重新打起精神，對錢江道。
錢江忙點頭。「好，今天無事，我們正好研究研究。」
莫笑見她並未因為軒轅澈的離開而一蹶不振，也鬆了口氣，跟兩人招呼一聲，打算去廚房做早飯。

正當三人準備忙活時，緊閉的院門外忽然響起一陣敲門聲。
荀柳看了兩人一眼。
「我去開門。」莫笑道。
一開門，是一位身材高䠷、揹著包袱的年輕女子，細長眼、瓜子臉，氣質清冷，開口確實也很清冷。
她淡淡掃了三人一眼，目光落在荀柳臉上。
「荀柳？」
荀柳滿臉問號地點點頭。「姑娘是？」
女子直接從門縫裡擠進院子，拿出一紙契約，在荀柳眼前攤開。
「這是妳弟弟荀風跟我簽下的契約，讓我來找妳。」
荀柳臉上的疑問絲毫沒有減少，看了莫笑一眼。
「不好意思，我們這裡已經不缺……」

「我不是丫鬟，也不負責丫鬟的活計，唯一的任務就是確保在妳弟弟回來之前，妳能好好活著。」

好好活著？

荀柳、錢江、莫笑全聽傻了。

「除此之外，妳還要負責我的一日三餐，和準備一間讓我休息的屋子。除非這院子裡有人快死了，不然我不希望被打擾。」

「等等。」荀柳伸手打住。「妳到底是誰？」

女子挑眉。「我叫謝凝，是游夫子的第十二名關門弟子。」

游夫子？那位要價奇高的神醫？

荀柳額角的青筋抽了抽，又問：「我弟弟付了妳多少酬勞？」

謝凝驚訝地打量眼前女子，覺得她挺有意思。一般人聽她報出名號，大多會追問師父的事，沒想到她唯一關心的，居然是錢？

「一年百兩，藥費另算。這一年的酬勞，令弟已經付清。」

「很好。」荀柳咬牙切齒。

這個渾小子！那可是她在宮裡辛辛苦苦攢下的銀子，是要給他求學用的！

許是察覺到荀柳神色不對，謝凝先發制人道：「酬勞已付，契約已簽，不能毀約了，麻煩替我準備房間。」

苟柳忍住自己的脾氣，指了指挨著正房的西耳房。

謝凝很不客氣，直接轉身走去，還扭頭說了聲。「早飯好了，麻煩叫我。」便砰的一聲關上房門。

「游夫子的弟子，脾氣倒是跟他一樣厲害。」錢江笑著安慰苟柳。「小風是一片好心，妳這次中毒，許是讓他害怕了，留下謝凝也是好事。」

「我知道。」苟柳嘆氣，進了自己的屋子。

莫笑和錢江互看一眼，也各自去忙了。

等人都走了，苟柳才打開窗戶，坐在桌前呆呆看著院子中央的桃樹。

其實她已經很滿足了，比起前世的自己，她得到了很多失去已久的東西。這一趟生死難關，更讓她看開了許多。

所有她珍愛的人，只要不是陰陽兩隔，只要還有機會再見，就是好的。

她微微一笑，深呼一口氣，又看看過了花期，長出嫩芽的桃樹一眼，輕輕合上了窗。

時光輪轉飛逝，桃樹抽枝發芽，花開花謝。

轉眼間，五載已過，桃樹已如冠大，花開爛漫如緋雲。

清晨，一聲吆喝從廚房傳來。

「姑娘，大公子，謝姑娘，早飯好啦！」

西廂房、耳房的門同時打開，細眼女子出了耳房，打著哈欠，百無聊賴地伸了伸懶腰。一男一女走出西廂房，男子身材威武，面含春風，女子則不到三十年紀，長相普通，但貴在氣質溫柔，正是錢江和他新婚不滿一年的妻子葛氏。

葛氏替丈夫理好衣衫，向廚房走去。「姑娘呢？」

「我見她昨日睡得晚，許是還沒起來呢。」

葛氏笑道：「我去叫她。」

她走到正房前，輕輕敲了敲門。「阿柳，醒了嗎？」

屋內傳來一聲愛睏的咕噥聲，帶著幾分慵懶。「醒了，這就起來。」

葛氏點點頭，轉身去廚房幫忙。

正房內傳來幾道窸窣聲，房門慢慢打開，一隻小巧精緻穿著花鳥紋繡鞋的腳邁出來，隨後便是似月光流瀉開來的裙襬。

往上看去，女子笑眼彎彎，因著那笑容而熠熠生輝。她身著月白色羅裙配圓領窄袖上衫，頭上挽了個小巧的斜髻，上面插了根玉簪。即便如此，依然粉腮桃面，嬌俏非常。

「今日怎麼都起得這般早？」

「還早，是姑娘昨日睡得太晚了。」

莫笑笑著和葛氏將菜端上桌。「桌上有熱茶，姑娘先潤潤喉，等會兒粥就盛上來了。」

荀柳點點頭，跟謝凝坐下後，看向一旁正在擺凳子的錢江。

「今日大哥不是要跟大嫂回娘家看看？什麼時候走？」

葛氏將筷子遞給她和謝凝，笑道：「吃完飯後就走，鋪子裡麻煩妳們了。」

她本是包子鋪老闆的女兒，曾有過兩次婚約，第一個是指腹為婚，但未等到婚期，男方便病死床榻。第二個是給一名豪紳當填房，然而沒等到過門，男方因夜宿青樓，心絞痛發作，死在床上。

從此，葛氏便背上了剋夫的罵名，整整二十有五，不曾再有人上門提親，她爹也因此在街坊中抬不起頭來。

後來，有媒婆上門，說是外鄉有個老爺一直無子，想納一房小妾。她打聽後，才知那老爺竟是年過七十，一身病痛還色心不死，光後院便有十幾個小妾。

但是，她已經沒有後路可選，便想勸她爹答應了。

孰料，他們沒來得及通知媒婆，次日又有人上門提親，正是錢江。

她還記得那時爹娘和弟弟，以及街坊的表情。整整十多擔聘禮，請的還是官媒，一說是奇巧閣的二當家，街坊更是神色各異。

奇巧閣是什麼地方，碎葉城無人不知，無人不曉。大當家荀柳堪稱一代奇女子，一手奇巧造藝驚世傳奇，背後還有靖安王府當靠山，整個碎葉城的富貴人家無不想攀攀關係。但荀柳極少待在鋪子裡，二當家錢江出來得多。

葛氏見過錢江好幾次，每天早上他都會來包子鋪買幾個包子，但他長得高大威猛，又不愛說話，所以她只當對方是喜歡自家的包子，並未多想。
然而，就是這樣一個她怎麼也高攀不上的人，居然主動來提親。她曾經擔心過，嫁到這般人家，往後怕是得小心謹慎一輩子了。
葛氏想著，不由看向一旁擺好凳子坐下的丈夫，臉微微紅了。
婚後，她才知道，事情跟她想像中有很多不同。
夫君雖然高大威猛，卻很細心周到，凡事都會尊重她的主意。小姑雖然身分神秘，但相處之後才知道，她更是個妙人兒。
不到幾天，葛氏便喜歡上這裡，沒有尊卑，沒有繁文縟節，不論姑嫂主僕，都可以歡聲笑語，暢所欲言，吃飯時甚至可以男女同桌。誰累了便能休息，沒有請安和規矩，一切隨意隨心，比她待在娘家時還自在。
後來，她才發現，這一切都是因為小姑荀柳。從小到大，她從未見過這般招人喜歡的女子，叫人忍不住想要親近。
「我們用過午飯就回鋪子，下午阿柳不是還要去王府？」
荀柳點頭，忍不住嘆了口氣。「今年的治旱之法頗有成效，所以王爺閒著了，沒事就叫我過去。對了，再幫我拿兩罈女兒紅，我的酒量都跟著他一起變好了。」
葛氏噗哧笑了一聲。「別人巴不得有機會進王府呢，也就妳每次都當件麻煩事。」
莫笑也跟著笑。「姑娘是怕耽誤了她睡午覺，我還從未見過像姑娘這麼能睡的。」

荀柳撇撇嘴，掃了正慢悠悠挾菜吃的謝凝一眼。「待會兒妳陪我一起去看鋪子。」

謝凝高高挑眉。「為什麼叫我去，不是有莫笑嗎？」

「我們倆不夠。話說這都五年了，前三年子麟付妳酬勞，我攔不住也就算了；這兩年，妳怎麼還住著不走？」

謝凝視若無睹地又挾了一筷子菜。「這話妳每天早上都說一遍，煩不煩？」

「妳不走，我就不煩。」荀柳露出一個假笑。「不想聽我說，就跟我一起去看鋪子。」

謝凝默默翻了個白眼，飯後跟著荀柳和莫笑一起出門。

三人還沒走到鋪子，便看到門口已經排起了長長的隊。

「荀老闆來了！」

「荀老闆早！」

不少人向荀柳打招呼，有的純粹是為了鋪子裡的新鮮玩意兒，有的是為了和她攀關係。

奇巧閣已經大變樣，從一間鋪子擴大成三倍，位置也挪到朱雀街的正中央，仍舊是三日一開張，一開張便是賓客爆滿。

這五年，大漢也發生了不少事。先是惠帝借兵給康親王詹光毅，不到兩年，昌王詹光耀被殺，詹光毅篡位，並與大漢訂立盟約，長達十數年的北方戰亂終於停止。

京城裡，蕭嵐母子的位置越坐越穩，朝中蕭黨一家獨大，但不知什麼原因，兩年前一向不參與黨爭的御史大夫賀子良忽然一躍而起，帶領朝中無數新秀在惠帝面前參了蕭相國一筆，說是他勾結徐州地方官員剋扣稅收，且證據確鑿。

這件事給了蕭黨不小的打擊，惠帝大怒，當月連斬數十名官員，但為首的蕭相國狡猾無比，查來查去，只查出瀆職之罪。

惠帝看在蕭皇后的面上，只罰他半年俸祿，便不了了之。

從此以後，朝中分為新舊兩黨，舊黨以蕭家為首，擁立太子軒轅昊；新黨以賀子良為首，多為近五年剛入朝不久的年輕新秀，聲稱只擁立民心民意所向之主。

西關州的管道治旱法已經全面沿用，五年內未出現任何旱情，農收年年增加。

五年前荀柳中毒後，靖安王下定決心，在碎葉城乃至西關州境內捕殺西瓊奸細，五年間斬殺不下千人。加上旱情消除，百業復甦，西關州一片欣欣向榮，碎葉城內更是安全許多。

軒轅澈這一走，也已五年。雖然每年都有書信往來，她櫃子裡裝書信的匣子已經裝不下，卻始終沒能見上一面。

再過幾日，桃花又要謝了。她已年過二十一，他也十七了。

在大漢，年過二十還未婚配的女子實在不多，多半會像葛氏那般落人口實。她有靖安王府撐腰，沒人敢當著她的面說閒話，但背後可就不一定了。

這些年，真有不少人家上門求親，頭兩年還有官宦人家為她大擺排場。

後來，隨著她年紀越大，謠言越多，來人家世也一次比一次低，現在只有商戶肯派媒婆過來了。

這讓荀柳煩不勝煩，每次給軒轅澈的信裡都會忍不住抱怨幾句。不過她的字太醜，多半都是畫小人。

畫了五年，她畫圖的水準都快趕上前世專業的畫家了。之前讓錢江等人看過，他們卻納悶，為什麼她的畫風似乎跟別人不太一樣？

能一樣嗎？她畫的可是漫畫，哈哈哈……

第三十九章

三人忙了一整個上午，客人才走得差不多。

中午的人不多，荀柳讓莫笑去買點吃食回來，將就一下。

然而，莫笑剛走沒多久，有媒婆上了門，還是個熟面孔。

謝凝跟著來看店，本就不情不願，一見李媒婆那張諂媚的笑臉，立即翻了個白眼，轉過頭去，不理會她。

李媒婆有點尷尬，索性直接走到荀柳面前，笑著甩甩帕子。

「荀老闆，您可是讓我好找啊。我剛去了您家，敲門不應，這才一路跑過來。」

荀柳故作驚訝。「找我幹什麼？難不成又是哪位貴公子對我一見傾心，非我不娶了？」

「這回荀老闆還真猜對了，是黃家派我來的。」李媒婆唾沫直飛。

「等等。」荀柳掏了掏耳朵。「妳說黃家？」

「對啊。」李媒婆繼續腆著臉道：「黃家可是絕好的人家，家財萬貫，錦衣玉食……」

荀柳無語地伸手去擋她橫飛的唾沫。「我知道黃家，就是不知道妳說的是妻妾成群的黃大公子呢，還是病入膏肓的黃二公子？」

李媒婆伸出一根手指搖了搖。「都不是，是黃老爺。」

荀柳和謝凝同時一驚，不可置信地看向她。

李媒婆肥碩的身子往前湊了湊，生怕荀柳聽不清楚。

「荀老闆，黃老爺告訴我了，只要您肯過去做續弦，哪怕是金山銀山，他都願意雙手奉上。這般闊氣的夫家，整個碎葉城……不，整個大漢可都找不到第二家。」

荀柳滿臉黑線，黃老爺不就是黃玉瑩她老子，五年前成衣鋪子那一幕，她可還記得清清楚楚。發生那件事不久後，黃玉瑩便嫁了人，好巧不巧正好嫁到方家，而她母親也在三年前病故了。

她要是腦子不好答應了，豈不是成了黃玉瑩的繼母，還跟王景旭和方詩瑤當了親戚？哈哈哈這關係可真夠亂的，要是在前世，光給壓歲錢都要破產了。

她越想越覺得好笑，忍不住對李媒婆道：「這麼好的條件，我覺得妳倒是挺合適，有勸我的工夫，妳倒不如去跟黃老爺好好培養培養感情，是不是？」

李媒婆一愣，隨即反應過來，尷尬道：「荀老闆別說笑了，我這老婦，怎能和您這天仙般的樣貌、身段相比呢？」

「欸，話可不是這麼說的，我覺得李媒婆風韻猶在。黃老爺年紀不小了，我不應，妳不就有機會了？再說，嫁到黃家，總比每日到處說親要輕鬆些不是？」

「這……」

李媒婆想了想，居然覺得有理。她喪夫多年，膝下無子，年輕時也是樣貌周全，黃老爺那樣的，便宜了別人不如便宜自己，試一試又不會虧。

荀柳觀察她的表情，見她似是真動了心，便推著她的身子往外走，嘴上仍舊忽悠不停。「李媒婆，妳看妳，三天兩頭為了我的婚事操心，也不為自己好好打算打算。妳就聽我的，這麼好的機會可不能放掉了，快去吧。」

這一番忽悠，居然把人忽悠走了。

謝凝悶笑不已，面無表情地對荀柳豎起大拇指。

「真有妳的。」

荀柳拍拍手，鬆了口氣。「給她找點事情做，不然天天上門來煩我。」

她說著，看了看鋪子外面。「人不多了，等笑笑回來，妳告訴她一聲，我去王府了。」

「不吃午飯？」

「不吃了。」荀柳提上那兩罈女兒紅，隨意地擺了擺手。「去王府蹭一點。」

說罷，她便晃晃悠悠出了門。

過了不久，莫笑回來，見荀柳不在，便問謝凝。「姑娘去哪兒了？」

謝凝百無聊賴，打了個哈欠，便自顧自拿過她買回來的肉餅。「先去王府了。」

「去王府？」莫笑愣住。

糟糕，她剛放了信鴿，說姑娘在鋪子裡呢，希望主子沒立刻見到人就罰她才好。

謝凝見她神色有異，納悶道：「怎麼了？」

莫笑回過神來，搖了搖頭。「沒事，那我們先吃吧。」

另一邊，荀柳一路晃到了王府，守衛們見是她，便讓開了位置。

「荀姑娘請進。」

這五年，就算是王府掃地的人，大概也認熟了她的臉。

現在誰不知道奇巧閣的荀老闆是靖安王的忘年交，兩人經常在王府裡以酒會友，比王府中人都要親密幾分。

荀柳友善地向他們點點頭，逕自進了大門，朝靖安王的院子走去，正巧見到了靖安王和他的一干下屬們。

「荀丫頭，妳來了，本王正好有事尋妳。」靖安王愉悅道。

荀柳注意到一行人當中有不少熟面孔，但也有幾個面生的年輕將軍，也沒在意，等靖安王打發這些人，才提著酒上前。

經過那些將軍身前時，她感覺到一道似好奇又似探究的目光，只見是個很年輕英俊的將軍，似是沒料到她會看過來，先是愣了愣，又十分大方地衝她微微一笑。

荀柳回了一個笑容，將手中的女兒紅放到石桌上。

「怎麼只有酒？沒帶點吃食過來？」靖安王看著孤零零的兩罈女兒紅，十分不滿。

荀柳坐在他對面的石凳上，沒好氣道：「王爺，好歹我才是王府的客人，怎麼每次我來做客，還老要我帶酒食，您好歹也讓我蹭頓飯啊。」

「妳這丫頭。」靖安王好笑地看她一眼。「說的也是，那本王就勉為其難讓妳蹭一蹭。來人！」

他吩咐廚房的人做些吃食，飯菜還沒好，兩人卻已經倒上了酒。

「王爺有什麼事情要跟我說？」荀柳邊倒酒邊道。

靖安王目光閃了閃，湊近她笑了笑。「丫頭，剛才那人怎樣？」

荀柳莫名其妙。「誰怎樣？」

靖安王嘖了一聲。「就是剛才看妳的人，康家大房嫡子，為人磊落，相貌英俊，是個可靠之人。最重要的是，他跟本王和妳一樣，不喜俗禮。」

荀柳立即明白他的意思，輕輕扯了扯唇。「嗯，很不錯，嬌兒妹妹說不定會喜歡。」

「關嬌兒什麼事，她已經說了親，本王說的是妳。」

「等等，嬌兒妹妹什麼時候說親的，我怎不知？」

一提起孫女的婚事，靖安王頓時頭大無比。

「前幾日訂的，但那丫頭不滿意，折騰得府裡雞飛狗跳，今天跟她娘去廟裡了。」靖安王皺了皺眉。「這丫頭都已經十八歲了，還說自己不想嫁，鬧著要婚姻自由，我看她八成是跟妳學的。」

荀柳挑了挑眉，這也能怪她？她沒跟王嬌兒說這些，八成又是她和靖安王談話時，這丫頭自己聽到學過去的，可不是她教的。

「她的事，妳且不用管，只說妳對康家嫡子感覺怎樣？」靖安王說著，一雙眼睛發光。

「只看了一眼而已，王爺難不成指望我對他一見鍾情？王爺，月老的差事，您做它幹什麼？我要是說不成，您多尷尬。」

靖安王語塞，又嘆了口氣。「妳這丫頭啊，想法總是與世不同，本王也不知道是操的哪門子閒心。」

荀柳見他不爽，笑了一聲，擺正臉色。「王爺，你可還記得我在這裡對您說過的話？」

靖安王點點頭，嘆道：「也罷，到底妳心裡自有主意，本王總不能拿刀逼妳。」

荀柳笑了笑，端起酒杯，衝他行了個酒禮。

此時，錢江和葛氏剛回到鋪子裡，見只有莫笑一人，便問：「阿柳和謝姑娘呢？」

「姑娘去王府了，謝姑娘吃過午飯就回去製藥。」

葛氏點點頭，見外面天色陰了下來，似是要下雨，行人也稀少，便對丈夫道：「新貨賣得差不多了，不如我們早些打烊回去？」

錢江想了想道：「也好。」

三人便開始打掃，收拾鋪子。

這時，寬敞的朱雀大街上，一輛馬車緩緩行來。

春風襲來，掀起一角車簾，堪堪露出一張恍若謫仙的絕美面孔。只一瞬，車簾便已垂落，卻讓瞥見絕色的路人失了魂。

忽然間，風大了起來，葛氏準備關門擋一擋，卻聽見身後傳來一道極為好聽的男聲。

「請問荀老闆在不在？」

她扭頭看去，只見門外不知何時停了一輛馬車，趕車的是個極為英俊的黑衣男子，以為是他問的，便直接回答。

「不好意思，我家姑娘現在不在鋪子裡。今日的新品也已經售完，客官想要購買的話，怕要等到三日之後了。」

黑衣男子仍舊面無表情，倒是車裡傳來一聲男子輕笑。「我並不為買貨而來，而是來找人的。」

「找人？」

正在她奇怪時，只見黑衣男子輕輕一跳下了車，而後低眉垂手打開車門。

葛氏只見一角銀光流瀉開來，怔了怔。

那是一種怎樣的絕色？

來人一襲月白長衫，身姿頎長，眉如墨畫，烏髮以緞帶束起，隨風輕揚飛舞。

尤其是那雙鳳眸，似笑非笑，生在女子身上過於妖冶，但長在他身上，卻是說不出的風華無限。

忽然間，屋外狂風大作，馬匹也忍不住焦躁踱步，唯有他和黑衣男子衣袍翻飛如雲，身姿卻巍然不動，嘴角始終噙著一抹淺笑。

「我來找我的阿姊。」

葛氏愣怔，從未見過如此風華無雙的人物，不似凡間人般，一時間不知如何開口。

店內忽然傳來莫笑驚喜的呼聲，讓她猛然回了神。

「哥哥！小公子！」莫笑走出門，又往裡頭喊：「大公子，小公子回來啦！」

錢江匆忙出來，看到眼前男子也愣了愣，但隨即回過神，高興起來。

「是荀風回來了，快進來。你姊姊若知道了，一定很高興。」

葛氏這才反應過來，眼前這人居然就是丈夫和小姑子嘴裡常提起的荀風，她的小叔子。

她到底是嫁到了什麼神仙人家啊？

然而，軒轅澈卻並未動作，只溫聲道：「她在哪兒？」

「她去了王府，應當過不了多久便回來了。你先進來等等，馬上就要下雨了。」

軒轅澈目光微閃，一撩衣襬，又重新上了馬車。

莫離向他們抱拳。「我陪公子去王府接姑娘。」

「哎……」

錢江喊了一聲，見馬車已經駛遠，無奈地笑了笑。

「也罷，他們姊弟分開這麼久，怕是一刻也等不及了。我們先收拾收拾，早些回去吧。待會兒我去打些玉玲花酒，晚上多準備些吃食。」

「好。」莫笑和葛氏高興應道。

此時，荀柳正跟靖安王提起黃家今日派李媒婆來提親的事，逗得靖安王哈哈大笑。

「妳啊……這主意也只有妳這丫頭能想得出來。」

「王爺笑什麼，如果成了，也是一樁佳話。」荀柳面不改色地道。

「我看妳這丫頭是真的沒救了。妳看看，妳這五年拒了多少人家？再這麼下去，怕是真要成老姑娘嘍。」

「那王爺不如多借我一點銀子，我多置辦點家當，省得您老總為我操心。」

「這些年，妳這丫頭掙得比我這王府都多，還好意思向我要銀子？」靖安王忍不住哼了一聲。

就在兩人鬥嘴鬥得正酣時，一名守衛忽然走進來，向兩人行禮。

「王爺，荀姑娘，外頭有人說是要接荀姑娘回去。」

「誰來了？」

「他說他叫荀風。」

匡噹一聲，酒杯落地，荀柳猛地站起來，聲音微顫道：「你說……誰？」

亭外傳來轟隆聲，隨之淅瀝下起雨來，打得路旁草葉噼啪作響。

靖安王趕緊招呼下人一聲。「快去拿把傘來……欸，丫頭！」

荀柳不管不顧地衝進雨裡，直奔大門跑去。

她滿心歡喜，不見的這五年，她的小風是否長高了？是否成熟了？是否肩膀也長得寬闊些了？

她終於體會到，前世她遠赴異國他鄉求學時，父母的欣喜和擔憂。但一張機票就能解決的問題，在這裡便如同鴻溝。

但不管怎樣，她的小風都回來了。

荀柳想著，前腳邁出大門，只見一抹頎長身影正一手執傘，站在雨幕裡等著。

似是覺察門口有人出來，那人微抬傘沿，一雙鳳眸盈盈看來，嘴角露出一抹愉悅至極的笑容。

「阿姊。」

荀柳回神，又仔細看他一眼，竟有些不敢相認。

「小……子麟？」

因為隔了五年沒有見面，她這稱呼到現在還改得磕磕巴巴。

軒轅澈唇角的弧度更大了些，雖是隔著雨幕，聲音仍舊分外清澈好聽。

「只是走了五年，阿姊便忘了我？」

他說著，從懷中掏出一件物事，向前舉了舉，目光似是有些戲謔。

「阿姊可還認得這個？」

荀柳瞇眼瞅了瞅，跑到他的紙傘下，拿起那件物事，整張臉笑開了。

「你居然還留著！」

這正是當年在長春宮西院時，她送給小小軒轅澈的小魔方。經過這麼多年，似是經常被人把玩，稜角都已經被磨得圓潤。

果然是她的小風！

她將魔方塞回他手中，笑嘻嘻地舉起兩隻手，給了他一個大大的擁抱，然後又推開他，仔細看了看。

「怪不得我不敢認，你這個頭竄得也太高了些。」

她高興地舉起手，從自己頭頂比了比，發現居然只能到對方胸口。

「看來，雲松書院的伙食不錯。」

她剛想把手從他胸膛上撤回來，卻被他抓住。

她又低頭看了看抓著她的那隻手，指甲圓潤，骨節分明，竟也是好看得有些過分，跟五年前還帶著嫩肉的小手不同了。

她幾乎可以想像，過不了多久，李媒婆又要每日一登門的盛況。

「我送阿姊的鳳釵呢？」

頭頂忽然傳來聲音，讓正在走神的荀柳愣了愣，半晌才反應過來。

「哦，在我房間的秘箱裡呢。」

她見他不說話，只盯著她頭上的玉簪看，便問：「怎麼了？」

「無事。」軒轅澈笑了笑，將紙傘往她那邊傾斜。「回去再說。」

「好。」

第四十章

荀柳開心地笑，正準備跟著軒轅澈離開，卻聽見王府門口傳來幾道熟悉的聲音，緊跟著另一輛馬車駛來，緩緩停在他們身後。

「姊姊莫再送了，就到這裡吧，改日我再來看妳。」

「好，今日雨大，一路上叫車夫仔細些。」

荀柳聽後面這道聲音有些耳熟，轉頭看去，只見對方不是別人，正是挺著大肚子，已為人婦的方詩瑤。

另一人，她卻沒見過，只見那人一襲水衫，婷婷裊裊，環珮叮噹，粉面如春，姿色竟不輸五年前的方詩瑤。

不過也不難猜，方家頻出美人，五年前方詩瑤嫁到靖安王府之後，不到兩年，西關州第一美人的名銜便被嫡親妹妹方詩情接過去，甚至方詩情還比她姊姊多了個頭銜——西關州第一才女。

荀柳之所以這麼清楚，是因為這一年內李媒婆接的最多的兩樁差事，一是她，二就是方家二小姐方詩情。李媒婆那張大嘴巴喜歡念叨，就算她不想知道，也被迫知道了。

不過，這一年來向她提親的人選，是越來越差勁，而方詩情那邊則是越來越趨之若鶩。

如果王府再有第二個嫡子，姊妹花八成要再添一段妯娌關係。

五年來，她跟方詩瑤的交情沒怎麼變，至多看在靖安王的面子上，方詩瑤對她的笑臉比之前要多一些。倒是她跟王嬌兒親密不少，每回去王府，十回裡有兩、三回是去見她的。

這時，方詩瑤和方詩情也注意到門外有其他人。

見是荀柳，方詩瑤的笑容淡了淡。「今日荀姑娘也來府裡了？這位是……」目光瞥到荀柳身旁的人影，看清對方的臉後，便愣住了。

荀柳未看她的神色，只客氣地點點頭。「這是我弟弟荀風，今日下雨，特地趕來接我的。我們這便回去，就不打擾大少夫人了。」

她說完，微微一笑，上了車。

方詩瑤回過神來，神色依然有些驚訝。

這世上，竟有比她夫君還要丰神俊朗的男子。

等到對方的馬車漸漸走遠，她才轉身看向妹妹。

「詩情，詩情？」

方詩情仍在頻頻心跳中，無法回神，此刻眼裡、心裡都是那抹如玉竹般的身影。

她從未見過這般出眾的男子……她剛說他叫什麼名字？荀風？

方詩瑤看著妹妹，有些擔憂，忍不住伸手拉了拉她的手，語氣微厲。

「詩情，妳在發什麼愣？」

方詩情回神，臉頰有些發燙。「啊，沒什麼……」

方詩瑤深深看了她一眼，道：「妳莫要忘了，父親可是希望妳能嫁入康家。荀家不過一介布衣，妳莫要糊塗。」

方詩情聞言，卻是有些不服。「康家也不過一介武夫，有何稀罕？我當要找那世間文采斐然，不輸於我的男子。」

「妳啊……」方詩瑤笑著點了點她的額頭。「時辰不早了，妳早些回去吧。」

「好，姊姊也快些回府，不必送我。」方詩情扶著丫鬟的手上馬車。

然而，等馬車走遠後，方詩情轉了轉眼珠，吩咐身旁的丫鬟。

「夏荷，明日妳幫我去打聽一個人。」

荀柳和軒轅澈回到家，剛打開院門，便聞到濃郁的玉玲花酒香。

院子裡的石桌上已然擺滿好酒好菜，錢江等人則正在搬凳子、盛飯，一見到他們，便高興地招呼。

「小妹和子麟回來了！快坐下嚐嚐，子麟還沒吃過芊芊做的飯。」

荀柳拉著軒轅澈坐到身邊，又對他身後的莫離笑了笑。「莫離和笑笑一起坐，你們兄妹倆這麼久未見，也該說說話。」

她又指著葛氏，向軒轅澈介紹道：「這位是咱們的大嫂葛芊芊，燒得一手好菜，待會兒你嚐嚐就知道了。」

葛氏侷促地抹了抹手，雖然她已經做了準備，但在這般氣質卓然的小叔子面前，還是有些莫名的緊張。「子、子麟，多吃一些。」

軒轅澈微微彎唇，語氣十分溫和。「多謝大嫂。」

「這位就不用介紹了，一直賴在這裡蹭飯的，子麟也認識。」

荀柳輕飄飄地掃了對面正挾菜的謝凝一眼，惹來謝凝一聲冷嗤。「喂，好歹我今天還幫妳看鋪子了，過河拆橋不太厚道吧？」

荀柳果斷伸手。「交房租我就不說，誰讓妳坑我家子麟的銀子，還一坑坑三年，欺負我弟弟人傻錢多是不是？」

人傻錢多……

其他幾人不由看向一旁仍舊笑意溫和的男子，尤其是莫離跟莫笑，心中不禁暗嘆，果然這世上能對主子說出這種話的，也只有眼前這位姑奶奶了。

「給不給？別以為我不知道妳整天出去幹什麼了，又是寫方子、又是搓藥丸的，肯定沒少掙銀子，想白吃白喝？沒門！」

荀柳目光炯炯地看著謝凝，一副包租婆要房租的架勢。

她這樣是有原因的，因為謝凝實在是跟她那個財迷師父性子如出一轍，銀子到她手裡，向來只進不出，且這死丫頭居然還有一身十分厲害的功夫，以至於這五年來趕都趕不走。

荀柳倒不是在乎這一口飯、一間屋子的，五年來家裡除了她，就是過於聽話的莫笑和過於老實的錢江，只有謝凝能跟她互相鬥嘴取樂了。

果然，謝凝沒好氣地睇她一眼，不甘不願地從袖子裡掏出一兩銀子，遞到她手上。

荀柳這才張開笑臉，掂了掂銀子，塞到軒轅澈的懷裡。

「明日出去便花了，一文也不要剩下。」

軒轅澈挑眉，十分自然地把銀子收到自己袖子裡。「好。」

謝凝無語。

酒足飯飽之後，一行人坐在院子裡唱歌。這習慣也是荀柳帶的頭，往日錢江等人經常聽見她哼唱一些古怪又好聽的調子，時間長了，也學會一、兩句，喝酒高興，便跟著唱起來，成了習慣。

葛氏剛嫁進來時，還覺得納悶，這屋裡姑娘沒姑娘樣，丫鬟沒丫鬟樣，外人看見只怕會說這家人不講規矩，粗魯至極。但時日久了，她才知道，唯有身臨其境，才知道這樣的「家」才叫家。

飯後，各人回各屋，軒轅澈扶著荀柳的腰往正房裡走。

這一幕，似曾相識。

她身上玉玲花酒的香氣頻頻傳來，鑽進他的鼻子裡。手下衣衫輕薄，他似乎能觸到她腰上緊致而滑嫩的肌膚，惹得他眸色深了深。

他將她放置在床上，才慢慢起身，發現枕頭下似乎有一角金光，正是他五年前放在她枕下的鳳釵，仍舊金光閃閃，不見一絲灰塵，必定是有人經常擦拭的結果。

他忍不住彎了彎唇，看向床上的女子，只見她呼吸清淺，嘴角釀著一抹甜滋滋的笑，就像院中正盛的桃花，甜得膩人。

可惜，她那雙目光燦爛的眼睛，此刻是閉著的。

多年前他就想過，若他在她眼裡不是弟弟，而是男人，那雙笑眼看著他時，該有多美？

今日看來，此道仍尚遠。

他微微俯身，指尖輕輕在女子的眉眼之間描摹。然而，越是描摹，便湊得越近，正當四唇快要相接時，門外忽然傳來一道小心翼翼的敲擊聲。

他收起笑意，起身出門，輕輕將房門關上後，才淡聲道：「何事？」

莫離神色尷尬地低下頭。

這五年，他跟在主子身邊，多少知道主子的心思。但現在實在有急事，他沒來得及反應，看到主子在幹什麼時，手已經敲完門了。

「公子，剛才傳來消息，西瓊太子已經先一步到碎葉城了。」

軒轅澈波瀾不驚。「何處落腳？」

「君子軒。」

軒轅澈神色微沈。「君子軒乃是碎葉城文人墨客聚集之所，其中……多半為朝廷文官後起之秀。」

「公子是說，西瓊藉著主動向大漢求和親的名義，實則賊心不死？」

軒轅澈未下論斷。「明日去看看再說。」

莫離似是又想到什麼，恭敬道：「那謝凝……」

游夫子雖是明月谷中人，但他的十二個徒弟卻不知他的真實身分。

之所以把謝凝留在荀柳身邊，是因游夫子當初以救了荀柳一命為由，請他們安置她。不過，他們也沒想到，她會在這裡整整賴了五年。

尤其是她特別的身世……

「不必，讓她自行決斷。」軒轅澈淡淡道。

莫離點頭，這才退下。

等莫離出去之後，莫笑上前，對軒轅澈恭敬地行了個禮。

「主子回來的消息，已通知碎葉城所有暗部中人，全聽主子吩咐。還有……」

她說著，從懷裡掏出一張紙，神色有些不自然。「這是下屬遵照您的吩咐列出來的名單，皆是至今對姑娘仍舊不死心，想逼婚的人家。」

她在暗部待了這麼多年，還是頭一次接到這麼奇怪的命令，然而奇怪也就算了，居然還是主子親自傳的信，她想吐槽都不敢。

她記得姑娘說的「吐槽」兩字，是這麼用的吧？

正當她走神時，軒轅澈已經接過那張名單掃了一遍，眼底掠過冷峭的光。

「很好。」

莫笑聽到這一聲，心裡莫名有些發寒，心想這幾戶人家的下場怕是要慘了。

這一晚，荀柳睡得很香，如果不是因為王府突然來人，逼得葛氏和莫笑不得不將她從床上挖起來，怕是能一覺睡到太陽重新落山。

「什麼事要大清早的喊我起床啊？」

荀柳睏得邊邁出房門邊揉了揉眼，還沒等人應話，便見一道人影撲上來，緊緊抓住了她的手腕。

「荀姑娘，求您快跟我進府吧，我家小姐鬧著要上吊自殺！」

「啊？」

荀柳這才看清眼前這人不是別人，正是王嬌兒的丫鬟香琴。

「怎麼好端端的突然要自殺？她又將什麼花養死了？」

她記得，每回王嬌兒想養什麼植物，養死了都要鬧上一回，一直怪自己是個辣手摧花的小廢物。然而，越是養不活，她越是愛養，這些年光她看到的植物屍體，都好幾百盆了。

「不是。」香琴拉著她往外走，焦急道：「還不是因為那樁婚事，小姐一直不願意嫁，昨晚從廟裡回來之後，便又鬧起來，還和世子妃大吵一架。今日早上，我見她許久未起，開門去看，孰料她正站在凳子上，往梁上繫繩子，再晚些可就……」

她越說越急。「世子和世子妃勸也勸不住，差奴婢來叫您過去幫忙勸勸。」

荀柳忍不住噗哧笑出聲。「你們啊，都被她騙了。她大概是等著妳開門，故意演給你們看的。」

「就算是演戲，那也駭人不是？小姐若真出了什麼事情，奴婢就算有十個腦袋也不夠擔待，所以荀姑娘還是快些跟我去吧。」

荀柳拗不過她，只能無奈地笑了笑，轉頭對錢江等人招呼幾聲，出門上了馬車。

到了王府，兩人直接往王嬌兒的院子奔去。

剛走進院子，荀柳便看見王承志和姚氏都在屋裡，一個滿臉怒火，一個焦急不已，而挺著肚子的方詩瑤正溫聲勸慰著坐在榻上的王嬌兒。

「嬌兒，陶家家大業大，陶公子更是一表人才，品德出眾。我們身為女子，遵守父母之言必無錯處，妳到底是哪裡不滿意？」

王嬌兒滿臉不耐煩，直到看見荀柳過來，才眼睛一亮，立即跳下軟榻，跑過來挽住她的胳膊撒嬌。

「荀姊姊，妳來替我評評理。我不願嫁到陶家，妳定是明白我的對不對？」

姚氏搖了搖頭，像是無計可施的樣子。

「荀姑娘，妳且幫我們好好說說嬌兒。我替她千挑萬選出來的夫婿，她一個個都不滿意。今年她已經過了十八，難不成真打算這樣耗一輩子？」

王嬌兒鼓著臉，緊緊抱著荀柳的胳膊。「荀姊姊二十一歲了呢，我十八算什麼。」

荀柳無語。

「妳……」姚氏恨恨地甩了甩袖子。「妳要氣死我不成?!」

「等等！」

見兩人一言不合，又要吵起來，荀柳立即抬手阻止她們。

「陶家公子，我有所耳聞，他好像已經有了兩個通房丫鬟？」

「對。」王嬌兒仰著臉道：「而且其中一個還有了一個多月的身孕。」

荀柳看向王承志和姚氏，王承志板著臉回答了。

「這件事，我們當然知曉，士族子弟年過十五，便由家中父母安排通房，只是父母之命而已。在訂親之前，他們已然表態，前幾日便將孩子打掉，兩個丫鬟也遣出了府。」

「這態度還不夠明確？」姚氏又勸王嬌兒。「陶公子上門幾次，妳這丫頭回回都對人家避如蛇蠍。這樣的男子，妳不喜歡，還要找什麼樣的？」

「我不喜歡他！無論如何我都不會嫁的！」王嬌兒氣憤道。

方詩瑤挺著肚子，上前道：「嬌兒，男子三妻四妾本就正常，陶公子對妳確實很上心了。難不成，妳真要頂著流言蜚語，像他人一般，做個沒人提親的老姑娘嗎？」

「大少夫人，不知道您說的陶公子上心，指的是那一方面？」被暗暗點名的「老姑娘」荀柳，好笑地站了出來。

方詩瑤皺了皺眉頭。「荀姑娘是什麼意思？」

荀柳沒回應她，而是看向姚氏和王承志。

「世子，世子妃，這原本是你們的家事，我一個外人不該參與，但嬌兒是我的好友，我真切希望她能幸福。我知道今日世子妃叫我來，是想讓我勸嬌兒順從您的安排，嫁給陶公子，但若遵從我的內心，我卻不想這麼做。如果世子和世子妃還想聽我繼續說，那我接下來說出的話，必然不中聽了。」

王嬌兒聞言，欣喜道：「我就知道荀姊姊會站在我這邊。」

方詩瑤目光冷漠，似有嘲諷。

王承志和姚氏互看一眼，他們多少明白荀柳的性格，既然她這麼說，必定有她的道理，同時點頭。

「妳且說說。」

荀柳笑了笑，看向方詩瑤。「大少夫人方才說，陶公子一表人才，品德出眾？」

方詩瑤沒想到荀柳會問她，愣了愣，不太高興地回答。「是。」

荀柳搖了搖頭。「我卻沒看出來。」
「妳……」
「大少夫人請先聽我說。」
方詩瑤神色難堪，剛想說話，卻又被荀柳打斷。
「首先，陶公子年少被父母安置通房，究竟是喜還是不喜？喜的話，兩個丫鬟即使沒有名分，這幾年也應有不淺的情分。然而，為了能與靖安王府結姻，毫不猶豫便殺子趕妾，是否過於狠毒？」
三人愣了愣。
荀柳又道：「若是不喜，或者殺子趕妾是其父母所為，他無可抵抗。堂堂男兒無能左右自己的決定，是否過於懦弱？」
王承志夫婦相視一眼，神色有些變化。
荀柳見狀，淡淡一笑。
「在我看來，陶家是摸清了世子的心態，投其所好，讓世子和世子妃誤將這種不惜一切攀權附勢的手段，錯認為誠意。」
她說著，語氣頓了頓。「民女不知，若嬌兒並非世子嫡女，又或者將來沒了王府倚仗，嫁入陶家，是否會有一天落得跟那兩個丫鬟一樣的下場？」
姚氏順著她的說詞想下去，不覺打了個冷顫。

荀柳說得對，他們處於高位已久，習慣了吹捧和討好，竟從未思考過這些。

每次陶家人來訪，都表現得謹小慎微，陶家公子也是一副君子端方的模樣。現在想想，倒是真有可能故意演出來的。

至於那兩個丫鬟……

姚氏看了看自己的女兒，心裡冷涼。

連枕邊人都可以毫不猶豫地拋棄，她的嬌兒心無城府，嫁到陶家，又當如何？

第四十一章

「這件事，我再派人去查清楚。」王承志沈下臉色。「如果陶家公子為人真如荀姑娘所說，這親事不結也罷。」

姚氏點頭。「陶家也就算了。嬌兒，妳的年紀已經不小，之前那幾家……」

「我不嫁，我一個都不嫁！」王嬌兒不住地往荀柳身後躲藏，一副我不聽我不聽的耍賴模樣。

「那幾個家中不是已有妾室，便是有通房，即便現在沒有，將來也會有，跟陶公子又有什麼區別？我要找個一心一意只對我好的男子。」

「胡言亂語！男子娶妻納妾本是綱常，妳這是跟誰學的歪理?!」

「抱歉，世子妃，這話原是我說的。」荀柳忽然插嘴。

姚氏語塞，王承志皺了皺眉，表情似是不太贊同。

方詩瑤忍不住嘲諷。「荀姑娘此言實在太過荒謬，這世上哪個男子不納妾？縱然如祖父一生只娶了祖母一人，年輕時也曾有過幾個紅顏知己。妳這番話，莫不是將祖父一道指責了進去？」

「大少夫人這番話，倒是可以等王公子納妾後，先自行體會一番，再來教導旁人。」

荀柳不痛不癢地頂了回去。「王公子娶了妳之後，五年來從未納妾，照世子夫人所說，這也是有違綱常，夫人應當主動為王公子添幾房小妾，才不顯得荒謬不是嗎？」

「妳……」方詩瑤氣得臉色發紅。

「既然並未嘗過此等苦楚，便請夫人莫要隨意發話，否則讓旁人聽著，只覺得是站著說話不腰疼。」

荀柳說著，看向世子妃。「世子妃嘗過此等滋味，明知其中苦楚，卻要逼著女兒學會忍受，恕民女不明白。」

姚氏的嘴角動了動，神色暗淡幾分，並未言語。

王承志看妻子一眼，表情更加不悅。「荀姑娘此話是何意？」

荀柳神色仍舊淡淡，今日她本是不想管這些事，但許是這一年聽那些上門提親的人嘴裡的謬論，聽得多了，心裡本就藏著火氣；也或許是看見王嬌兒天性純潔，以前世的眼光來看，本是最美好的年紀，卻要被親人逼迫，嫁給不愛的男人。

若是王嬌兒自己甘願也就算了，就像姚氏和方詩瑤那般，她也不會閒得沒事去管。但王嬌兒不願意。

不願意，且無親人支持。身為朋友，她便不能坐視不理。

「人人都道世子和世子妃恩愛非常，可在我看來，多是世子妃在默默忍讓。」

荀柳說得毫不留情，王嬌兒也忍不住愣了愣。

「據我所知，世子每月必有半月留宿在妾室房中。這二十餘年，府中雖無庶子庶女，但小妾卻從未間斷過。世子每夜留宿妾室房中時，可曾想過，自己的妻子孤守著一房寂寞，又是何種感覺？」

「我……」

「我曾聽聞，世子妃年少時也是一方才女，曾在君子軒暢談時政、在馬場騎馬射箭，德智、品貌不輸男子。然而，這二十餘年，她可曾再發揮過此等光亮？只因她嫁了人，便要守德守禮，還要處理三、五個院子的小妾瑣事。

「世子勸嬌兒嫁人，是因世子以為男兒當如此；世子妃勸嬌兒嫁人，是因為世子和世間男兒已讓她無所指望。但這世上，哪個閨閣女子不曾想過願得一心人，白首不相離？可多數女子能做到，而男子卻無一人有此心。」

王承志聞言，心裡一震，不覺往後踉蹌一步，想起二十多年前的事。

紅燭暖帳下，他挑起紅蓋頭的那一刻，少女眉目如畫，看向他的目光中帶著信賴和歡喜，將一輩子的幸福毫無保留地交到他手上。

那時候，他確實想過，此生只守一人便好。

後來，時日長了，身邊娶妻後再恩愛的友人，也納了小妾，生了庶子。他漸漸也認為，這是男兒本色，他身為世子，寵幸幾個女子又如何？

現在他才發現，不知何時，妻子眼裡已經對他沒了那抹信賴和歡喜，甚至看著他的神情，只剩恭敬和溫婉。

他忍不住顫了顫唇，問姚氏。「妳真是這般想的？」

姚氏目光閃動，又恢復了平靜，並未看他，只是看向荀柳。

「荀姑娘，妳也說了，這世上男兒無一人有此心，那嬌兒又當如何？總不能真讓她如此任性下去。」

「所以，這是我接下來要說的話了。」

荀柳轉過身，對王嬌兒道：「嬌兒，妳不像我，我無父無母，縱然一輩子不嫁，守著奇巧閣，也能安然度日。妳是世子嫡女，身後的牽絆比我多得多。這樣如何，給妳一個月，任妳自行挑選夫婿，若一個月後妳尋不到自己喜歡的人，便要聽從家中安排。」

她說著，又問王承志和姚氏。「世子和世子妃以為如何？」

姚氏點點頭。「如此甚好。世子以為呢？」

王承志心事沈重地看著她。「妳作主便可。」

王嬌兒欣喜不已。「這個主意好。那娘不能再禁我的足了，我要親自上街相看去。」

「好。」姚氏見小女兒終於被哄好，溫聲笑道：「一個月後若是找不到，妳也不可再耍小性子了，知道嗎？」

「女兒明白。」

到底是親母女，爭執一解除，王嬌兒立即放開荀柳，跑到姚氏跟前，開始撒嬌賣乖。

另一邊，方詩瑤見自己簡直像個多餘的人似的，覺得有些難堪。

她瞥向面帶笑容的荀柳，心裡更是覺得不平。

這五年來，她確實如她所願，嫁了個不愛女色的夫君，且還是她心儀的男子。但夫君對她的冷淡，亦是再明顯不過。

這些也就罷了，至少她已經得到心中所求，且頭一胎便是小子，肚子裡這個是第二胎，公婆溫和，小姑伶俐，說出去無人不豔羨。

但是，偏偏她身旁出了個荀柳。靖安王將她當成寶一樣也就算了，連公公和婆婆，甚至本來與她關係最親密的王嬌兒，也越來越事事向著荀柳。

她不明白，她出身富貴，知書達禮，是什麼地方比不上區區一個平民女子？

「娘，那待會兒就出門好不好，我想出去逛逛。」

方詩瑤上前一步，笑道：「那我帶妳出去走走，聽說翠玉軒又出了幾款新首飾。」

「不，嫂嫂懷有身孕，還是在家養著我的小外甥吧。」王嬌兒說著，跑過去抱著荀柳的胳膊晃了晃。「我要荀姊姊陪我去。荀姊姊，好不好嘛？」

方詩瑤臉色一白，心裡更加不舒服起來。

「妳啊……」姚氏無奈地笑了笑，看向荀柳。「若荀姑娘今日無事，便陪她去逛逛吧。

這丫頭，現在也就妳能勸得住了。」

「好。」荀柳笑著應下。「反正我現在也不忙。」

姚氏點頭，叫上兒媳婦，轉身往院子外走去。

走到門口時，卻聽王承志喊了一聲。「等等。」

方詩瑤停下，看姚氏一眼，很有眼色地道：「母親，我先走了。」

姚氏淡淡點頭，目送她出了院子。

王承志走過來，看著她冷淡的臉色，語氣竟是小心翼翼。

「妳若是真不喜歡那幾房妾室，不如我明日便打發了出去。」

「世子。」姚氏轉頭看著他。「她們當中，有跟了你十多年的，世子要學那陶家公子狠心薄情的做法嗎？」

「我……」

「世子不必因為荀姑娘的一番話而心存愧疚，這麼多年，我早就想通了。」姚氏前腳邁出門，語氣淡如輕雲。「如此相安無事，便夠了。」

她厭的，從來不是妾室的多少，但他不解，她也早懶得計較了。

王承志怔了怔，不知為何，看著妻子的背影，忽然覺得心裡有些空落落的。

王嬌兒一見他們離開，立即拉著荀柳進了房。

荀柳見她忙活半天，從櫃子裡翻出兩套衣服，好奇地拿起來看了一眼。

「嬌兒，這身男子衣服，妳是從哪裡弄來的？」

「我偷偷找成衣鋪子訂製的。荀姊姊和我身量相仿，應該能穿，快換上吧。」

王嬌兒說著，拿起其中一套，正準備要換，卻被荀柳攔住。

「等等，妳做這衣服，該不是準備逃婚的吧？」

王嬌兒尷尬地笑了笑。「荀姊姊，妳真聰明。」趕緊將另外一套衣服塞到荀柳懷裡。

「別耽擱了，昨天我聽說今天君子軒要開賽詩會，碎葉城的公子才俊都會到場，馬上就要開始了，我們應該能趕上。但君子軒不允許女子進入，所以咱們只能這麼做。」

王嬌兒說著，一雙眼睛亮晶晶。「說不定當中就有我未來的夫婿呢！」

荀柳拗不過王嬌兒軟磨硬泡，只能換上男裝，陪她一起出了王府。

此時，君子軒中正熱鬧非凡。

君子軒，顧名思義便是碎葉城最大的文人雅客聚集之地，其中有達官顯貴、有書堂學子，更有番邦異族之人。但凡喜好舞文弄墨，暢談時政者，都有資格進入。

唯一不允許進入的，便是女子。

這些自稱君子的文人，最不喜流連女色的場所，對這種男女共席的穢亂之事很反感。

說白了，就是避免客人狎玩青樓女子而已。

話是這樣說，規矩畢竟是人訂的，雖不允許女子進入，但若有富家小姐非要扮成男子進來，也並無不可。相反地，若像當年世子妃姚氏那般文采斐然者，無論是男是女，皆會受到歡迎。

姚氏也是因為在君子軒一番暢談，才美名遠揚，最後得以嫁入靖安王府。

這便是君子軒的魅力，因此在碎葉城屹立百年而不倒。

此時，君子軒正舉行一月一次的賽詩會，凡是今日能進場之人，都可以參加。一大早開門，位置便已經坐滿大半。

荀柳和王嬌兒交了銀子進去，好不容易才找到位置坐下。店小二隨即送來兩杯茶、一盤點心和一盤瓜子。

「最次的位置，一人還要十兩銀子，君子軒真是賺啊。」荀柳摸了摸自己的荷包，忍不住吐槽道。

王嬌兒一進場，便十分興奮地看來看去。

「我一直想來這裡瞧瞧，娘卻不許，今天終於能進來了。」

荀柳掃了場內一眼，只見周圍大多是書生模樣的男子，也跟她們一樣三五成桌，桌上是一樣的點心、瓜子，偶爾會有人多花些銀子，把茶水換成高級的茶。前面則是方方正正、半人高的臺子。此時臺上無人，應當是賽詩會還沒開始。

這場景似曾相識，頗有前世相聲演員上場的感覺。荀柳無聊地拿起瓜子嗑著，嗑了幾顆，覺得味道一般，便將手肘無聊地撐在桌子上，邊等邊喝茶。

然而，荀柳不知，她這一套動作全被二樓客人看見了。

二樓是一排隔間看座，非富即貴者才能砸錢搶到的位置，和底下的隔開。凳子是上好的黃梨木配軟墊，桌上放著時令瓜果，和精緻點心，還有極好的茶水。

莫離掃了樓下一眼，問自家主子。「公子，要不要將姑娘她們請過來？」

「不必。」軒轅澈望著正無聊趴在桌上的女子身影，眼底漫開笑意。「待在那裡，她會更自在些。」

莫離點了點頭。

這時候，他忽然瞥見一道人影，神色緊繃。「公子，他進來了。」

軒轅澈起身，只見有一人站在君子軒門口，身著黑色錦袍，七尺身量，棕髮星目，正是西瓊太子顏修寒。

顏修寒站在場內掃了一眼，便找位置坐下來。

「他沒帶護衛。」莫離有些納悶。

「帶了，且不只一個。」軒轅澈只淡淡看了一眼，便回位置上，撩袍坐下。

莫離一愣，又不動聲色地往底下看去，這才發現，好幾個角落裡有人默默跟著顏修寒。主子果然是主子啊，一眼便能看出蹊蹺。

他不再多看，記住那幾個人的臉之後，便退回軒轅澈身後。

荀柳正考慮要不要坐一會兒就走時，胳膊卻被身旁的王嬌兒拉了一下。

「荀姊姊，妳快看，那是不是方詩情和她的丫鬟夏荷？我不會是看錯了吧？」

荀柳忙看過去，可不是嗎，只見方詩情穿著一身月白色男裝，頭上束著同色嵌玉髮帶，手上很像樣地拿著摺扇，一副翩翩佳公子的模樣。但有心人仔細一看，便能一眼認出她是個女子，只因她就算換了男裝，臉上還不忘打扮一番。

真是精緻的古代美人啊。

荀柳看了看自己，比起方詩情，她真是粗糙太多了。

「妳看得沒錯，就是方詩情。」她好歹在靖安王府見過她幾面，自然認得出來。

王嬌兒納悶道：「方家家教嚴格，不會允許小姐進出這種男子眾多的場合，她怎麼會出現在這裡？」

兩人看著方詩情帶著丫鬟入座，好巧不巧，就坐在她們前頭不遠的位置，背對著她們，想忽略都忽略不了。

王嬌兒不再好奇看別人了，只盯著方詩情的動作。

「她好像在看什麼人……」

她順著方詩情的目光看去，便看到二樓一處隔間裡姿容無雙的男子。

王嬌兒猛地一驚，拍了拍身旁正準備繼續嗑瓜子的荀柳。

「荀姊姊，妳看，好俊的公子！但是好像有點眼熟？」

荀柳手中剛剝好的瓜子仁，被啪的一聲打掉，只能順著張大了嘴、不可置信的王嬌兒的目光抬頭看去。

不看還好，她一看，另一隻手上的瓜子也嘩啦掉在桌子上。

子、子麟?!這小子居然敢浪費銀子，買那麼高的位置！

軒轅澈也似乎感覺到有人在看他，微微低眸看過來，見是荀柳，竟然一點詫色也無，反而對她笑著比了句口形。「阿姊。」

荀柳無語，敢情他早就知道她進來了！

王嬌兒十分詫異。「荀姊姊，妳認識他？」

她想了想，露出驚訝之色。「我想起來了，妳的小人畫裡畫過他對不對？雖然有點不一樣，但我記得那雙眼睛，他不會是……」

等等！

荀柳忽然想到，軒轅澈今年十七，而王嬌兒十八，只差一歲，多合適啊！

一個是王府種花小廢物，一個是皇族可憐小油瓶，一個是好友，一個是弟弟，這配對好得不能再讓她更滿意了。

荀柳想著，臉上露出姨母笑。

「妳猜對了，他就是我弟弟荀風。怎樣？有沒有興趣？」

王嬌兒滿臉疑問。「什麼有沒有興趣？」

「妳不是看過我的小人圖，說他很俊俏的嗎？這樣的夫君，妳不喜歡？」

她說著，笑咪咪地看樓上的軒轅澈一眼，意味深長的目光引得他挑了挑眉。

莫離道：「公子，姑娘看見你，似乎很高興。」

軒轅澈嘴角的笑意深了深，不知荀柳正在樓下賣力地賣弟弟。

「嬌兒，妳要是嫁到我們荀家，我可以保證他對妳一心一意。有什麼事，我能光明正大地替妳教訓他，如何？」

有了媳婦兒，這小子報仇的心思或許能淡一些，簡直兩全其美啊。

王嬌兒卻果斷地搖了搖頭。「不要，我不喜歡過於俊俏的。」

荀柳震驚。「這樣的，妳還不喜歡？」

王嬌兒點點頭，忽然臉紅紅的湊近她。「荀姊姊，妳以前畫的小人兒，妳是不是都認識呀？那……那個湯姆，他有沒有娶過妻？」

「湯姆？」荀柳愣了愣，不敢置信道：「妳說的是……」

她印象中，她練習用炭筆畫畫那段時日，真畫了不少前世明星肖像，其中一個就是國外明星湯姆·克魯斯。

當時被王嬌兒看見，要了一張去。她還記得，因為這名字不好解釋，乾脆說此人姓湯名姆，是個鐵漢。

天啊，她怎麼也沒想到，王嬌兒這丫頭居然中意這樣的，她可找不出來！

「那個，嬌兒，湯姆不能算是人……」

「啊？」王嬌兒滿臉失望。「原來荀姊姊以前是騙我的嗎？」

荀柳乾笑幾聲。「我也沒想到妳會當真，我都畫得那麼抽象了。」

「沒關係。」王嬌兒笑咪咪。「我找個類似的也行。男兒就是要高大威猛，才能讓人安心嘛……」

荀柳無語。

第四十二章

這時，王嬌兒瞥見方詩情的動靜，拍了拍荀柳。

「荀姊姊，那個方詩情一直在看妳弟弟耶，不會是看上他了吧？」

荀柳一愣，也跟著看去，只見方詩情果然正看著軒轅澈出神，就算她沒怎麼談過戀愛，也知道那張泛紅的俏臉，明晃晃寫著四個大字：一見鍾情。

方詩情並未發現自己的這番心思早已被另外兩個人察覺，滿心滿眼都是樓上那個風華無雙的男子。

方才丫鬟打聽到他一早出門便來了君子軒，她便推了閨中密友的邀約，瞞著府裡人，換上男裝來了這裡，為的就是再見他一面。

且君子軒今日有賽詩會，她猜他身為雲松書院的學子，多半會露面賽詩，她便能看看自己中意的男子，其文采是否也足以令她傾心。

如此，等父母問起她中意的郎君時，她便可再無顧忌地回答了。

她好歹也是堂堂刺史千金，他應當會十分欣賞吧？

方詩情這般想著，臉上不覺浮現出一抹羞澀的笑容。

這時，小二上臺，噹噹噹敲了幾聲鑼，場中眾人立即噤聲。

「各位公子，賽詩會現在正式開始。老規矩，第一局由我們東家出題，一炷香時間為限，請各位公子酌情發揮，選出十位後，其餘者淘汰。」

他說完，又敲了一聲鑼。

「上題目——」

這時候，另一個小二從旁邊急匆匆走上臺，附到他耳旁說了幾句，然後又將袖中的字條遞給他。

小二疑惑地打開紙條，看了一眼，揮手讓那人下去，又對眾人朗聲宣佈一件事。

「抱歉，今日規則有變，用對子接龍一局定勝負。我們東家出第一道題，若有人答出，便由答出的人出第二道題目，如此反覆，直到最後一人答不出為止，或半個時辰內答題最多者為勝。」

規則一出，底下議論紛紛起來。

有人站起來道：「店家，這話不對，若是第一道題有數人答出，又該如何進行下去，豈不是亂了套？」

小二笑了笑。「欸，客官莫急，東家既訂下如此規矩，自然有道理可循。在我看來，這第一道題目，在場有沒有人能答得上，也是難說。」

這話一出，底下人又是一陣議論紛紛。

碎葉城的人都知道，君子軒看似平常，但裡頭的小二卻都是滿腹學識，隨便拎起一個，也不輸他們這些文人秀才。

小二這般說，可見第一道題不簡單，確實跟往常規則有所不同。

「既然如此，那便開始出題吧，我等倒想看看這題目有多難。」

小二點點頭，拿起字條，朗聲唸道：「第一道對子題目為：望江樓，望江流，望江樓下望江流，江樓千古，江流千古。」

此對一出，滿場寂靜。

王嬌兒忍不住蹭了蹭荀柳的胳膊，小聲道：「荀姊姊，這對子很厲害嗎？」

她跟她娘姚氏不同，從小便不喜詩詞，彈琴尚可，自是聽不出這對子有什麼高深的。

荀柳輕飄飄地瞄她一眼。「妳都聽不明白，還敢問我？我連個大字都寫不好。這對子聽起來挺厲害的，咱倆還是繼續嗑瓜子吧。」

她又抓了一把瓜子，無聊地嗑著，順便抬頭看看前面的方詩情，見她也若有所思的模樣，而其他人或皺眉思索，或搖頭嘆息，似是無人對得出來。

方詩情心中詫異至極，這對子著實厲害，連她左思右想也是對不出半句，不是顧頭忘尾，就是顧尾忘頭。

不知坐在二樓的那位公子，可能對上？

荀柳一直默默觀察方詩情的動靜，見她抬頭，便也抬頭看過去。

只見莫離正湊近軒轅澈，聽他說話。不一會兒，便見莫離目光一亮，走到欄杆處。
「我家公子荀風接對：印月井，印月影，印月井中印月影，月井萬年，月影萬年。」
「好！對得好！」
「這般對子居然也對得出，果然厲害！」
荀柳和王嬌兒則是驚得張大了嘴。
王嬌兒道：「這、這麼厲害？」
半晌後，荀柳反應過來，立即衝軒轅澈伸出大拇指，惹來樓上男子一抹愉悅的輕笑。
方詩情心中怦怦跳，覺得自己果然沒看錯人。
小二也笑著向二樓的人點點頭。「公子好文采，那請公子接著出第二題。」
莫離又走回去聽了吩咐，然後走到欄杆前，朗聲道：「下一題上對：戰士邀功，必借干戈成勇武。」
這一題雖然刁鑽，但比起第一題卻是不難，不一會兒，底下便有三人同時站出來。
「在下胡群，接下對：逸民適志，需憑詩酒養疏慵。」
「不才梁之祥，接下對：軍師定計，時以斯文定蒼生。」
「在下牧謹言，接下對：狗官固寵，常以讒言作高瓊。」
「好，好對！」小二撫掌笑道：「三位公子文采出眾，且不分伯仲。但獲勝者只能有一人，還請荀公子再出一題，從這三人中選出一人。」

軒轅澈點點頭，又招來莫離說了一句。

荀柳掃了那三人一眼，皆是氣質出眾的年輕公子，但其中那位叫牧謹言的公子卻穿著簡陋，坐的位置比她們還靠後，看上去似乎家境不太好的樣子。

「怎麼又是這個牧謹言，上次不就是他得罪了黃公子？聽說幾天前黃公子帶人去砸了他家，他怎麼還有錢來君子軒？」

旁邊幾人的談話，引起了荀柳和王嬌兒的注意。

王嬌兒看向清瘦非常的牧謹言，皺了皺眉。「看來是個清貧子。既然家中清貧，怎麼還來這種地方，莫不是個偽君子吧？」

荀柳只笑了笑，不作議論。

這時候，莫離站了出來，朗聲出題。「我家公子再出一題：水有蟲則濁，水有魚則漁，水水水，江河湖淼淼。」

三位公子聞言，皆是神色一驚，這對子比起方才東家那一題，只難不易啊。

時間一點點過去，胡群先嘆了一聲。「是在下才疏學淺了。」然後便坐下。

梁之祥見狀，也默默坐下。

牧謹言思索片刻，忽然負著手，仰面道：「在下接對：木之下為本，木之上為末，木木木，松柏樟森森。」

「欸，這位公子對對子不錯啊！」

荀柳邊嗑瓜子邊稱讚，但想起自家弟弟似乎是輸了，便又仰頭對著樓上比了個讚，讓軒轅澈不要輕易氣餒，誰家孩子考試不鬧幾回失常呢？

軒轅澈遠遠看到她的動作，忍不住好笑地揚了揚唇。

小二也笑著接話。「請牧公子繼續出題。」

牧謹言點頭，思考片刻，直接抬頭看向樓上的軒轅澈。

「炭去鹽歸，黑白分明山水貨。」

看來這牧公子不服，準備跟軒轅澈槓上了。

荀柳有些擔心地看看二樓，卻見他微微彎唇，對莫離說了句話。

「我家公子對：竹橫麻豎，青黃交錯軟硬簾。」

牧謹言眉頭一皺，又低頭思考片刻，直直看過去。「移椅倚桐同賞月。」

「我家公子對：等燈登閣各攻書。」

「上鉤為老，下鉤為考，老考童生，童生考到老。」

「一人是大，二人是天，天大人情，人情大過天……」

俗話說：高手過招，招招致命。

現在除了軒轅澈和牧謹言之外，滿場無一人答得上一句，這感覺像是一群凡人抬頭看兩個神仙鬥法，只剩下乾瞪眼的分。

有的人乾脆放棄思考，也抓起桌子上的瓜子、點心，毫無進取心地看起熱鬧來。

荀柳更是腦子轉不過來。她前世學的是理工，要她背點公式，她倒是能張口就來；讓她對對子作詩，不如讓她直接跳河來得痛快。

王嬌兒覺得無聊了。「荀姊姊，對對子又不能當飯吃，他們這麼較真幹麼？」

荀柳很贊同地點點頭。

然而，時間並不是無限制的，一炷香很快就要過去，臺上的小二一敲鑼鼓。

「二位公子，時間馬上就要到了，請出最後一題。」

牧謹言看看馬上就要燃盡的細香，額上竟沁出汗珠，半晌後咬了咬牙，出了聲。

「我還有一對，是偶然所作，至今未想出下對。今日遇到高人，還請荀公子賜教。」

他說著，仰面朗聲道：「五百里滇池，奔來眼底。披襟岸幘，喜茫茫空闊無邊。看東驤神駿，西翥靈儀，北走蜿蜒，南翔縞素。高人韻士，何妨選勝登臨。趁蟹嶼螺州，梳裹就風鬟霧鬢。更蘋天葦地，點綴些翠羽丹霞。莫辜負四周香稻，萬頃晴沙，九夏芙蓉，三春楊柳。」

滿場寂靜，就算是荀柳這樣不懂詩詞的人，光從這長度也能知曉，這一題怕是天王老子也不一定對得出來，起碼在這麼短的時間內，無人能對。

方詩情緊張地望向軒轅澈，方才前面幾對，她已然對他傾心不已，這一對有多難，她自然也清楚，但還是希望他能對出來。

她方詩情中意的男子，怎會輸給區區一庸人？

荀柳則對軒轅澈使了個眼色，對不出來也沒關係，反正他們不靠對對子吃飯，前面贏了那麼多，輸了一場也不丟人。不管怎樣，他都是她心裡最棒的孩子。

軒轅澈收到她的眼神，心下好笑的同時，又不禁生出一絲溫柔。

這世上，怕只有她是真正顧及他感受的人了。

不過，這一題還難不住他。

他輕輕勾了勾唇，向莫離招手。

牧謹言見狀，不由捏緊了拳頭，這人居然還對得出來？

眾人眼睛一眨不眨地看著莫離往欄杆前一站，朗聲唸出對子。

「我家公子對：數千年往事，注到心頭。把酒淩虛，嘆滾滾英雄何在？想漢習樓船，唐標鐵柱，宋揮玉斧，元跨革囊。偉烈豐功，費盡移山心力。盡珠簾畫棟，卷不及暮雨朝雲。便斷碣殘碑，都付與蒼煙落照。只贏得幾杵疏鐘，半江漁火，兩行秋雁，一枕清霜。」

他話音剛落，細香青煙一滅，小二噹的一聲敲響鑼鼓。

「時間已到——此次賽詩會，獲勝的是荀風荀公子！」

眾人這才回過神來，一把丟掉手中的點心、瓜子，啪啪啪鼓起掌來。

牧謹言滿臉失落，但片刻後又恢復平靜，轉身朝軒轅澈的方向作揖。

「敢問荀公子與雲松書院的雲子麟是什麼關係？」

眾人聞言，臉上皆是驚愕。外人或許不知，但他們這些文人，卻無人沒聽過積雲山雲子麟的大名。

積雲山的雲松書院向來是天下精英匯集之處，論文論武必有大才。雖然平日不允許外人進山，但每年會在積雲山舉辦一次論道大會，整個大漢，甚至西瓊、昌國的聖賢都會不遠千里上山論道。山外的文人、學子中，若有品性、才學傑出者，也可一同入山。

那是大漢最頂尖、最盛大的文人大會，像他們這般才學一般之人，只可望而不可及。

雲子麟是三年前在論道大會上一鳴驚人的人物，他的論君道、論臣道絲毫不顧及三國統治者的情面和威壓，針砭時弊字字見血，說聖賢不敢說之話，行平民不敢行之事，只區區幾日，便有了無數擁護者。

當今大漢官僚腐敗，蕭黨橫行，凡是文人中有點風骨的，更情願寄情山水，而不願涉身朝堂，但雲子麟卻是相反，主張文人救朝，武人固國，而救朝需有法，固國需有計。

這些文人受到鼓舞，三年間進京趕考者，竟比往年增加數倍，如今朝堂上以賀子良為首的新黨，便是由這支文人所組。他們不只盯著蕭黨，但凡腐敗者必為目標，三年來彈劾下不少貪官，在民間的呼聲越來越高。

而後便有人傳言，雲子麟恐是雲家後人，為雲大將軍報仇而來，但也有人持不同意見，認為雲家人當年已被朝廷趕盡殺絕，就算有苟活者，也不敢如此明目張膽地暴露身分，且大漢雲姓家族甚多，怎可因為一個姓氏便對人肆意揣測？

而雲子麟只道，雲姓只是其母姓，真名卻另有姓氏。究竟姓甚名誰，他卻未作回應。

如今，文人無不知道雲子麟的大名，不少人想要見他一面，卻難如登天。萬萬沒想到，他們今天居然會在君子軒見到這號人物。

眾人不禁抬頭看去，等他如何回答。

軒轅澈緩緩起身，走至欄杆前，斂袖笑道：「之前在積雲山曾有人問過在下的真名，荀風便是在下的真名。」

此言一出，底下傳來此起彼伏的驚呼聲。

「居然是雲子麟，怪不得這般厲害。」

「牧謹言能跟他對峙這麼久，看來也非等閒之輩啊。」

「回去先查查荀家到底是何背景，改日必登門拜見。」

方詩情心中一蕩，不禁抬頭看向那皎月般的男子，心臟控制不住地怦怦跳著。

他竟然就是雲子麟！

荀柳卻是滿頭問號，忍不住問旁邊的王嬌兒。「什麼雲子麟，我怎麼不知道？」

她只知道子麟是雲松書院的夫子幫他取的字，但卻未聽說過雲子麟這號人物。

王嬌兒剛聽見這個名字，也很興奮，不免瞥了荀柳一眼。

「荀姊姊，好歹妳還是他的親姊姊呢，自家弟弟在外的名號，妳居然不知道？雲子麟可是個大人物，就連我都聽過他的事情。」

荀柳無辜至極，她哪會知道這些事，她每天不是畫圖就是畫圖，不然就是去找靖安王喝酒扯淡。

而家裡那幾個，錢江醉心打鐵開店，葛氏大字不識，謝凝除了診病掙錢和採藥鼓搗那些藥丸，恨不能一天不出門。而莫笑就是跟著他們，每天姑娘公子姑娘公子的喊。

兩耳不聞窗外事，一心只想宅在家的人，能注意到這些事情才怪。關鍵是，軒轅澈這小子居然也沒在信裡告訴她。

牧謹言聞言，面色緩和不少，又恭敬地向上面的人行了個禮。

「今日不論輸贏，能和大名鼎鼎的雲子麟討教一番，已是一生所幸，在下願賭服輸。」

這時，荀柳和王嬌兒又聽旁邊桌上的人小聲道：「早該認輸了，我聽說他老娘病得不輕，如今怕是在床上垂死掙扎，他卻還在這裡鬥文鬥詩，真是個不孝子。」

王嬌兒聞言，唾棄一聲。「這牧謹言果然是個偽君子。」

荀柳扭頭看向牧謹言，他雖清瘦，但目光炯炯，正氣凜然，似乎不像是他們說的那般。

第四十三章

臺上的小二笑道：「勝負已分，這次賽詩會的頭籌獎是一百兩紋銀，和一株血凝草。」

此言一出，底下又是一片驚呼。

竟然是和夜雪蓮一般精貴的血凝草。據說世上不過百餘株，但與夜雪蓮不同的是，血凝草無法救人，卻能殺人。殺人之前，它會吊著服用者的命整整十天，無論是老弱病殘，甚至垂死者，這十天內皆能如常人一般無二，能走能跳，似迴光返照一般。

然而，十天後，服用者便會力竭而死，過程卻毫無痛苦，恍若安詳入睡，且若旁人不知情況，死後也查不出死因。

荀柳心裡一驚，看向牧謹言，見他神情悲切，似是要轉身離開。

她忍不住想出聲喊住他，有人比她快了一步。

「牧公子等等！」莫離揚聲喊道，只見他縱身一躍，從二丈餘高的二樓欄杆上飛身而下，輕巧落至牧謹言面前。

「我家公子還有話要說。」

一抹頎長的月白身影從二樓翩翩而至，鳳眸淺淡，嘴角漾笑，端的是公子世無雙。

方詩情看直了眼，愣愣見他走過自己眼前，在牧謹言面前站定，而後對臺上的小二輕笑一聲。

「煩勞將頭籌獎拿來。」

小二回神，應了一聲，親自將獎品端上前。

「今日在下本無意參賽，若不是在下臨時插了一腳，這第一名應是牧兄的。頭籌獎贈與牧兄，就當結個善緣吧。」

牧謹言看了看面前的獎品，他只是一介毫無功名的布衣小民，怎能擔待得起雲子麟這一聲牧兄？

軒轅澈笑容不改。「牧兄可是不想與我結交？」

「不，我只是……」

「那便收下薄禮，改日再邀牧兄暢談一番。」

「結交他這種偽君子做什麼？」好動的王嬌兒實在忍不住，站了起來。「荀風，你莫被他騙了！」

荀柳驚得一把瓜子落地，在場眾人的目光齊刷刷看了過來。

她拉拉王嬌兒的袖子，想勸王嬌兒不要惹事，卻被王嬌兒反拉住手腕，一把拽到軒轅澈面前。

不遠處的方詩情看到兩人的身影，也是一驚，她竟沒發現王嬌兒和荀柳也在這裡。

王嬌兒怒氣沖沖道：「他來這裡，無非是為了銀子和名聲罷了。我聽說他家中母親病重，他放著老母不管，卻來這裡逍遙。就算有幾分文才又如何，這樣的偽君子怎可結交？」

眾人聞言，皆指著牧謹言的脊背，議論紛紛起來。

牧謹言臉色鐵青，卻一個字都沒辯解，只對軒轅澈作揖。

「謝過荀公子好意，今日在下輸了，自然沒有拿獎品的道理。抱歉，在下先走一步。」

「等等。」忽然有道清脆的女聲在他身後響起。

牧謹言腳步一頓，扭頭看去，只見一雙笑眼正滿含善意看著他。

這人雖和剛才說話的姑娘都是一身男裝，但身段和面貌卻未刻意裝扮成男子，所以很容易便看得出來，這兩人皆為女兒身。

出聲之人正是荀柳，她無奈地睨了王嬌兒一眼，警告她乖乖聽話，笑著去看牧謹言。

「如果我猜得沒錯，這次牧公子是來求血凝草的吧？」

牧謹言神色一驚，不作聲。

荀柳繼續笑道：「既是為母，又為何不辯解？」

王嬌兒聞言，表情驚訝至極，她也聽說過血凝草的效用，一想就想明白了，不可置信地看著牧謹言。

「你是想讓你母親服用？」

「沒錯。」牧謹言語氣淡淡，目光卻是淒然。「家母臥病已久，不久前大夫診斷她最多不過幾日可活。病倒後這幾年，她連一次家門也未出過，我散盡家財仍不能救她的命，無論如何也想讓她像常人一般快活十日。可惜……」

他說著，望向那株血凝草，眼中盡是悲切。「是在下技不如人。」

王嬌兒眼中滿是同情，忍不住拉了拉荀柳的袖子。

荀柳暗笑，這丫頭的臉變得真是快。

「既是如此，牧兄更不能藉故推辭了。」

軒轅澈笑道：「這血凝草於我來說並無用處，對牧兄卻是雪中送炭，何樂而不為？」

荀柳點頭。「我覺得可以讓謝凝去看看牧公子的母親，說不定還有轉圜的餘地呢。」

牧謹言見他倆一唱一和，似是相識，疑惑地問：「請問姑娘是？」

荀柳還沒說話，王嬌兒先憋不住了，好像這是她自家人一般，自豪道：「你居然不認識荀姊姊？她就是奇巧閣的大當家荀柳，也就是荀風的姊姊呀。」

是那個一夜爆紅，專出奇巧之物，靠山是靖安王府的奇巧閣？

她居然就是雲子麟的姊姊?!

場上眾人無不震驚，荀家還真是專出奇人。這五年間，奇巧閣頻出奇物，荀柳區區一平民女子，風頭比王公貴族更勝，遑論她還是靖安王的忘年交，每每王府有好東西，靖安王必會差人送一份去荀家。

因為這份旁人比不上的殊榮，就算是達官貴族見了荀柳，也會給三分薄面。

這也就算了，孰料大名鼎鼎的雲子麟竟也出自荀家。

眾人嘆了口氣，撿起瓜子酸溜溜地嗑著，心中又是嫉妒、又是豔羨。同是平民，他們家怎麼就出不了一個這樣的人物呢？

牧謹言愣了半晌，才對荀柳行禮。「原來是荀老闆，幸會。」

荀柳笑著點點頭。「牧公子救母心切，不必如此客套。實不相瞞，我家裡有一位醫術高超的女大夫，說不定可以替你母親看看。」

見牧謹言猶豫，她又道：「人命關天，牧公子還是莫要耽誤時辰了，有什麼話，事後再說。你家住在哪裡？」

話都說到這個分上，牧謹言不再推辭，鄭重地向她和軒轅澈道謝。「謹言謝過二位大恩，我家住河灣巷七十三號。」

軒轅澈點頭，對莫離道：「回去請謝姑娘過去。」

莫離抱拳。「是，公子。」

荀柳轉頭對王嬌兒道：「嬌兒，妳先回府吧，馬車就等在外頭。改日有時間，我再請妳出來玩可好？」

「荀姊姊，我要跟著你們一起去。我不會添亂的，好不好？」

荀柳拗不過她，只能無奈地點點頭。

與此同時，小二將一百兩紋銀和血凝草裝好，遞到軒轅澈手上。

軒轅澈接過盒子，取出一百兩紋銀，直接遞給荀柳，嘴角揚起一抹溫潤又討好的笑容。

「阿姊……」

荀柳看了那錠白花花的銀子一眼，伸手接過，沒好氣地瞪他一眼，湊近他，用只有兩個人能聽到的聲音叨念一句。

「回家我再找你算帳。」

她的聲音輕盈柔軟，放低之後更是猶如呢喃一般，反而使得軒轅澈眼底隱藏著的笑意更深了深。

等荀柳和王嬌兒越過他身前時，他忽然往場中某處掃了一眼，目光轉冷。

那身著黑色錦袍、棕髮星目的男子已然不見蹤影。

一行人正準備往君子軒外走，這時候身後卻傳來一道頗為好聽的女子聲音。

「荀公子等等。」

王嬌兒自然熟悉方詩情的聲音，一見她追來，便俏皮地對荀柳使了個眼色，看好戲一般挽著她轉身。

方詩情哪裡顧得上瞧荀柳和王嬌兒的神色，雙頰粉潤地看著回過頭的軒轅澈，嬌俏地行了個男子禮。

「恕小生無禮，今日得見荀公子，實乃小生幸事，敢問荀公子明日可還會來君子軒？小生想向荀公子好好討教一番。」

荀柳和王嬌兒互看一眼，看來這位方小姐是不想道明自己的身分，但明知他們認得出來，卻還上前藉著男子身分主動搭話，這目的簡直不要太明顯，這不就跟前世美女對帥哥說「有沒有空一起喝個咖啡」一樣的意思？

荀柳猜得沒錯，方詩情與她姊姊方詩瑤不同，自詡才情高於男子，在家中又是最受寵的老么，便比她姊姊更無所顧忌，不然也不會瞞著家裡來君子軒參加賽詩會。

她知道對方必定認得她，又自信自己的姿色足以讓對方心生憐愛，這才鼓起勇氣，上前搭話。

若是他答應，縱然被家裡知道也無妨，她斷定自己的才貌足以配得上他。

軒轅澈那雙好看的鳳眸在她臉上輕輕一掃，像是明瞭什麼般，薄唇勾起一抹讓她忍不住心跳加速的弧度。

就在她以為對方會答應什麼時，他說出的話卻完全不如她想。

「抱歉，這位兄臺，明日府上還有事，君子軒內文才頗多，想必除了在下，還有不少人能與兄臺相互討教。告辭。」

方詩情臉色一白，難堪至極，有些聽見她說話的人認出她是女兒身，便掩面竊竊私語，說的話多少有些難聽。

方詩情的丫鬟夏荷見狀，小心地拉了拉她的袖子。
「小姐……」
方詩情卻一把甩開她，往門外追了幾步。
她不信荀風會這樣對她，怕是他沒認出她的身分，把她當成想攀關係的一般書生。也或許他明日真的有要緊事不能前來，她想上前挑明了問。
然而，剛追上幾步，她卻聽見他對身旁的荀柳用溫柔得不可思議的聲音說話。
「阿姊，聽說明日一品樓出了好幾樣新品菜式，都是妳喜歡吃的口味，我帶妳去嚐嚐可好？」
荀柳看他一眼。「敢情你剛才對人家姑娘說的話都是假的？」
「如何為假？填飽阿姊的肚子，本也是要緊事。」
日光下，他看向荀柳的目光璀璨生光，恍若眼裡再無旁人一般。
方詩情愣在原地，眼睜睜看著他們遠去。
他說的家中有事，便是帶他的阿姊吃飯？他明知道她的身分，卻不屑應邀？
這一刻，她忽然有些嫉妒荀柳，即便她只是他的姊姊，仍沒來由讓她生出一股危機感。
「小姐，荀公子才情無雙，必定比旁人更高傲一些。況且，他明知妳是女子，還應邀見面，怕是不合禮法……」
方詩情目光一亮，臉色好轉了。

「妳說得對，如他這般出眾的男子，有幾分傲氣本是應該。如果太容易邀約，反而顯得過於輕薄。」

她越想越覺得有理，覺得方才自己的念頭都是假象。

「我們先回府。」方詩情高興地轉身，朝自家的馬車走去。

另一邊，軒轅澈帶著牧謹言上了他的馬車，荀柳還是陪著喜歡看熱鬧的王嬌兒坐上王府的馬車，一行四人往牧家行去。

到了牧家，正好碰上一起過來的莫離和謝凝。

等牧謹言一打開院門，幾人看見院中場景，猛然一驚。

正對著院門的正房門口，房門大敞著，一位身材瘦弱、面色慘白的老婦趴在門檻上。

匡噹！鑰匙砸落在地，牧謹言立即衝上去，抱起自己的母親。

「娘，您怎麼了?!」

荀柳看謝凝一眼，謝凝點頭，立即上前替牧母把脈。

「只是暈過去了，先扶她上床。」

牧謹言正想動手，卻被一隻手阻止。軒轅澈看他一眼，衝著身後的莫離招手，莫離立即上前，輕巧而小心地抱起老婦，放到床上。

荀柳看向牧謹言，方才賽詩會內光線偏暗，現在她才看出他面頰窄瘦，手腕骨骼也凸了出來，走路之間衣袍擺動，空空蕩蕩，簡直瘦得嚇人。

她再看向院中，只見這小院不過兩、三間屋子，屋頂破漏，院中荒草叢生，只有一口水井。屋內更是可憐，除了床凳之外，幾乎沒一件齊全的家什。

但是，牆角卻用床單和舊衣鋪地，上面整整齊齊堆放著無數書籍，密密麻麻，竟占了大半間屋子。

牧謹言顫抖著守在床邊，眼睛一眨不眨地盯著母親的臉。

他見謝凝把脈許久，忍不住出聲問道：「我娘還有沒有救？」

謝凝看他一眼，慢慢收回手。荀柳從未在謝凝臉上見過那樣的表情，沈重中，帶著說不出的哀切。

「藥石無醫，抱歉。」

「怎麼會藥石無醫？妳不是游夫子的徒弟嗎？」王嬌兒忍不住道，她最見不得這種生離死別，心裡難受得很。

「無事。」牧謹言平靜道：「我早就知道會有這種結果了。」

他撫了撫母親微白的鬢髮。「這已經是她這個月第三次想要爬出來投井了，她一直自責連累了我，早就想一走了之。」哽咽一聲，嘆道：「給她用血凝草吧。」

牧謹言轉頭看向眾人，眼中哀戚一片，嘴角露出一抹苦笑。

「另外，還想請荀兄借我一些銀子，我想帶她去落霞山，她一直想去那裡看落日。」

「好。」軒轅澈道：「馬車也隨你取用。」

牧謹言衝他感激地笑了笑，又轉過頭對謝凝道：「還請謝姑娘救醒我娘。」

謝凝點頭，從袖中掏出針囊，抽出一根銀針，在牧母的人中扎了一針。

不一會兒，便見牧母悠悠醒轉。

牧母醒來，一看見兒子的臉，便高興地動了動嘴角。「謹言，你回來了？」

過了半刻，她似是發現自己沒有成功，看見一群人圍在她身旁，以為兒子又花了錢，為她請了大夫，忍不住落淚。

「你這傻孩子，為何還要救我……」聲音哀戚，叫人聽著，心中淒涼不已。

牧謹言緊握著她的手，忍著心中疼痛，笑道：「娘，我替您求回神藥，等喝了藥，明日您便好了。這次，我沒騙您。」

牧母聞言，打量一旁的人，目光落在荀柳臉上。

荀柳忍住心中的難過，衝她笑道：「老夫人，他說的是真的，明日您便會好了。」

血凝草毒發時，迫人安眠入夢，於甜夢中離魂散命。牧謹言是想瞞著牧母，讓她安心自在地度過這十日時光。

人各有命，連游夫子的弟子也救不了的人，縱然他們心中唏噓，也無能為力。

軒轅澈將那株血凝草交到牧謹言手上，荀柳見狀，也將方才在君子軒裡拿到的一百兩紋銀交給牧謹言，讓他這十日好好安頓牧母。

一行人準備打道回府，待到上車時，王嬌兒走到牧謹言面前，神情有些不自在。

「對不起，方才在君子軒內，我說的話不是有意的，你……你是個好人。」

牧謹言有些驚訝，淺笑一聲，頗為大度地作了個揖。

「在下從未解釋過，才讓姑娘誤會了，不怪姑娘。」

王嬌兒愣愣看去，只見眼前男子身材雖清瘦，但筆直若竹，劍眉星目，氣質卓然，比起那些只會唱讀詩詞的書生文人，又有些不同。

她的臉紅了紅，衝著他匆匆點頭，便鑽進自家馬車裡。

半晌後，她又想起一事，撩起車簾，伸出腦袋對荀柳道：「荀姊姊，明日我想跟你們一起去一品樓看西瓊使團。」

荀柳站在馬車旁邊，正想跟她道別，聽見這話，卻是一愣。

「西瓊使團？」

「荀姊姊不知道？」王嬌兒驚訝。「方才我在路上聽妳說，明日要去一品樓，難道不是為了看使團嗎？」

荀柳轉頭看軒轅澈，只見他但笑不語。

怪不得好端端地要請她吃飯，敢情是為了湊熱鬧。

不過，總比答應去君子軒見方詩情好多了。她雖然不反對十七歲男孩子談戀愛，但是那方家姊妹，她實在喜歡不起來。

還有，為什麼她跑王府最勤，卻是最晚知道消息的？

都怪靖安王那老頭每次光知道閒扯淡，一件正經事都沒告訴她。

她在心中將靖安王腹誹一遍，然後對王嬌兒點點頭。

「行，明天在一品樓見。」

荀柳目送王府的馬車慢慢遠去，和牧謹言告別之後，便也和軒轅澈、莫離上了車。而謝凝向來喜歡獨來獨往，早就先一步離開了。

第四十四章

馬車行駛到主街上時，軒轅澈撩開車簾，看見前面不遠處有個賣著餛飩的攤子，便笑著看荀柳。

「阿姊，這家餛飩看來不錯，不如我們一起下去嚐嚐？」

荀柳也湊過去瞧了瞧，見攤子上是一對老夫妻在做營生，夫妻倆圓臉笑眼，打扮樸素周正，餛飩看起來確實味道不錯的樣子，便欣然點頭。

「好，正好中午沒吃飯，去墊一墊肚子。」

她笑著回過頭，迎面卻撞進一雙淡色鳳眸之中，那裡頭似波瀾微漾，此時正好有一縷光趁著窗縫透進來，照進那雙鳳眸之中，好看得讓她怔住了。

「皮薄餡大的餛飩，一碗五文錢啊！」

隨著餛飩攤子上的一聲吆喝，荀柳立即回過神來，這才發現自己離軒轅澈有點太近了，剛才因為想看餛飩攤子，便不覺湊了上來。

只是，比起現在的軒轅澈，她的身高實在是不夠看，得抬頭才能對上他的眼睛。

軒轅澈一手扶著窗沿，因為她突然湊過來，微微往旁邊退了退，手卻沒鬆開，所以她是扒著他的胳膊往窗外看的，這樣的姿勢像極她被他環在懷裡。

軒轅澈目光微顫，醇如清酒般的聲音，帶著一絲不能細察的溫柔，手指更是微微彎曲起來，似是忍不住要將眼前人徹底擁進懷中。

「阿姊……」

然而，還沒等他動作，眼前女子忽然彎起笑眼，伸出手捏捏他的臉頰，笑聲脆若銀鈴。

「我的小風果然長大了，才十七歲便這般俊美，往後可如何是好？滿街的女孩子，可不都得扒著牆來瞧？」

軒轅澈先是微怔了怔，隨後眼裡掠過一絲無奈的寵溺，只能配合著女子，溫潤笑道：「那便將家裡的牆再砌得高一些，只給阿姊看可好？」

荀柳呵呵笑著，一雙眼睛彎成了新月。

「嘴還這麼甜，這可怎麼辦，不是當初我那個傻弟弟了。走吧，阿姊請你吃餛飩去。莫離，停車！」

馬車正好停在餛飩攤子門口，荀柳先跳下車，找了個位置，坐下衝著莫離招手。

「你們快過來。」又招呼道：「老闆，上三碗餛飩。」

軒轅澈衝她笑了笑，轉頭低聲吩咐莫離。「通知暗部，派人守在牧家。」

莫離神色微驚，有些疑惑，但知道現在不是好奇的時候，應了聲，轉身離開了。

荀柳見狀，疑惑道：「他去幹什麼了？」

軒轅澈施施然走過來，笑道：「方才路上有家文具鋪子，我差他替我買些東西回來。」

「喔。」荀柳點頭，對老闆道：「先上兩碗，待會兒等人回來，再上一碗。」

老夫妻見兩位如神仙一般的人物從馬車上下來，有點愣住，但一聽荀柳的聲音，立即回過神來，小心翼翼地應下。

雖然兩人的穿著打扮並不富貴，但荀柳姿容俏麗，軒轅澈更是風華無雙，兩人坐在路旁攤子上，十分顯眼。

不一會兒，本來沒什麼人光顧的餛飩攤子，一下子多了不少人來湊熱鬧，讓老夫妻笑逐顏開，高興非常。

荀柳沒觀察旁邊的變化，等兩碗餛飩端上來，看著熱氣騰騰的湯，忽然想起當年她帶著小小軒轅澈剛走出龍岩山脈時，也吃了餛飩。

龍岩山裡危險重重，他們怕再次遇上像鐵爐城山匪那樣的危險，一路不敢多停歇，直到下了山，投宿客棧，才能喘口氣。

那時在客棧吃到的餛飩，是她記憶中最香的食物。

往事種種，如今想來竟似作夢一般。

她看向身旁即便位於鄙陋之處，也姿容優雅無雙的男子，問道：「小風，你打算什麼時候走？」

即便知道他的字叫子麟，但她仍舊喜歡叫他小風。

雲子麟是軒轅澈故意在積雲山打響的名號，方才在路上，王嬌兒告訴了她許多關於「雲子麟」的事。

這些年，他雖未考取功名，未涉身朝堂，但已經開始布局了吧？

只是她沒想到，他會如此聰明，完全超出她的預料和期許，她為此感到驕傲，也有些說不出的失落。

他的人生必定非同常人，她無法阻攔。

這句話讓軒轅澈的手頓了頓，微微抬眸看向她。

「阿姊問這話做什麼？我剛回來，為何要走？」

「你不用瞞著我。」荀柳放下筷子，定定看著他。「你總有一天會去京城，是不是？雲子麟是你故意創造出的身分，賀子良率領新黨對抗蕭黨，應當也是受了你的指使吧？」

她不傻，很多事情一串聯起來，便能猜出個大概。

荀柳重重嘆了口氣。「我不會阻攔你做任何事，只是想知道你的打算而已，也好……」

「好做打算？」軒轅澈袖子微動，眸色微暗了暗。「阿姊從未打算跟我一起，對嗎？」

荀柳語塞，竟不知該如何回答。

說實話，她很不想放棄現在的一切，這裡有她的奇巧閣，有靖安王、王嬌兒、錢江、葛氏這些知己和親友，這是她前世夢寐以求的生活。日子雖平淡，但她已經將碎葉城當成了自己的家。

她不怕陪他赴死，當年從宮裡一路逃命，她從未畏懼過生，就算有一天他需要她出力幫助，她也絕不會猶豫。
但是，她不想去京城。
京城分級明確，她注定在距離他甚遠的底部，縱使他成功了，她靠著他的身分過上上等人的生活，但那又能怎樣呢？
那不是她想要的，不然她也不會費盡心思從皇宮逃出來。
見軒轅澈眼底露出一抹受傷，她才忽然發覺，在吃飯的時候提起這件事，真是蠢透了。
「小風，我不是這個意思。你應該明白，阿姊不能陪你一輩子⋯⋯」
「如何不能？」軒轅澈沈下表情，一雙鳳眸似是流動著她看不懂的光，語氣也透露出一股說不出的氣勢。
荀柳被那目光逼得把接下來的話都吞回肚子裡，此時才真正意識到眼前男子不再是當年那個稚嫩的少年，若是此時他穿上龍袍，置身朝堂，氣勢也絕不輸給當今惠帝。
最終，她還是妥協道：「算了，當我什麼都沒問。先吃飯，餛飩都泡爛了。」
真氣人，怎麼感覺弟弟好像不聽話了？難道孩子大了，都會叛逆嗎？
這還是荀柳來到這個世界後的第一次認輸，對象居然是乖巧的弟弟。
片刻後，莫離回來了，荀柳見他雙手空空，納悶道：「你不是去文具鋪子了，怎麼什麼也沒買？」
莫離愣了愣，不動聲色地看自家主子一眼，反應過來，機靈道：「公子要的東西沒有了，店家說改日才有。」

荀柳點了點頭，也沒多問，讓老闆又上了一碗餛飩。

莫離坐下，暗暗對自家主子使眼色，一切已經按照他的吩咐安排好了。

三人吃過餛飩之後，便離開了這裡。

另一邊，荀柳等人走後，牧謹言去廚房替母親熬藥。

然而，水還未燒開，他忽然聽見院子裡傳來一聲奇怪的窸窣聲。

他將裝著血凝草的錦盒放在廚房的灶臺上，走出門去看，什麼也沒看到，回頭卻猛然見空無一人的廚房內多了一道蒙面的人影，正拿起他放在灶臺上的錦盒。

「什麼人?!放下血凝草！」

他立即上前，想將血凝草搶回來，然而那人武藝高強，堪堪一躲便避開，並伸腿朝他的小腹毫不留情地踢了一腳，痛得他滾到地上，捂著小腹悶哼起來。

那人輕蔑地掃他一眼，將錦盒揣到懷裡，一腳蹬在凳子上，準備竄出窗戶。

孰料，另一道穿著黑衣、戴著蒙面布的人影，也伸出一腳踢在他胸口，正好將他藏進懷裡的錦盒踢到地上。

牧謹言顧不得小腹疼痛，上前搶回錦盒，退後幾步，緊緊抱在懷裡。

兩道人影纏鬥在一起，牧謹言分不清哪個是敵，哪個是友，乾脆誰也不管，衝出廚房，想跑去正房保護還在熟睡的母親。

但他沒想到，才剛出門，便見到院子裡還有兩道人影往廚房衝來，見他抱著盒子，便從腰上抽出刀，刀形似彎月，似乎不像是大漢的武器。

牧謹言心底一沈，忍不住閉上了眼，自知已來不及躲閃衝他劈下的刀刃。

這時，他耳旁傳來鏘的一聲，他猛然睜開眼，見另一個黑衣蒙面人舉劍生生擋住了他面前寒光森森的彎刀，扭頭衝他一喊。

「快進屋！」

牧謹言來不及多想，抱著錦盒跑進正房內。

床上的牧母也被外面的打鬥聲吵醒了，見兒子進屋堵上門，擔憂不已。

「謹言，外面發生了什麼事？」

「無事。」牧謹言面不改色地安慰牧母。「幾個朋友來借院子練拳而已。」

牧母頭腦昏沈，渾身無力，也有些糊裡糊塗，聞言便安了心，重新躺回去。

牧謹言用背堵著房門，絲毫不敢放鬆。不知過了多久，院子裡傳來一聲撕心裂肺的痛呼聲，然後一切歸於平靜。

他仍舊不敢開門，直到有人叩了叩他身後的門扉。

「牧公子，現在無事，你可以出來了。」

牧謹言目光微閃，這才打開門，只見院中站著三、四個黑衣蒙面人，皆是手握長劍。那些握著彎刀的蒙面人已經不知去向，但看院中駭人的血跡，他也能猜出大概，不敢再看。

他向幾人作揖。「多謝各位壯士相助，不知各位是？」

方才敲門那人道：「是荀公子派我們來的，今日離開君子軒時，他發現有人尾隨，猜測會有人來搶藥。現在已經無事，牧公子還是早些將血凝草用掉，我們在此替你守著，等你弄好了，我們便離開。」

牧謹言得知是荀風派來的人，非常感激，又衝著幾人作揖。「請代我謝過荀兄大恩。」

碎葉城另一處一客棧內，身著黑袍、棕髮星目的男子看著跪在地上的下屬，眼底閃過一絲陰光。

「你說，有人護著那牧家母子？」

「是。」跪在地上那人，正是剛才搶藥的蒙面人之一，此刻身上受了不少劍傷，低頭對眼前男子恭敬道：「那些人的身手非同一般，除了屬下之外，其他人均已……」

他住了口，因為察覺到眼前男子的怒氣，不敢再說下去。

這黑袍男子正是西瓊太子顏修寒，聞言轉身衝著那人的胸口狠狠一踹，只聽砰的一聲，那人的身體便如破麻袋一般，撞在牆上落下，吐出一口黑血來。

「未拿到血凝草，我要你何用？滾出去！」

那人一刻也不敢耽誤，忍著痛拖住身子，退出了房間。

許久，顏修寒才恢復臉色，踱步到桌前，拿起一杯茶水，去看裡頭的幾片浮葉。

「看來，這小小的碎葉城還真是臥虎藏龍。不過用不了多久，它就是我的了。」

荀柳三人回到家時，天色已經晚了。

院子裡桃花開得正盛，葛氏正在給它的根莖澆水。莫笑在院子裡摘菜，瞧見他們，高興道：「姑娘和小公子回來了。」

葛氏也笑。「我剛還和笑笑商量，晚上要不要留飯呢，你們就回來了。」

荀柳哈哈笑了幾聲，過去幫莫笑的忙，三個女人有一搭沒一搭地聊起來。

軒轅澈也不去打擾，轉身進了東廂房。

莫離跟在後頭，掃了院中的人一眼，很有默契地帶上門。

屋內，已有一人立於書桌前，見軒轅澈進來，便恭敬行禮。

「主子，血凝草已經被牧母服下。主子猜得沒錯，西瓊太子果然意在搶藥。」

莫離有些不解。「公子，西瓊太子搶血凝草做什麼？難不成想趁著求和的機會，對惠帝……」

軒轅澈走至書桌前坐下，指節無節奏地在桌面上敲了敲，唇角微勾。

「西瓊向來不老實，我的父皇近年來疑心也越來越重。顏修寒自知，不會有任何接近他的機會。」

「那他是……」莫寒和同伴有些好奇地看向他。

軒轅澈眸色一深，嘴角笑意轉冷。「我聽說，西瓊王半月前忽然重病不起，近幾日才有好轉跡象。」

莫寒和同伴心中一驚。「顏修寒莫不是想讓西瓊王服用血凝草？他想篡位？」

軒轅澈並未作答，但嘴角越發寒涼的笑意，已經證明他們猜得八九不離十。

莫離不禁膽寒，他曾聽聞西瓊王向來十分寵愛西瓊太子，怕是怎麼也不會想到，最寵愛的兒子為了王位，竟想要他的命。

他忽然想到一事，又衝軒轅澈抱拳。「主子，那我們需不需要……」

「不必。」軒轅澈淡淡地打斷他。「還不到時候。」

次日，一品樓。

王嬌兒本想一早就來占個好位子，孰料今日不少人知道西瓊使團要從朱雀大街上經過的消息，閒著沒事的人都跑來這裡訂位置看熱鬧。

她訂不到好地方了，乾脆在門口等著。

沒過一會兒，荀柳和軒轅澈的馬車便過來了。

荀柳一下車，王嬌兒就跑上去，著急地直跺腳。

「哎呀，荀姊姊，你們怎麼現在才來呀，裡面的人都快坐滿了。再晚，咱們就只能站大街上搶位置了。」

荀柳滿臉黑線。「妳看熱鬧的勁兒，怎麼不用在找夫君上？西瓊使團有什麼好看的，我是來吃飯的。」

軒轅澈聞言，忍不住彎了彎唇。「不必擔心，我提前訂好了位置，先進去吧。」

這時，小二迎了過來，一行人直接被引上樓。

荀柳還是頭一次來這麼昂貴的酒樓，裡頭的裝潢和擺設果然不一樣，連來回接待客人的小二們穿著都十分精緻考究。

「環境倒是挺好的，就是不知道飯菜怎麼樣？」

王嬌兒瞧見樓下的景象，驚喜地叫出聲。

「居然是頂層最好的位置，這裡可要不少銀子呢，荀公子真大方。」

「什麼？要不少銀子?!」荀柳看向身旁越來越「叛逆」的弟弟。「小風，浪費銀子可恥啊。」

軒轅澈拿過她面前的茶杯，替她倒了一杯熱茶，這才抿嘴笑道：「阿姊不好奇西瓊使團的樣子？」

「不好奇。」荀柳托著下巴，接過他遞來的茶水，無趣地抿了一小口。「我對西瓊沒什麼好印象。」

當年她差點死在西瓊探子手裡，她這個人可是很記仇的。

然而，軒轅澈接下來的一句話，讓她差點沒整個人蹦起來。

「那阿姊也不想念金武和王虎嗎？」

荀柳一驚，只見那雙鳳眸正笑意深長地看著她，還帶著些許調侃。

「你說什麼，二哥跟三哥也在西瓊使團裡？」

這時，王嬌兒指著樓下，高興地喊了聲。「西瓊使團來了！」

朱雀大街上人山人海，不少人擠在街道中央望著城門方向。

城門外湧入一隊步兵，分開人流，排成兩排，拓開一條寬闊的道路。

看熱鬧的百姓們被堵在兩側，只能踮起腳尖，朝城外看去。

遠處出現一隊整齊的隊伍，最前方有兩位身穿鎧甲、騎著高頭大馬的將軍，帶著兩列同樣威武不凡的騎兵。

這是從邊界一路負責護送西瓊使團的邊關守將，直到將西瓊使團安全送入京城，才算完成任務。

兩位守將是鎮守邊關的大漢將士，百姓見之便歡呼雀躍，似是慶賀戰勝歸來一般欣喜。

西瓊主動求和聯姻，也確實算得上另一種勝利。

荀柳看著那兩位將軍，眼角泛紅。雖然兩人膚色更黑了些，身板更壯了些，但她卻認得他們的臉，正是五年不見的金武和王虎。

「他們怎麼會……」荀柳眼睛一眨不眨地望著那兩個人。

「三年前，金武帶百人小隊殲匪有功，後又破了西瓊奸細老窩，升為定遠將軍。而王虎則因膽識過人，一年前升為昭武校尉。他們是這次負責護送西瓊使團入京的將領，等西瓊使團在碎葉城休息夠了之後，便會繼續護送他們上京。」軒轅澈施施然道。

荀柳知道兩人升官，卻是不知使團的事情。這五年來，她一直和兩人通信，但因為邊關刻苦，不能時常收信和送信，好幾個月才能收到他們的消息。

她就知道，以他們的本事，跟著夏飛，必定會在邊關有所作為，這榮耀定是他們用無數血汗拚來的。

荀柳想著，不由站起身，向越來越近的兩人猛烈招手。

「二哥！三哥！」

底下人聲鼎沸，她的聲音隨即被掩沒。

王嬌兒聽到她的喊聲，一想也猜出這兩人是誰。「荀姊姊，他們就是金武和王虎嗎？果然很英武。」

以往她聽荀柳提過這兩人的名字，雖然不熟識，但記得名字。

荀柳心中高興，見金武和王虎只顧著帶隊，並未聽到她的聲音，也不在意，半晌後又坐下來繼續看。反正他們來了這裡，總有能見面的時候。

第四十五章

騎兵後，有一隊腰配彎刀、棕髮褐眼的異族人，似乎就是西瓊人了。

這些形似護衛的西瓊人身後，還跟著數輛馬車，當中最大、最豪華的那一輛，只見馬車四面帷幔飄動，裡面則或坐或臥著好幾道人影。

仔細一看，竟是西瓊太子顏修寒，正摟著兩個嬌妾，旁若無人地歡笑取樂。一不小心，風吹過，正好讓她們瞥見那片胸毛濃密、肌肉壯碩的男子胸膛。

荀柳忍不住探了探頭，軒轅澈卻目光微沈。

半晌後，荀柳縮回頭，好笑道：「這西瓊太子長得倒是挺端正，有點湯姆的味道。」

「呸，這也能跟我的湯姆比？我看他這德行，還不如牧謹言那弱不禁風的文人呢。」

嗯？這話似乎有什麼不對勁啊。

荀柳默默看向王嬌兒，只見她似乎沒反應過來自己方才說了什麼。

她忽然想起一件事，便問：「嬌兒，今日怎麼不見妳坐馬車過來？」

據她所知，這丫頭能躺著便絕不站著，要王嬌兒帶著丫鬟走路出門，除非是太陽打西邊出來。

果然，王嬌兒支支吾吾半晌，最終憋不住荀柳的目光逼視，老實交代。

「我想著，牧公子帶他母親去落霞山，走路不太方便，一早便將馬車借給他。」說著說著，她又理直氣壯地解釋。「他這樣的孝子不多見，我只是同情他罷了。」

她說完，臉頰上出現一絲不正常的紅暈。

荀柳了然至極地點點頭。

嗯，同情是假，情竇初開才是真的。

看來是她走眼了，這丫頭找夫婿的本事還是挺強，就看另一隻巴掌能不能拍響了。

見王嬌兒尷尬地不願意多說，荀柳沒再繼續調侃她，眼角餘光發現樓下路旁的人群之中，有一道熟悉的身影。

謝凝？她怎麼會在這裡？

以她對謝凝的了解，這個時候謝凝應該會在家裡製藥，而不是來大街上看熱鬧。

她正想起身叫謝凝一聲，卻見謝凝左手微微一動，似是將袖中之物甩了出去，方向正是西瓊太子的馬車。

這動作她認識，謝凝善長暗器，尤其是銀針。這五年裡，謝凝經常拿院子裡的牆當目標練習，這動作她再熟悉不過。

荀柳渾身一震，隨即感覺手腕被人抓住，發現軒轅澈正目光沈沈地盯著她，衝她微微搖了搖頭。

他也看到了底下的動靜，此時並不是他們露面的好時機。

荀柳明白他的意思，只能重新坐下，死死盯著謝凝。
那銀針並未傷著人，金武立即察覺到不對勁，拔劍一掃，將銀針擋了下來。
「何人膽敢進犯西瓊來使?!」
一隊步兵聽到聲音，立即將百姓圍成一團。
荀柳看得分明，射出銀針後，謝凝立刻離開，已然不見蹤影。
謝凝臨走時的表情，是她從未見過的恨怒和冷沈。
那一針，更像是發洩，而不是刺殺。
被圍住的百姓還沒看明白發生了何事，紛紛喊叫著無辜。
金武掃了一眼，讓步兵放開他們。
這時，馬車裡傳來一道懶洋洋的男人聲音。「金將軍，這就算了？膽敢冒犯本太子，可是殺頭大罪。」
金武面無表情道：「這件事情，我會查清楚。無辜之人，我也不會冤枉。」
帷幔內又傳出一道冷哼。「那本太子就等著看金將軍如何捉到刺客了。」
金武面色不改，命人將使團保護得更嚴密了些，這才繼續帶隊往前走。
等到隊伍走遠，那些士兵收隊跟上，朱雀街又恢復了熱鬧。
王嬌兒無聊地嘆口氣。「就看這麼一會兒，也沒什麼意思嘛。」

她說著，便拿起了筷子，卻見荀柳神色有異，納悶道：「荀姊姊，妳怎麼了？」

荀柳回神，站起身。

「嬌兒，我突然想起還有急事要處理，妳自己用飯吧。待會兒我叫香琴進來陪妳，我們就先走了。」

「啊？」王嬌兒一驚，剛挾起的肉塊掉到盤子裡。「還沒吃便要走嗎？我一個人可吃不完啊。」

荀柳沒接話，淡淡看了還未動身的軒轅澈一眼，見他順從而無奈地跟著站起來，便朝門口走去。

王嬌兒覺得兩人之間的氣氛有些奇怪，但她向來心大，想了想，沒想明白，乾脆重新挾起那口肉，吃了起來。

馬車上，荀柳目光嚴肅地看著對面的軒轅澈。

「金武和王虎護送西瓊使團的事情，王嬌兒尚且不知，你為何知道得如此清楚？當初謝凝也是你雇來的，你是不是早就知道她今天會這樣做？」

她說著，語氣更重了些。「你跟我說清楚，你到底還有什麼事情瞞著我？」

「阿姊。」軒轅澈無奈道：「我若是真有心瞞妳，今日便不會帶妳來一品樓。」

然而，荀柳盯著他，神色絲毫沒有緩和。

軒轅澈妥協了。「金武和王虎的事情，確實是我特地派人查的。但謝凝的事情，我也只知一二，今日沒料到她會出手。」

「你知道些什麼？」她最關心的，還是謝凝的事。

這時，馬車駛到家門口，外面傳來莫離的聲音。「公子，姑娘，我們到了。」

軒轅澈看著荀柳，彎了彎唇。「阿姊若想知道，不如親自問問她。」

荀柳瞥他一眼，轉身跳下馬車，推開院門，遇見正端菜到院子裡的葛氏。

「欸？你們怎麼也回來了，不是出去了嗎？」

荀柳聽到了關鍵。「也？」

葛氏點點頭。「方才謝姑娘匆匆回來了，但她臉色似乎很不好，一聲不哼便回了屋裡，跟你們就前後腳……」

她正說著，便聽到砰的一聲，西耳房的房門猛地被打開。

謝凝面色冷沈，提著包袱走出來，掃了眾人一眼，一句話也未說，便要往外走。

荀柳上前攔住她。「謝凝，妳要幹什麼？」

謝凝冷淡地說：「離開這裡。別攔我。」

「妳白住了這麼多年，什麼時候不走，要這個時候走？」

謝凝不耐煩地瞥她一眼。「那不正合了妳的意？」

「那也得把房錢結清再走。」荀柳絲毫不退讓。

「妳……」謝凝咬了咬牙。「讓開！」

「不讓！」

「妳讓不讓?!」

「不讓就不讓！」

「好。」謝凝怒瞪她許久，後退一步，從懷中掏出幾張銀票，拍在石桌上。「這裡是五千兩，夠還妳房錢了。讓開！」

荀柳掃了那幾張銀票一眼，忽然扯出一個十分欠揍的笑容。「少了不行，多了也不行，咱們算明白了再說。」

謝凝神色更冷了幾分，腳步一移，伸手便格開荀柳扣住她的胳膊，帶得荀柳重心不穩，腳下一滑，後腦勺眼看就要往石桌上砸去。

軒轅澈目色一冷，一個點腳，飛身向前，一手帶著荀柳的腰，使力將她撈進懷裡，另一隻手抓起桌上的筷子，便要戳在謝凝側頸的死穴上。

謝凝和荀柳的神色皆是一驚。

「你會移影步?!」

「你什麼時候學功夫的？」

荀柳說完，和謝凝互看一眼。

「什麼是移影步？」

「妳不知道他會武功？」

亂了套了。

荀柳晃了晃腦袋，這才發現自己被軒轅澈攬在懷裡，立即放開扒著他胳膊的手，看了看謝凝，又看了看軒轅澈，一時間竟不知該問哪個好。

莫離和葛氏也是看得雙眼發直，未回過神來。

這時候，院門突然被打開，莫笑提著菜籃走進來，看見院中站著這麼多人，卻氣氛詭異，也愣了愣。

「姑娘，你們這是怎麼了？」

多年當暗衛的經驗告訴她，有事情！

這句話，劃破了院中凝滯的空氣。

軒轅澈舉著筷子，淡淡道：「莫笑去燒些茶水端進正房，有話進屋說。」

謝凝心情已經平靜許多，想了想，點點頭。

軒轅澈這才放下筷子，施施然轉身拉著荀柳的手，先往正房走去。

一刻鐘後，正房內房門緊閉，荀柳、軒轅澈和謝凝圍坐在桌前，莫名有種企業高層主管開會的既視感。

只是，一個神色淡淡，一個緊皺著眉，這氣氛比開會還要怪異些。

荀柳甩掉腦子裡這些亂七八遭的想法，乾脆先問好問的一個。

「小風，你什麼時候學功夫的？我怎麼從未聽你提過？」

謝凝聞言，也眯眼看向軒轅澈。「我剛才看的應該沒錯，你怎麼會我師父的移影步？」

「你師父不是游夫子？」荀柳扭頭問謝凝。「他也會功夫？」那老頭滿身金銀，怎麼看也不像能動得了拳腳功夫的。

謝凝搖了搖頭。「不，我說的是無極真人，他是我的第一個師父。」又看向軒轅澈。「移影步可攻可守，步法精妙，乃是我師父獨門絕學，不可能傳給外人。你是不是見過他？他在哪兒？」

她說著，神色竟是有些激動。

軒轅澈微微彎唇。「五年前，無極真人雲遊至積雲山，機緣巧合之下收我為徒，我的移影步正是他所傳授。」

「五年前……」謝凝喃喃道：「既然他出山，為何不來看我？」

「妳應該知道，他為何不見妳。」

軒轅澈抬眸。「謝姑娘，抑或是該叫妳——西瓊長公主顏玉清。」

荀柳心中一驚，不可置信。「妳是西瓊長公主?!」

方才，謝凝向西瓊太子射出一針，既然她是西瓊長公主，為何如此仇視自己的兄弟？

不對，謝凝師從無極真人和游夫子，自小便未生長於西瓊皇室中。

她想起一個民間傳聞。因為往來西關州的西瓊商人不少，口耳相傳，便有不少西瓊的事情被西關州百姓所知。

其中便有一件關於西瓊皇室的陳年舊事，且還與靖安王府有些關係。

十年前，西瓊王后攜年幼的長公主出遊，路上被大漢奸細所殺，據說那奸細出自靖安王府，人證物證俱全。

靖安王發怒，斥責西瓊故意潑髒水挑釁，雙方差點真的打起來。

彼時，靖安王兵力強盛，西瓊王又剛失去妻女，無心戀戰，兩國便沒有開戰。

從那時起，西瓊王就和靖安王槓上了。

說起來，西瓊王算是個愛民如子的國王，不敢來硬的勞民傷財，便一波波耍陰招，派奸細和探子去碎葉城。荀柳中過的斷腸之毒，也是西瓊皇室研製出來的劇毒。

若非有西瓊王后這件事，西關州和西瓊的關係不至於這麼惡劣，畢竟十年前雙方還算是關係尚好的鄰居。

如果謝凝真是西瓊長公主，那她不就能澄清當年西瓊王后之死的真相？

謝凝苦笑一聲。「他居然連這個都告訴你了。」

荀柳追問。「當年西瓊王后之死，到底是怎麼回事？」

謝凝的目光閃了閃。「以往的事，我不想再提。我不是顏玉清，更不是西瓊長公主。」

「妳不想報仇？」軒轅澈淡淡道：「顏修寒就落腳在王府別院。」

「我為什麼要報仇？」謝凝冷笑一聲。「我說過，我不是顏玉清！」

「那妳今日為何射出那一針？」

「我的事，輪不到你們過問！」謝凝眼睛發紅。「你們根本就不懂我的處境！」

軒轅澈正想說話，卻被身旁女子伸手阻攔。

「妳怎麼知道我們不懂？」

謝凝怔了怔，見荀柳站起身，目光定定地看著她。

「妳母親之死跟西瓊太子有關對不對？或許還跟他母親，當今西瓊麗王后有關？妻女慘死，丈夫卻立了凶手當王后和太子。妳對他們恨之入骨，卻只想逃避？」

何其相似，何其相似！

只是，西瓊沒有第二個戰神雲峰，沒有第二個慘死的三萬英魂！

「西瓊王並不知道真相。」軒轅澈緩緩開了口，語氣平靜至極。

「他一直認為害死妳母親的是靖安王府的奸細，十年來他屢屢派探子刺殺下毒，殺了不少文臣良將，以為能為妳們報仇。師父曾勸妳回去澄清事實，解開誤會，避免再有無辜之人慘死，妳卻始終逃避不理。」

「所以他才不願見我？不願認我這個徒兒？」謝凝譏諷地笑著。「我不是沒試過。」

「當年，我親眼看見母后慘死，是她將我壓在身下，才救了我的命。我為了能回宮報信，整整走了七天七夜，才到了城門下。但你們猜，我聽到了什麼？我居然聽到了自己的死訊，還有那個賤人被冊封的消息。

「才七天而已，母后喪期未過，他便迫不及待冊封了新王后！而那些曾受過我母后恩澤的人，也跟著恭祝他們。我不想再看到他，不想再看到任何西瓊的人！」

「如果我告訴妳，顏修寒有意弒父奪位呢？」軒轅澈目光冷肅，一字一句道。

謝凝踉蹌一步，顫抖著雙唇。「你說什麼？」

「昨日君子軒賽詩會，顏修寒也在場，私自潛出使團隊伍，昨晚又派人襲擊牧謹言，欲搶血凝草。妳說，他是為何奪藥？」

軒轅澈聲聲緊逼，目光更似萬里冰川，寒刺入骨，逼得謝凝又往後踉蹌幾步，跌坐在位置上。

沒有人比她更了解血凝草的藥性，也沒有人比她更關注西瓊王的現狀，所以，也沒有人比她更明白這句話的意思。

她逃避了整整十年，為了不再看見西瓊人而遠赴大漢。直到有一天，她餓暈在路上，被無極真人撿回去，學得功夫後，又跟了游夫子學醫。

這十年來，她看似像一個普通的大漢人，看似逃避了那些過去，但每晚她都會在噩夢中醒來，冷汗涔涔。

軒轅澈看著她，平靜道：「妳的父王一直都在等妳回去告訴他真相。妳的一句話，便足以讓他相信。」

他卻只能血洗朝堂，才能讓那人後悔。

荀柳聞言，心中一疼，不由看向軒轅澈。

西瓊王至少有心，而惠帝呢？

他跟她，最終還是不一樣。

他的肩上壓著雲家百餘人和三萬將士的性命，卻母死父棄，無所倚仗，每一步都走得極其危險而艱辛。

她有很多話想問他，又不知該從何問起，比如無極真人，比如牧謹言被劫。此刻，她什麼也問不出口。

這五年，她不在他身邊，他應該也獨自承受了許多……

軒轅澈仍舊神色平靜，對雙目呆滯的謝凝道：「妳自己想想吧。」

他說著，拉開了門，日光照了進來，竟刺得荀柳雙目有些發疼。恍惚中，她恍若看見他的身影慢慢縮小，又變成了那個孤寂的小小少年。

眼前光影變幻，男子的腳步頓了頓，半晌又緩緩轉過身。

他臉上掛著溫暖的笑，衝著她伸出一隻手。

「阿姊，妳肚子餓不餓，我們一起吃飯？」

荀柳回神，此時他眼底的沈鬱竟散得一乾二淨，笑若春風。
她心裡的烏雲忽然隨風散開，笑著將手遞給他。
「好，讓笑笑再做幾道菜，我今日想喝點小酒。」
不論怎樣，最難的那段日子已經過去了，不是嗎？

第四十六章

昨日西瓊使團剛在碎葉城安頓下來，事務繁多，荀柳忍住沒上門去找金武和王虎。

但今天一早，不光她忍不住，錢江知道消息也忍不住了。

今天是玉玲花節，適合團聚，她便打算和錢江一起去王府別院。

孰料，兩人正準備出門，門外卻有人先敲門，還響起一道熟悉的大嗓門。

「開門啊！大哥，小妹，我王虎帶著小弟金武回來了！」

話音未落，便聽外頭又傳來一道略帶不滿和調侃的男子聲音。

「現在我可是定遠將軍，官居五品，你個小小的昭武校尉居然敢叫我小弟？」

「都回來了，你還裝什麼蒜？在外頭也就算了，私底下你永遠都是小老三，知道不？」

荀柳聞言，忍不住笑了笑，心裡滿是激動和欣喜，沒想到這兩人先回來了。

錢江也是欣喜不已，走過去開門，跟著笑罵。「兩個兔崽子，回來也不知道提前打一聲招呼。」

一拉開門，兩個穿著布衣、身姿威武的男子互相勾搭著肩膀，正站在門口咧嘴笑著，滿臉的張揚愉悅。

「大哥，小妹，我們回來了！」

因為金武和王虎回來，許久沒下廚的荀柳今日親自做了幾道拿手菜，擺上了桌。

院子裡桃花正盛，冠大如雲，混著玉玲花酒的酒香，濃郁香氣飄散，令人心醉至極。

桃樹下，石桌上滿是好菜，一大家子人圍坐在石桌前，連莫離、莫笑也滿臉笑容地擠在當中。

金武環視一圈，笑道：「我記得上一次坐在這裡，只有我們哥兒三個和小妹、小風。沒想到，才過了五年，這院子裡竟然這般熱鬧了。」

他說著，先舉起酒杯，向錢江旁邊的葛氏敬了敬。「這位應當就是嫂子了，妳和大哥的喜酒，我們哥兒倆沒趕上，這算是我補上的，祝大哥跟嫂子白頭偕老。」

「我也敬一杯。」王虎嘿嘿笑著，也舉起了酒杯。「我會的詞兒不多，就祝你們子孫滿堂吧！」

他一飲而盡，錢江又正好坐在他身邊，便用手肘碰了碰錢江。

「你也真是的，都成親多久了，怎麼連個娃娃也沒抱上？不然我們回來還能逗逗姪子，光看你這張老臉多沒意思。」

這話的聲音可一點都不小，滿桌子的人聽了個清清楚楚。

葛氏本來正笑著，這下臉紅得不得了。

錢江看看妻子，衝著王虎沒好氣道：「胡說什麼，吃你的肉。」

王虎這才發覺自己說錯了話，忙向葛氏解釋。「嫂子，我沒說妳的意思啊，我這是怪我大哥不爭氣呢……唔唔！」

他的話還沒說完，嘴裡便被金武索利地塞了個饅頭。

葛氏則低著頭，羞紅著臉覷了丈夫一眼。

金武瞪了王虎一下，道：「軍營裡的糙話，你也敢拿回來說，吃你的飯。」

他說完，又轉頭看向荀柳和軒轅澈。

「沒想到小風如今竟這般才華橫溢，雲子麟的名號，我們遠在邊關也有所耳聞，幹得好！那些朝廷狗官，早該有人這般收拾他們，只是你這姓名……」

金武說著，目光微深。邵陽城之事，唯有他們四人知曉。

話未說完，其他幾人卻明白他的意思。

荀柳看了軒轅澈一眼。雲姓取自雲貴妃，自然是為了雲家人，但金武三人不知緣由，覺得奇怪也是應該。

軒轅澈只淺笑著點點頭。「代稱而已。若能使其作用，便是有用。」

金武點了點頭。「如此甚好。」只當軒轅澈是為了銘刻雲峰之名，未作他想。

「小妹，這五年妳為何未找夫婿，可是一直未找到合意的？不如哥哥在將士中替妳相看幾個？」

王虎吃了幾口，又忍不住插起嘴來。

「軍中還真有幾個模樣跟品性不錯的……」

「你有空還是操心操心自己的親事吧。」荀柳無語道：「好歹大哥已經有嫂子了，你呢？還有三哥，你也快是奔三的大齡剩男了。」

「什麼叫奔三和大齡剩男？」金武邊吃菜邊迷茫道。

「就是馬上沒姑娘要的三十歲老男人。」

眾人無語。看來五年不見，他們這小妹更不好惹了，還是別再提這件事了。

荀柳見兩人蔫蔫扒飯，忍不住笑了幾聲，看向身後門窗緊閉的西耳房，湊近莫笑問：「妳叫過謝凝了？」

莫笑點點頭。「叫過好幾次，謝姑娘沒搭理我，也不願意出來。」

荀柳嘆口氣，道：「盛一些飯菜，放到她房門口吧。」

「是。」莫笑放下碗筷，起身去收拾。

金武看見她的動作，也跟著看向西耳房。「這位謝姑娘到底是什麼人？」

荀柳想起昨天在朱雀街上的那一幕，不由看了軒轅澈一眼，佯裝無事。

「之前我不是在信裡告訴過你們，我中了毒，是她師父救了我。後來小風怕我再出事，便雇了她過來。」

「我記得，只是一個獨身女子在別人家久居不離，脾氣還這般古怪，有些可疑。」

金武微微瞇眼，近年他在邊關捉拿了不少西瓊探子，荀柳又因此遭遇過危險，便忍不住多想了些。

荀柳見機不妙，立即笑道：「她脾氣還好，今天是因小事跟我吵了一架，這才不願意出來搭理人的。是不是，小風？」

軒轅澈聞言，挑了挑眉，荀柳默默對他使了個趕緊配合的眼色。

軒轅澈溫和地笑了聲，點點頭。「確實是這樣。阿姊看不慣她白住，向她催討房租，便將她惹急了。」

荀柳無語。這配合的話有些過於真實了。

金武與王虎相視一眼，噗哧笑出聲來。

「小妹，五年不見，妳居然還是這麼摳門啊，哈哈……」

金武笑著接話。「不過這謝姑娘也不對，怎麼能隨便白住我們家小財迷的屋子呢，確實該催。」

荀柳白了兩人一眼，沒好氣道：「再笑，就將這些年我送到邊關的東西全還回來。」

兩人立即噤聲。

歡歡喜喜地用過午飯之後，一行人坐在桃樹下，舒服地喝茶聊天。

「我們坐一會兒，便要回去了。」金武道：「今日西瓊太子去了靖安王府，我們才能得空出來。西瓊太子不是個省油的燈，我們得看嚴實了。」

他不說還好，一說荀柳便想起君子軒裡的事，看了軒轅澈一眼。

軒轅澈面色平靜，似乎並不打算多問。

荀柳卻是忍不住了，開口問道：「這幾日，你們一直和西瓊使團在一起？」

王虎點頭。「自然，且是寸步不離，就算晚上睡覺，也會派人看著。這次西瓊雖是主動向大漢派出使團，但誰知道他們又藏了什麼貓膩？這五年來，西瓊探子屢屢惹是生非，不能掉以輕心。」

荀柳卻越聽越奇怪，既然寸步不離，那軒轅澈在君子軒瞧見的西瓊太子又是誰？一人分成兩人？怎麼可能？

但是，她也不好再問下去，畢竟這件事會牽扯到軒轅澈。若是讓金武和王虎發現他知道這麼多事情，必會懷疑他的身分。

更別說，裡頭還牽扯了謝凝呢。

不是她不信任他們，而是現在不是和盤托出的好時機。

「你說，現在西瓊太子在靖安王府？」

「對。」金武放下茶盞。「既是主動求和的使團，靖安王再不想理會，也要盡一盡地主之誼。」

荀柳不由笑了一聲。「希望這位西瓊太子能識相一點，不然靖安王府可不是他能撒野的地方。」

靖安王那脾氣，就算不來明面上的，也非得找機會削他一頓不可。

此後，兩邊的人坐在同一間屋裡吃飯，想來氣氛肯定算不上融洽。

荀柳猜測得果真沒錯，此刻靖安王府中，氣氛正尷尬。

王承志看著上座父親板著一張臉的樣子，有些擔憂，又看看對面吃個飯還摟著兩個嬌妾的西瓊太子，更是忍不住皺了皺眉。

他低聲對身旁的王景旭道：「你派人去告訴妳母親和嬌兒她們，今日莫要出院子。」

王景旭點頭，吩咐了小廝一聲。

這時，坐在對面的顏修寒忽然懶洋洋地開了口。「這位便是世子嫡子吧？果然是一表人才。五年前小王屬下差點誤傷王公子，幸好未出什麼事情，不然今日你我也不能同坐於此，是不是？」

這話說得屬實不好聽，連王承志也不悅地皺了皺眉。

顏修寒指的當然就是五年前荀柳中毒之事，那時西瓊探子想傷的原是王景旭，卻被荀柳擋下。

後來，那批探子被不知名姓之人殺盡，他們又派了不少人在碎葉城內搜查西瓊奸細，花了不少心力，才將西瓊探子的老窩清理乾淨。

現在西瓊派使團入京求和，這般陳年往事本不該拿出來多談，然而顏修寒卻非要主動挑釁，不知到底是何意？

王景旭面無表情，只淡淡回了句。「在下也該向殿下說一句抱歉，畢竟在下毫髮未傷，卻賠上殿下諸多手下的性命，倒是有些不公了。」

此言一出，靖安王的臉色好看了許多。

這幾年，孫子長進不少，這番話頂得他心裡甚是舒坦。

王承志臉色也爽快不少，忙讓下人添食加水，似是要將這份愧疚表現得更突出一般。

顏修寒面色一冷，但隨即又緩過來，繼續摟著懷中嬌妾，邊逗弄邊笑。

「說的也是。那都是陳年往事了，如今我父王想與大漢重修舊好，不提也罷。」

他說著，語氣忽然一轉，目光斜斜一瞥。「不過我還聽說王公子有一個妹妹，姿容嬌美，性格可愛，今日為何不得一見？」

靖安王臉色一沈，王承志波瀾不動道：「真是不巧，今日小女和內子去城外寺廟燒香拜佛，故而無緣得見殿下，還望見諒。」

顏修寒微瞇著眼，嘴角笑容未變。「是嗎？」

王承志不動如山，面上表情一派平穩，絲毫未將他的懷疑放在眼裡。

半晌後，顏修寒挑眉道：「那可真是不湊巧了，本來此次途經碎葉城，小王還想提前和未婚妻培養培養感情，孰料沒有這個福分。」

此話一出，靖安王祖孫三人面上皆是一驚。

靖安王本對西瓊太子就不耐煩得很，方才對方一番挑釁，更是讓他心中不爽，此刻聽到這話裡的意思，便忍不住惱怒了。

「此話何意？」

顏修寒勾了勾嘴唇，推開懷中嬌妾，直起身。

「此次小王進京求和聯姻，自然是要在大漢皇族之中挑選一位適婚女子。據小王所知，惠帝膝下的公主尚小，王公大臣的千金比比皆是，卻多為庸脂俗粉，倒是靖安王府嬌兒小姐活潑可愛，小王只聽傳言便已傾心，身分上更是天造地設。小王知道，這麼多年王府與我們之間多有誤會，此次聯姻便是化干戈為玉帛，何樂而不為？」

他說著，又起身懶洋洋地衝著靖安王行了個西瓊禮，面上表情卻半點尊重也無。

「小王可是真心實意來向大漢求和，想必王爺大義，也會為了大漢與西瓊交好，而樂見此成的吧？」

「你！」王景旭忍不住咬牙出聲。

「景旭。」靖安王目光一瞥，警告孫子莫要輕舉妄動。

王承志也立即在桌下伸手拉住兒子，衝他微微搖頭。

王景旭這才緊緊握了握拳，憋著氣坐回去。

顏修寒則跟沒看見似的，表情仍舊愜意。似乎對方越是氣急，他便越是得意一般。

王承志和靖安王交換眼色，也揚起笑。

「若能為兩國交好，嬌兒與殿下又心甘情願，我等自然樂見其成。只是，這次確實不湊巧，嬌兒前幾日已經與人訂親，等殿下從京城回來，怕是連婚事都辦妥，實在可惜了。」

「哦？」顏修寒面上一絲驚訝也無。「那確實是不巧了。」

他說著，語氣忽然一轉。「只是不知與嬌兒小姐訂下婚事的是哪一家？按照我們西瓊的規矩，男未婚女未嫁，便作不得數。」

「這裡不是西瓊。」靖安王威嚴發話。「太子殿下既來，便要守我們大漢的規矩。入鄉隨俗這點道理，若還弄不明白，本王倒是懷疑西瓊是否真的有心建交？」

這話讓顏修寒面上表情一滯，半晌後又賠著笑，衝著靖安王行了個禮。

「王爺何必動氣，婚事也只是小王一人所想，成不成功，尚看惠帝准不准許。若是惠帝下旨，王爺和世子應當便無異議了吧？」

他說著，掃了王承志和王景旭一眼，勾起一抹詭秘的笑，重新坐下來，摟著兩個嬌妾，旁若無人地調笑。

王景旭看著他，眼底聚起冰寒。

這廝是在告訴他們，就算他們已經為嬌兒訂親，但現在他有意奪愛，若贏得惠帝的支持，他們這婚事便辦不成。不但辦不成，還要乖乖地將嬌兒打扮好，隨他嫁去西瓊。

惠帝和靖安王府不合，是大漢人盡皆知的事，惠帝巴不得捨了他們，答應婚事。若是他們抗旨，便形同造反，更是給了惠帝興兵討伐的理由。再大膽設想一番，惠帝和西瓊聯合起來內外夾攻，他們必定是慘敗的那一方。

他們若不想得此結果，便只能聽之任之。

這個顏修寒，比起他父親西瓊王，更是惡毒狡詐。

王承志看著面色鐵青的父親，心中憂慮不已。

午膳過後，西瓊太子離府，走之前還特意誇讚府內丫鬟美貌，妄想送嫁時一同送去幾個，嚇得丫鬟們一個個膽戰心驚。

這件事經由丫鬟之口，不一會兒便傳到正在院子裡待得無聊至極的王嬌兒耳中。

「什麼？西瓊太子要我去和親?!」

王嬌兒氣得一手拔掉唯一一株種活的牡丹苗，衝著院門口一丟。

「他也忒不要臉了些，誰要嫁給他！不行，我要去找爹爹問清楚是怎麼回事！」

她說著，還沒等丫鬟香琴反應過來，便溜出了院子。

她前腳剛拐過走廊，便聽見前廳傳來爹爹的說話聲。

「父親，西瓊太子是有備而來，此去入京求和，怕是目的不純，或許就是為了為難靖安王府。若我們不答應這婚事，他便可直接借惠帝的手除掉我們，屆時西瓊再裡應外合，我們怕是……」

「難道我們真要將嬌兒嫁過去？」王景旭道。

「我不答應，那西瓊太子本就居心不良，就算是真的造反，我們也不能將嬌兒送到西瓊的狼窩裡！」

造、造反？王嬌兒後退一步，心中震驚不已。

她以為這不過是西瓊太子見色起意，卻還牽扯著這麼大的事情？

「還不至於如此悲觀，當務之急，只有盡快為嬌兒置辦婚事，一刻也拖延不得了。」

王承志說完，又道：「這丫頭如今正為了婚事鬧脾氣，鬧得厲害，怕是不聽我的話。景旭，待會兒你勸勸你妹妹，如今我們沒有那麼多時間給她慢慢挑選夫婿，就算是陶家，她也得照嫁不誤。」

王景旭剛想說什麼，卻聽門口傳來王嬌兒的聲音。

「我不嫁陶家！」

王承志見女兒一臉氣憤地衝進來，皺了皺眉。

「嬌兒，妳都聽到了？」

「聽到了，但我不願意糊裡糊塗找個人嫁了。」

「既然都聽到了，妳也該知道現在情況不同，可不是要小性子的時候。」

「我知道，我不是不嫁。」

王嬌兒緊攥著拳，猶豫片刻，又鼓起勇氣抬起頭。

「祖父，爹爹，若真要嫁，我也要嫁給自己中意之人，如今便有一個，但他在落霞山，我要親自去問問他，是否願意娶我？若不行的話，我便任由爹爹安排，即便是嫁到陶家也無所謂！」

第四十七章

「胡鬧！妳一個姑娘家，怎麼可以親自去問人家兒郎這種話……」

「那人姓甚名誰？」

王承志正想斥責女兒任性，卻聽許久沒發話的父親突然開了口。

王嬌兒正忐忑，怕爹爹不答應，聽見祖父發話詢問，十分高興地回答。

「他叫牧謹言，雖是個貧戶，但為人光明磊落，重情重義。前日在君子軒和荀公子對對子，兩人差點打成平手。那日他是為母求藥，才會參加賽詩會，荀姊姊和荀公子也稱讚他為人孝義。」

王承志好文，倒是聽說過牧謹言，君子軒賽詩會那日，他雖然不在場，但也聽旁人提過一些。從人品和詩才來說，牧謹言確實是個不可多得的才俊。

「妳才認識他幾日，便認定是他了？」王承志還是覺得女兒過於魯莽任性。

靖安王卻伸手阻止他。「讓她繼續說。」

「我與牧公子相識不過兩日，但若真要我嫁，我只能想到他。」王嬌兒咬唇。「而且，我還不能確定他是否會答應。爹爹，荀姊姊說，感情需順心而為，也要敢做敢當，女兒不想去西瓊，也不願嫁陶公子，願意搏一搏。」

她說完，緊張地看去祖父和爹爹的表情。這是她做千金小姐以來行事最大膽的一次，也許不合禮數，但她想試一試。

即便結果不如她所想，她也認了。

王景旭聽到她那句「順心而為，敢做敢當」，心忍不住疼了疼，上前抱拳。

「祖父，父親，我支持嬌兒的決定，也請祖父和父親成全。」

「這……」王承志也微微動搖了。平日他雖恪守禮教，但事關女兒未來幸福，他也有些拿不定主意，便看向上座的父親。

靖安王目光微閃，思索許久，半晌後一錘定音。

「好，如今碎葉城耳目雜亂，我和妳父親、哥哥不便出行，我派一隊親兵，便裝護送妳出城尋人，即刻出發。但妳記住，我只給妳兩日時間，若不成，便要回來聽從妳父親安排，明白嗎？」

「嬌兒明白。」

王嬌兒喜不自勝，乖巧地行了個女兒禮，便興匆匆跑出門，為出行做準備了。

王承志望著女兒的背影，不禁有些擔憂。「西瓊到底打的是什麼主意？」

「不論什麼主意，該來的躲不了。」靖安王面色冷沉。「吩咐下去，讓各部抓緊練兵，兵器司加製兵器，切記避人耳目。」

王承志和王景旭聞言，神色一驚。

「父親的意思是？」

靖安王站起身，凝視門外漸暗的天色，目中似有驚濤。

「爾等以為，沒有嬌兒的事，他們便會作罷了？北方休戰，本王那位身居高位的姪子，怕是早已按捺不住了，就差西瓊這一股東風。若西瓊太子真想主動挑事，我便看看他能不能出得了這碎葉城！」

兩人又是一驚，他居然選擇了最後一條路。

不過，這也是他們唯一的選擇。西瓊太子擺明了想挑撥他們和惠帝的關係，不論他們如何選擇，若西瓊太子有心站在惠帝那邊，使團一到京城，便意味著他們死期將至。

屆時，惠帝和西瓊內外夾擊，他們必定撐不了多久，還不如兵行險著，直接扣下西瓊太子，至少可以牽制住西瓊一方。

不過，這也是被逼無奈之下的下下之策，一旦西瓊和惠帝得到消息，這仗不打也得打，能不能撐過也十分難說，只能暫時先穩住西瓊太子了。

王府內局勢一派緊張，而荀柳那邊正笑語相送金武和王虎。

等兩人一走，荀柳便將軒轅澈拉進自己屋內。

「到底怎麼回事？既然君子軒裡那個是真的西瓊太子，那使團裡的那個又是誰？若是替身，以三哥的細心，人不可能被掉包了，他還沒發現。」

軒轅澈絲毫不驚訝。「我曾聽聞西瓊有異人，可剝人皮做面具，更可學人言談舉止，無一不像。若是如此，連親朋好友也認不出其真面目。」

「還有這樣的人？」荀柳驚訝得不得了。這種情節，她只在前世的小說裡見過。

「這個西瓊太子行事如此詭異，此次求和的目的必然不簡單。」

她只是順口一說，抬頭卻見軒轅澈正目光深邃地看著她，想了想，總覺得心裡有個不好的預感。

「西瓊太子此次入京，難道不只是為了求和聯姻？」

軒轅澈微微彎唇，那雙淡如琥珀的眸子似是聚了一層散不開的冰霧。

「阿姊，如今西瓊的目的已是次要，而是京城那位意在何處，即便西瓊太子無意冒犯靖安王府，若想求和成功，便要聽從京城那位的意思。據我所知，不久前北部駐軍有所調動，皆集中在涼州以西，妳說這是為何？」

荀柳倒吸一口涼氣。「你的意思是說，惠帝想聯合西瓊削藩？西瓊王不可能不知道惠帝所想，難道他挑在此時讓西瓊太子出使大漢，為的就是迎合惠帝，求一杯羹？」

然而，未等軒轅澈回答，房門便猛地被人推開。

「不可能是他的意思。」居然是謝凝。

「他向來愛民如子，五年前西關州鬧大旱時，他未動手，更不可能選在此刻動手。我記得，兒時他便說過，比起惠帝的野心，與靖安王為鄰尚算安全。唇亡齒寒，若靖安王府被滅，下一個定是西瓊，遑論旁邊還有個更為好戰的昌國。」

荀柳無語半晌，難不成這傢伙剛才一直在外頭偷聽？

她轉頭看軒轅澈，發現他仍舊一點驚訝也無，似乎早就猜到謝凝會出現。

等等，這麼說的話，此次西瓊求和之事，西瓊王很可能不知道？

還沒等她說話，謝凝轉身將房門合上，走到兩人對面的凳子上坐下。

「若不是他的意思，那此事會更加驚險。」

軒轅澈點頭。「如果西瓊王真的不知情，便只有一個可能。」

「西瓊王很可能已經受制於人。」荀柳心中一涼，抬頭接話。

「但還有轉圜的餘地。」軒轅澈看向謝凝。「這便看長公主如何抉擇了。若長公主肯站出來，靖安王或許很樂意助妳一臂之力。」

謝凝波瀾不驚地說：「我來找你們，便是想說這件事。我打算回西瓊，就算不為了他，也為了我母后和西瓊的百姓。」

「好。」荀柳大大鬆了口氣。「既然這樣，我們現在就去靖安王府。」

這件事，荀柳並未告訴錢江等人，只找了個藉口，和謝凝、軒轅澈還有莫離出了門。

然而，到了靖安王府，她萬萬沒想到會碰到才分開不久的金武和王虎。

金武與王虎在王府門口看見他們幾個，也非常驚訝。

「小妹？小風？你們怎麼會在這裡？」

荀柳一時不知該怎麼解釋，乾脆反問他們。「你們又為什麼來這裡？不是回別院了？」

「是回去了，可前腳剛換上衣服，後腳便聽聞靖安王召見。我們正要進去，你們呢？」

軒轅澈挑了挑眉，不說話，謝凝更是懶得回答，唯有荀柳尷尬笑了一聲。

「那挺巧的，我們也是來找靖安王的。」

果然是不能騙人啊，早知道剛才中午吃飯就全說了。待會兒他們若知道發生這麼大的事，卻沒告訴他們，會怎麼想？

正巧，老管家走了出來，似是來迎金武與張虎的，看見荀柳幾人，也有些納悶。

「荀姑娘，您這是？」

「我們有急事來找靖安王。我知道近日王爺事務繁忙，但這件事情事關重大，還請管家通報一聲。」

她行了個禮，金武和張虎的神情更加迷惑。

「哎喲喂，荀姑娘這可是折煞我了，您有王爺的腰牌，何時出入都不會有人敢攔您。既然這樣，不如我便帶你們和兩位將軍一起進去吧。」

「謝謝管家。」

於是，眾人一起被領進了王府。

路上，金武的目光在謝凝身上掃了一圈，又見軒轅澈一派不知深淺的樣子，忍不住撞了撞荀柳的胳膊。

「小妹，你們這葫蘆裡到底賣的是什麼藥？」

「等會兒你就知道了。」荀柳咳嗽幾聲，貼近他道：「三哥，等會兒你知道之後，可別生我和小風的氣。」

「什麼跟什麼啊？」

金武忍不住念叨一句，一抬頭卻撞上淡涼的鳳眸，目光正落在荀柳挨著他的肩膀上，立即自覺地離荀柳幾步遠。

過一會兒，他才反應過來。奇了怪了，為什麼自己這麼聽話？

荀柳根本沒注意到這個細節，滿腦子都在想要如何解釋，才能把她和軒轅澈摘出來。然而，還沒想明白，眾人便到了靖安王的院子。

靖安王正坐在院中品茶，金武和王虎上前行禮。「末將叩見王爺。」

「起來吧……嗯？荀丫頭？」靖安王抬起頭，看見荀柳一行人，也愣了愣。「這是？」

荀柳吸了口氣，上前一步道：「王爺，這是家弟荀風，五年前您曾見過。」

軒轅澈施施然行禮，嘴角笑意溫潤。「草民見過王爺。」

靖安王仔細打量軒轅澈一眼，不由撫鬚一笑。「積雲山雲子麟，本王也有所耳聞，居然就是你，果然後生可畏。」

他說著，又看向荀柳。「丫頭啊，現在我沒有工夫和妳閒談，等我處理完要事……」

「我們此時過來，便是為了要事。」

荀柳直起身看向他，挪了一步，將謝凝讓至身前。

「王爺，我要向您介紹的是這一位，西瓊前王后之女，也就是西瓊長公主顏玉清。」

「什麼?!」

不只靖安王驚得一屁股站起來，金武和王虎也震驚至極。

王虎腦子轉得慢些，半晌沒反應過來。

金武轉了轉眼珠，忽然道：「等等，我記得好像在哪裡見過……是妳！」

他鏘的一聲拔劍，架在謝凝的脖子上，厲聲道：「那日在朱雀街行刺西瓊太子的人，是不是妳?!」

雖然只是一眼，但他的確見過這雙眸子。他向來過目不忘，必不會記錯，否則那日他也不會肯定那群百姓當中沒有刺客。

謝凝絲毫懼色也無，也未多作解釋。

金武見狀，更不相信謝凝。「小妹，妳不可輕易信人，除非她能拿出證據證明身分。」

「不必證明。」軒轅澈站出來道：「她就是謝凝。」

「謝凝？游夫子的關門弟子？」

金武沒想到，顏玉清就是謝凝，西瓊已故長公主在小妹家住了五年？這件事怎麼聽，怎麼匪夷所思。

「是。」軒轅澈點頭。「且她的第一任師父乃是無極真人，也正是草民的師父，所以草民才得以知曉她的身分。」

「無極真人？」靖安王驚訝出聲。「真人還健在？」

「王爺，您也認識無極真人？」荀柳忍不住問道。

靖安王點頭，揮手讓金武收起武器。

金武看謝凝一眼，收了長劍站回去。

「那是過去的事了，當年要不是無極真人施以援手，老夫怕是活不到今日這個年紀。若是真人所言，便不可能為假。」

靖安王對荀柳沈聲道：「丫頭，妳說清楚，這到底是怎麼回事？」

荀柳嘆口氣，看了軒轅澈一眼。「這件事情，說來話長。」

靖安王抬了抬手。「進屋細說。」

一行人進了屋內。

關上門後，荀柳便從君子軒到牧家奪藥，再到發現謝凝身分等事，事無鉅細地說出來。其中涉及軒轅澈的部分，她做了一點修改，讓眾人以為他是憑那夥搶藥人的功夫和武器猜出是西瓊人。而在君子軒發現西瓊太子，可以說是湊巧，畢竟上朱雀街觀看使團那日，他確實也在，在君子軒看見和西瓊太子相同的面貌，串聯搶藥的事情，亦能猜出個大概。

至於為何未能立刻告訴金武和王虎，那就更好解釋了。畢竟這是謝凝的私事，謝凝和軒轅澈又同是無極真人的徒弟，這麼多年，無極真人都未對外人說起，軒轅澈身為徒弟，若未獲得謝凝允許，本也不該隨意洩漏對方身分。

金武與王虎倒是一點都不介意，只道回去請他們吃一頓好的便算了。

靖安王高興不已。「荀丫頭，妳真是我西關州的福將。本王本以為已無路可選，孰料妳親自送上了一條康莊大道。」

「行了，王爺，別說這些有的沒的。」這五年，荀柳和靖安王邊喝酒邊互吹的次數多，再聽這種話，都已經麻木了。「當務之急是現在該怎麼做，您是我們幾個當中官最大的，趕緊拿主意。」

金武和王虎見她對王爺這態度，忍不住睜大了眼。

這五年，小妹的膽子似乎越發肥了。

靖安王卻滿不在意，甚至還哈哈大笑好幾聲，轉頭看向謝凝。

不，此時該叫她顏玉清了。

「既然這樣，我便派人護送長公主回國。為了我西關州和西瓊的百姓，此事不成功，便成仁。」

金武和王虎對視一眼，向靖安王抱拳。「王爺，我們兄弟對西瓊最為熟悉，不如……」

「慢著。」一聲不吭的軒轅澈忽然出聲打斷道。
眾人噤聲，順著他的目光看向窗外。
此時天色已暗，院子裡斑駁樹影搖動，若不仔細看，完全看不出那裡有個淡淡的人影。
軒轅澈目光微冷，打了個手勢，讓幾人莫輕舉妄動，另一隻手的食指在茶水裡一點一翻，猛地衝著那人影一彈指。
噗！窗紙上多了一點血色，窗外那人連一聲痛呼聲也無，便倒地而亡。
靖安王回過神來，目光複雜地打量還不及弱冠的軒轅澈。
「無極真人的彈夕指，世上竟有人學得他十分功力。」
熟識無極真人的謝凝也忍不住驚詫。無極真人已年過古稀，當年可是助賢太皇太后穩固一代江山的聖賢大能，如今朝中老將多少受過他的指點。但世人當中，卻無一人得過他的真傳，連她自己也只將移影步學了個七、八成而已。
這不僅是因為無極真人收徒條件苛刻，也因為他的獨門功夫對根骨要求極高。
區區五年，荀風竟能將移影步和彈夕指學到如此出神入化的地步，他才不過十七歲，若是再多幾年修為，又該如何驚人？

第四十八章

房裡，唯有荀柳頂著滿頭的問號。

她什麼都沒看清，只看見自家老弟手指往茶杯裡一戳再一彈，然後外面那人就跟中了暗器似的，一下子便倒地了。

眾人打開門，有個身穿王府下人服飾、額上頂著水滴大小血洞的男子屍體躺在地上。

荀柳看著那個血洞，更是稀奇得不得了。

她抓起軒轅澈剛才發功的手指，只見指甲光澤飽滿、骨節分明好看，其餘的倒是沒看出什麼名堂。

「什麼是彈夕指？這麼厲害？」

軒轅澈眼中的笑意漫開，任由荀柳抓著他的手翻來覆去地看，似乎這樣被她抓著，十分愉悅。

「阿姊若是想學，回頭我可以教妳。」

這句話引來謝凝側目，彈夕指是誰想學就能學的？先別說根骨配不配得上，起碼也要有幾年底子才夠格開始學。

然而，她還沒開口說什麼，便聽荀柳可惜地嘖了一聲。

「算了，我懶得動。」
謝凝無語。
靖安王打量那奸細屍體，目光一沈。「這是王府內的熟面孔，居然潛藏在王府這麼多年！來人！」
院外的親兵聞聲而入，看見地上那具屍體，也有些吃驚。
「速將世子和景旭叫來。另外，立即封鎖前後門，徹查此人同黨。」
「是！」
不一會兒，正在府外辦差的王承志和王景旭都被召回來，一進院子便見地上跪著府中近百奴僕，男女老少皆低著頭瑟瑟發抖，噤聲不語。
而在他們前面的空地上，竟有一個下人的屍體。
「父親，這是？」王承志有些疑惑。
王景旭看到荀柳和軒轅澈時，目光閃了閃，站在父親身旁，一言不發。
「本王今日才知曉，府中窩藏奸細！」
靖安王鐵青著一張臉，瞪著跪在地上的奴僕們。
「此人是誰，平日與誰走動得多，統統報上來。不然，讓本王查到誰有嫌疑，便直接杖斃處置！」
奴僕們聞言，頭更低了些，卻連一個敢站出來說話的人都沒有。

王承志雖然不明狀況，但多少猜到發生了什麼事。

王景旭站出來，語氣森然道：「若不交代，便拖下去，交由慎刑司審吧。」

眾人聞言，渾身打了個寒顫。慎刑司是西關州內刑罰最嚴酷的衙門，現由王景旭負責，向來審問那些惡行難容的死囚和奸細，剝皮拆骨、凌遲分屍的手段再尋常不過。只聽傳言便駭人至極，更別說被關進去了。

僕人之中，當即有人露了怯。

靖安王慧眼如炬，立即盯上當中幾人，厲聲道：「將那些人押起來！」

他話音剛落，有個丫鬟想往院子外跑。這舉動愚蠢至極，她沒跑幾步，便被王府親兵抓回來，被押著跪到靖安王等人身前。

丫鬟渾身哆嗦，臉上蒼白無血色，看樣子是真被嚇得不輕。

「說！妳和此人是何關係？」

「奴婢什麼都不知道啊，是他給了奴婢二十兩銀子，從奴婢嘴裡套了話，奴婢也是一時衝動……」

王承志發現這丫鬟是女兒院子裡的，心裡頓時有了不好預感，面色冷寒，厲聲問道：「妳告訴了他什麼？說！」

丫鬟又哆嗦一下，戰戰兢兢道：「奴婢說了，小姐今晚去了落霞山……」

她話音剛落，便見一道銀光掃來——

軒轅澈眉頭微皺，不動聲色地擋在荀柳身前。

噗！丫鬟脖頸處猛然濺出血跡，喉嚨裡咕隆幾聲，痛苦地捂住脖子，倒地而亡。

王景旭提著帶血長劍，面色陰沈至極。「將所有人帶下去細審，若有主動招供者，從輕處置。不然，下場便如此人。」

荀柳並未看到丫鬟被割喉的那一幕，等她踮起腳尖，越過軒轅澈的肩膀去看時，那些奴僕都被人帶了下去。

但剛才丫鬟說的那句話，她卻是聽得清清楚楚。

「嬌兒怎麼會去落霞山？」

王承志滿臉焦心，女兒出府之事，他嚴密封鎖消息，除了女兒院子裡近身伺候的丫鬟，即便是對府內人，也只說是回姚家玩耍幾日便回來。

然而，他萬萬沒料到，女兒院子裡有人敢走漏消息。

靖安王的臉色也很不好看，又沒工夫解釋這麼多，想了想便吩咐道：「金武！」

金武立即抱拳。「末將在。」

「你親自帶兵護送長公主去西瓊。」靖安王從懷中掏出一枚虎符交給他。「這枚虎符可隨意調精兵千人，我將它賜予你。此去西瓊只能功成，知否？」

「末將定不負王爺所望。」金武鄭重接下虎符，小心收入懷中。

靖安王點頭，又對一旁的王虎道：「王虎，我再派一人隨你看守王府別院。記住，嚴密監視西瓊太子所有行動，若有異常，立即來報。」

「是。」王虎也抱拳應下。

靖安王說完，看向顏玉清，語氣沈重。「長公主，本王盡全力助妳，也希望妳此行能一帆風順。」

顏玉清聞言，向他行了個標準的西瓊禮。「王爺受冤多年，本也有我的錯。此去若真能順利，我必將勸父王與王爺結為友鄰之好。」

「有長公主這句話足矣。事不宜遲，那便別過了。」

時間十分緊迫，西瓊太子在碎葉城逗留的日子不長，不知西瓊王宮內的情況到底如何，他們必須即刻出發，或許才能趕得上救人，不然便來不及了。

荀柳見狀，上前對金武道：「三哥，此行務必小心，我要看到你們毫髮無傷地回來。」

金武心中一暖，摸了摸她的頭。「放心，三哥我還未娶媳婦兒，不會輕易死的。」

荀柳點頭，忍下心中不捨，讓開了路。

顏玉清、金武及王虎離開後，王承志和王景旭雖是滿腹疑問，此時卻顧不得那麼多了。

「祖父，我現在立刻帶兵趕去落霞山。」

「不可！」靖安王阻止。「此時切忌打草驚蛇。」三言兩語將顏玉清前來及王嬌兒出府的緣由說了一遍。

王承志聞言，心中更急。「若是如此，嬌兒豈不是更危險？西瓊太子若真有意與皇上聯手，嬌兒對他來說，便是威脅我們的籌碼。」

「那我便不帶兵，自行上山救人。」王景旭乾脆道：「無論如何，嬌兒都不能出事。」

荀柳也焦急得很，見靖安王面色猶豫，正準備說話，站在她身旁的軒轅澈搶先開了口。「王爺，不如讓我等和王公子一起去，再派幾個精兵扮成我等友人，一同前往。我們與牧公子有舊，前往落霞山看望親友並不突兀。且今日府內抓到奸細，別院那邊早晚也會得知消息。驚不驚蛇並不重要，只要事情未擺在明面上，便還有轉圜的餘地。」

「小風說得對。王爺，救人要緊，別再耽誤時間了。」荀柳接話。

靖安王應下。「好，那就煩勞你們了。」

畢竟是他的親孫女，他怎麼可能不關心？但他身居其位，當以大局為重，現在荀風肯幫忙，他是無極真人嫡傳弟子，又聰穎如斯，有他和王景旭在，王嬌兒定當無事。

王景旭立即轉身往院外走，荀柳想和軒轅澈一起跟上，卻被軒轅澈攔住。

「阿姊……」

荀柳挑高了眉。「怎麼，你想攔我？你覺得你攔得住？」

軒轅澈無奈地笑了笑，不知從哪裡掏出一件物事。荀柳低頭一看，是她許久未用過的改裝袖箭。

她愣了愣，抬頭望向他的鳳眼，只覺得此刻月朗星稀，那一縷照進他眸子裡的月光，煞是好看。

「我雖有自信護得住阿姊，但阿姊必不願做那無能為力之人。如此，阿姊將它帶上，我方能心安。」

這句話語氣平淡，不知為何，卻撞進了荀柳的心裡。

這小子居然如此懂她……

前方傳來腳步聲，荀柳才回過神來。

「我已讓人安排快馬，二位請先在府門口等候。」是王景旭。

他似乎只是來通知一聲，然後冷漠地掃了軒轅澈一眼，便轉身安排精兵去了。

經過奸細這事的折騰，現在已經是凌晨，天色剛矇矇亮。

事不宜遲，等王景旭帶著換上便裝的精兵們出來，便飛快往落霞山的位置奔馳而去。

這五年，荀柳雖然也練過騎馬，但畢竟比不上這些從小在馬背上長大的男子，有些吃力。但一路上，她未曾叫苦，即便是跑斷了腿，也比不上人命重要。

她只希望西瓊太子未來得及出手，或那奸細得知消息後，還未來得及告訴西瓊太子。

然而，事實卻不如她所想。

一個時辰前。

打量著外面烏黑一片的山道，香琴看著車裡神色同樣不安的王嬌兒。

「小姐，我們已經到了落霞山，但牧公子在何處？我們如何尋找？」

外面有一隊十人的便裝精兵開道護衛，即便如此，王嬌兒依然覺得有些不安，只能將原因歸結到自己從未在夜間出府。香琴問的話，她腦子裡也絲毫沒有主意。

她想了想，才道：「去能看見日落的地方。牧公子此次來落霞山，是為了圓他母親想看落日的心願，讓他們派人順著這條線索去找人便可。」

香琴點頭，撩開車簾吩咐外面一聲。

到了比較平坦開闊的地方，精兵們四散開來，從各條岔路尋人，不一會兒，果然傳來好消息。

「前面不遠處是一座臨近山崖的空廟，裡頭有火光閃動，有輛馬車停在廟外，看樣子應該是小姐所尋之人。」

「真的？」王嬌兒高興道：「快帶我過去看看。」

到了精兵所說的空廟門口，門口那輛馬車，果真是她借給牧謹言的那一輛。

王嬌兒下車走到廟門前，瞧見廟裡正燃著一小簇篝火，而篝火旁的枯草蓆上，則躺著一個身披舊衣，正睡得祥和的老婦人，正是牧母。

然而，她掃了一圈，卻不見牧謹言的身影。

這時，廟門外傳來一道驚詫的聲音。「你們是何人？」

王嬌兒轉過頭，只見牧謹言抱著枯柴站在廟門口，看來是剛出去撿柴回來添火，見門口聚著這麼多陌生男子，神色有些警惕。

他認出王嬌兒後，愣了愣。「王小姐，為何妳會在這裡？他們又是？」

方才沒見到人時，王嬌兒焦急不已，但這會兒真見到了人，卻不知該如何開口了。

君子軒賽詩會那日，香琴並不在對對子的場內，此時知道是找對了人，見自家小姐神色猶豫，便主動上前解釋。

「牧公子，我家小姐此次來，是有要事想和牧公子相商，可否換個無人的地方說話？」

牧謹言疑惑地看著他們，點了點頭。

「母親還在裡頭歇息，那裡有個亭子，不如我們過去說吧。」

王嬌兒咬著唇，點了點頭，要香琴和眾人一起守在周圍，跟著牧謹言進了亭子。

「王小姐，不知是何事深夜來訪？若是有事需要在下幫忙，請儘管說。」

王嬌兒看著眼前男子，儘管月色淡淡，仍能看見他那雙晶亮而溫潤的眸子。

她的臉不覺紅了紅，心裡升起一絲羞臊，但想到西瓊太子的威脅，便深呼一口氣，鼓起勇氣出了聲。

「牧公子可知昨日西瓊使團進了城？」

「有所耳聞。」牧謹言仍舊非常疑惑，似是不明白，一個千金小姐頂著夜色上山見他，就是為了說這等毫無相干之事？

王嬌兒見他一臉迷惑，心裡更是難堪。

反正早晚都是說，何必繞彎子？既打定了主意，又有什麼可怕的。即便讓他覺得她行事荒唐，也總比以後後悔要好。

她咬了咬牙，揚起臉道：「牧公子，我這次是特地來找你的，只為問你一句話。牧公子，你可願與我結為秦晉之好？」

牧謹言愣了半晌才反應過來。「什、什麼？」默默退了半步，嚴肅道：「王小姐莫要開這種玩笑。」

「誰在與你開玩笑。」王嬌兒著急地跺了跺腳，片刻後，平靜下來。「牧公子，我知道我這般問你很不妥，但我保證，我說的話都是真心的。」

她的神色越發認真。「荀姊姊曾說父母之命，媒妁之言都是空話，富貴貧賤也不足為懼。那日在君子軒，我曾對公子存有偏見，後來荀姊姊說，比起那些戴翎佩玉、自詡清高的富家子弟，牧公子的品性更為可貴，我也深以為然。」

王嬌兒說完，抬眸看向牧謹言。

「牧公子，我雖然已經十八歲，仍願飛蛾撲火，尋找命定之人。現在我願意打賭，賭牧公子便是我的命定之人，不知公子如何想的？」

牧謹言愣愣看著她，許久未回答。

王嬌兒的目光從明亮到暗淡，再到漸漸熄滅。

她慢慢低下頭。「即便如此，牧公子還是不願娶我，是嗎？」

牧謹言動了動唇角。「王小姐，即便不考慮父母之命，但嫁娶之事，畢竟不是一朝一夕就能……」

「若我再沒有別的朝夕了呢？」

王嬌兒握緊了拳頭，見對面男人抿唇不語，滿心失望。

她再任性膽大，也畢竟是個深閨少女，方才那番話，已然用盡她所有的勇氣。今日過後，她再也沒有第二次機會尋求祖父和爹爹同意，私自前來向男兒表白。

或許過不了幾日，她便會徹徹底底成為他人婦。

但她不怪他，這只是她的想法。成或不成，也是她自己的命。

王嬌兒轉身，走下亭子的階梯。

香琴站在亭外，離得最近，將兩人的對話聽了個一清二楚，見小姐如此傷心，忍不住想向牧謹言解釋。

「牧公子……」

「香琴，不用說了，我們走吧。」王嬌兒打斷了她。

香琴抿唇，看看神色複雜的牧謹言，又看了看自家小姐，只得聽她的話，轉身跟她上了馬車。

「小姐為何不把西瓊太子的事告訴牧公子？說不定他……」

「我不想拿這個逼他。」王嬌兒神情難過，卻十分倔強。「哥哥曾說過，他這輩子唯一的憾事，便是沒能及時弄清自己的心意，等弄清時，卻已無可選擇。我不想利用這個剝奪了牧公子選擇的權利。他想娶我，必是真心想娶我；不想娶我，我也不會拿仁義壓人。不然，我要這樣的夫君幹什麼？」

王嬌兒說著，臉上的表情更加難看。「大不了，嫁到陶家就是。反正娘也是這般過來的。」

香琴看著她難過，想安慰，又不知該怎麼安慰。

這時，門外忽然傳來一聲暴喝。「何人?!」接著便聽見有雜亂的腳步聲和兵器碰撞的聲音。

王嬌兒一愣，不由想掀開車簾看外面的情況，卻見一道銀光朝著她的臉刺來。

眼見銀刃就要劃破她的臉，忽然鏘的一聲，被一名精兵及時拿劍格開。

「小姐，快上馬！有刺——」

話還未說完，便只見一柄銀刃從他後胸穿刺而出，血濺三尺，讓他再無聲息。

香琴嚇得叫了一聲，立即將王嬌兒拉回來。

兩人逃下車，只見數十名身穿黑衣、面蒙黑巾的刺客正和精兵們纏鬥，雙方均有死傷。

王嬌兒不明白這些人為什麼會出現，正慌不擇路時，手腕忽然被人抓住。

她抬頭一看，抓住她的人正是牧謹言，跟著他的，還有同樣不知情況的牧母。

「王小姐，快上馬！」

對方人多，十個精兵漸漸抵擋不住，便分成兩批，一批斷後，一批則帶著王嬌兒和牧謹言等人迅速離開。

由於王嬌兒、牧母和香琴不會騎馬，精兵們也顧不得什麼禮數，便和牧謹言各帶一個，策馬奔逃。

斷後的人很快便抵擋不住了，被刺客斬殺得一個不剩。沒過一會兒，刺客們便騎馬追了過來。

「這到底是怎麼回事啊？謹言……」

牧母被馬匹顛簸得難受，忍不住問身後的兒子。

牧謹言神色凝重，聞言安慰道：「娘，我們不會有事的，您別擔心。」

這時，另一邊的香琴卻驚叫一聲。「小姐！」

牧謹言扭頭看去，發現王嬌兒身後的精兵背後不知何時中了箭，斷了氣掛在馬背上，搖晃幾下，便落下馬。

王嬌兒抓不住韁繩，只能任由馬匹亢奮地往前跑。

「王小姐！拉住韁繩！」

王嬌兒哪裡反應得過來，越想抓卻越抓不住。

前面山路崎嶇，一個不慎便會跌落萬丈深淵。然而僅剩的三個精兵又死了一個，還有一個護著香琴，最後一個斷後，離王嬌兒最近的正是他。

牧謹言想了想，對那名善後的精兵道：「煩勞護住我娘！」

他說完，一蹬馬鐙，躍到王嬌兒身後，扯住轠繩，狠狠一拉。

還沒等他穩住馬匹，又聽香琴傳來一聲驚呼。「牧公子！」

他只來得及抬頭看上一眼，前方已是萬丈深崖……

——未完，待續，請看文創風1196《小匠女開業中》3

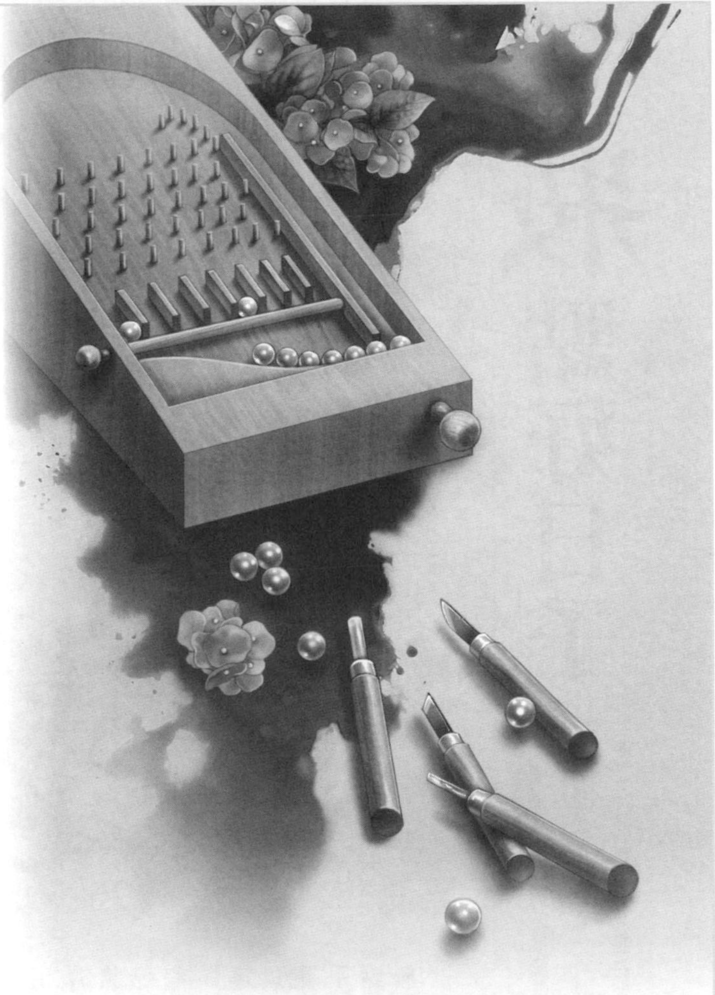

2023年7月出版

妝點好日子

文創風 1180～1182

女子無論身處於怎麼樣悲苦的境地，
若打扮得漂亮體面，心情都會好些。
多了一抹顏色，就能為生活帶來希望！

妝點平凡瑣事，編織濃厚深情 ／顧紫

賀語瀟慶幸上輩子是化妝師，所以這世還能走妝娘這條路，
在嫡母為她挑選婚配對象之前先壯大自己，爭取一點話語權。
於一場妝娘因故缺席的婚宴中，她把握住機會出頭，
卻也莫名被忌妒的少女盯上了，挨了頓臭雞蛋攻擊……
不過是因那日新郎好友，京中第一美男、長公主獨子——傅聽闌，
借馬車送她這個妝娘回家，她一個從四品官庶女不可能也沒想要攀！
不過另類攀高枝嘛……做生意又能利民的單純金錢交易她倒不排斥。
所以開了妝鋪後，她藉由傅聽闌的商隊將面脂平價銷往乾燥的邊疆，
平日除了賣胭脂、面脂、化妝刷具，她妝娘的手藝也打響了名號。
事業得意，感情方面，她與入京投奔嫡母、準備秋闈的遠房表親初識，
這人舉止有度、懂得體恤女子生活難處，她便不排斥對方守禮的示好，
誰知這人竟是要她當妾？真是不要臉的小人，還不如傅聽闌低調為民呢！
不過傅聽闌還真是藍顏禍水，逛個集市都能被姑娘使計碰瓷要蹭馬車，
看在他是她的生意夥伴，眼見他有名聲危機，只好換她出車相助嘍～～

2023年7月出版

老古板的小嬌妻

文創風 1177~1179

穿越成被夫家集體霸凌的小媳婦，新時代女性簡直不能忍。
她硬起來要求和離，包袱款款回家當她的大小姐去。
結果娘親生怕她大齡滯銷，整天催婚，
開玩笑，不婚不生，幸福一生！人不能笨第二次——

妙趣橫生，絲絲甜蜜 ／清棠

顧馨之一覺醒來，發現自己穿越成功臣孤女，已婚。
欺她娘家無人撐腰，丈夫厭棄她，婆婆苛待她，
就連府中下人都能踩在她頭上，當真是活得不能再憋屈。
氣得顧馨之一把揪住渣男丈夫的領子，逼他簽下和離書，
她大小姐揮揮衣袖，不帶走一點嫁妝，下鄉重溫農莊樂去了。
只是快樂的單身生活才過沒幾天，當初替她主婚的謝家家主，
竟帶著她的前夫登門謝罪，要她重回謝家當大少奶奶，
顧馨之看著眼前嚴肅正直的謝家家主——謝慎禮，
靈機一動，語出驚人的要求他娶她，她才願意回去！
果然嚇得這循規守禮的讀書人大罵荒唐，氣沖沖走了。
誰知，她親娘卻把她的胡言亂語當真，亂牽紅線——
別別別，她才沒有想嫁給那個老古板呢！
可他竟當著滿朝文武百官的面承認，是他違禮背德，心悅於她。
讓她一下成了京城的大紅人，眾人圍觀的焦點——
顧馨之傻眼了，這、這，不嫁給他，好像不能收場啊？

2023年6月出版

金玉釀緣

文創風 1167～1168

前生在沙漠做奴隸，沒有機會以家傳酒譜開啟新生，
所以老天大發慈悲，讓她穿越到一座物產豐饒的寶島，
這裡的海產隨便撈，水果甚至還多到不值錢！
她靈機一動，發展釀酒，可不就把果物變黃金了？

家傳酒藝，醇情如意 ／元喵

南溪一睜眼，發現自己穿越成十五歲的小村女，
明明原身命苦，父母雙亡，弟弟又半身不遂需要醫藥費，
面對這款人生，她非但不覺得悲劇，反而還喜孜孜地留了下來。
在四季如春的瓊花島，有數不清的水果和海產、用不盡的水源，
眼下窮歸窮，但只要她自個兒手腳勤快點，也不至於活活餓死，
何況她還有家傳酒譜的前世記憶，打算以釀酒絕活來大顯身手，
正巧原身的娘親祖上也是製酒的，她對外展現這項天賦也順理成章。
孰料，她把自個兒日子過得越來越好，竟成了不少人眼中的香餑餑？
這廂她打著酒水事業的算盤，那廂則有人打起了她的主意；
先有一個欲納妾的路家少爺，後又來一個想說親的童生阿才哥，
縱使她瞧不上這些弱不禁風又敗絮其中的紈袴子和讀書人，
無奈只要她一日還名花無主，婚事就會遭人各種惦記，
看來看去還是能吃苦又強壯的鄭家大哥最合眼緣了，
只不過，她想速速斬斷爛桃花，他卻要攢夠聘禮再說親啊！
既然借他銀子的方法行不通，路不轉人轉，她拋下矜持道：
「我花十兩買你這個人，下半輩子都得賣給我！」

文創風 1195

小匠女開業中 2

國家圖書館出版品預行編目資料

小匠女開業中 / 染青衣著. --
初版. -- 臺北市 : 狗屋出版社有限公司, 2023.09
冊 ; 公分. --（文創風 ; 1194-1197）
ISBN 978-986-509-456-0（第2冊 : 平裝）. --

857.7　　112012805

著作者	染青衣
編輯	安愉
校對	陳依伶
發行所	狗屋出版社有限公司
地址	台北市104中山區龍江路71巷15號1樓
電話	02-2776-5889～0
發行字號	局版台業字845號
法律顧問	蕭雄淋律師
總經銷	知遠文化事業有限公司
電話	02-2664-8800
初版	2023年9月
國際書碼	ISBN-13　978-986-509-456-0

本著作物由北京晉江原創網絡科技有限公司授權出版

定價280元

狗屋劃撥帳號：19001626

網址：love.doghouse.com.tw　E-mail：love@doghouse.com.tw